# 越境・離散・女性

## 境にさまよう中国語圏文学

張欣 Zhang Xin

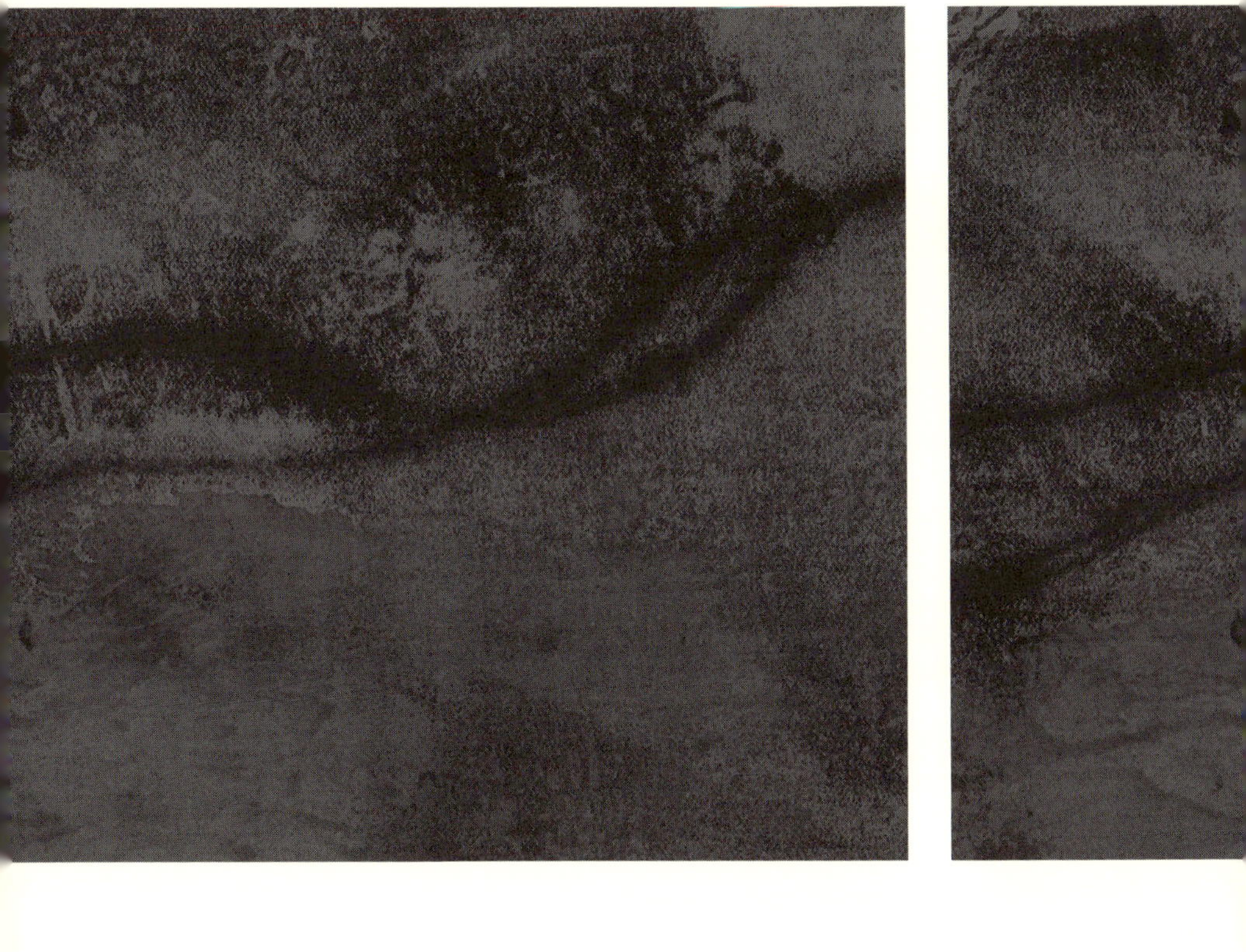

法政大学出版局

## 越境・離散・女性――境にさまよう中国語圏文学◉目次

まえがき 3

第一部　梅娘――越境の軌跡

第一章　梅娘と満州文壇 9

第一節　文学少女 9

一　梅娘の原風景 9

二　文壇デビュー 12

第二節　文壇論争 16

一　様変わりした山河 16

二　郷土性 vs モダニズム 18

第三節　「アメ」と「ムチ」……23
第四節　「満州浪曼」vs「満州脱離」……26
第二章　異邦での文学修行……37
第一節　異邦の歳月……37
第二節　異邦で書く……42
一　満州版の『家』　43
二　植民地の風景　47
第三節　異邦を書く……48
一　阪急線上の心理ドラマ　48
二　恋愛紛糾の逃避行先としての異国　51
第三章　梅娘と北京文壇……57

第一節　華北文壇の再建　57
第二節　「一身六臂」の梅娘　61
第三節　「石叫ぶべし」　66
一　「新進作家」群　66
二　「新進作家」の作品をめぐる議論　68
第四節　梅娘が描いた「女の人生」　74
一　憂鬱の少女時代　74
二　泥沼の恋愛　75
三　矛盾だらけの同棲と結婚　77
四　自愛・不倫　78
第五節　戦後の梅娘　82

## 第二部　淪陥・葛藤・離散の怨

第四章　淪陥区の女性作家……97
第一節　被占領の時空に置かれて……97
一　満州　97
二　上海　100
三　華北　101
第二節　職業婦人vs「女結婚員」……104
第三節　二通りの男性像……110
第四節　監禁・越境・逃亡……112
第五章　戦時下に揺れた文学者たち……125
第一節　関係者へのインタビュー調査等……125

一　華北文壇について　126
二　新進作家および「大東亜文学者大会」について　128
三　平行線の「交流」　133
四　「わが北京留恋の記」　137
**第二節　彷徨の呉瑛、「面従腹背」の古丁**　140
**第三節　苦悩の袁犀**　143
**第四節　狂気の徐祖正**　146
第六章　張愛玲の異域想像と離散への「怨」　159
**第一節　異域への想像**　159
一　「青空の下の小さな赤い家」　159
二　華僑の范柳原　161
三　海帰の佟振保と華僑の王嬌蕊　163
**第二節　オリエンタリズムへの抵抗**　168

第三節　「欠点」のある小説……172
一　自伝性および叙事の視点　173
二　人物と構成　176
第四節　「怨」に囚われて……179

**第三部　異郷・灰色・ポストメモリー**

第七章　北京の台湾文人三銃士……191
第一節　越境してきた台湾文人……191
第二節　異郷歳月……196
第三節　張我軍と「大東亜文学者大会」……202
第四節　三人のその後……207

第八章　灰色の影に覆われた『日本研究』…… 215
第一節　「文化の力」を信じて…… 216
第二節　張我軍らの「日本文化の再認識」…… 219
第三節　実藤恵秀らの寄稿…… 224
第四節　周作人の「怠業の弁」…… 226
第九章　龍應台における離散とポストメモリー…… 233
第一節　「いくら流離《さすら》っても、存在からは逃げられない」…… 234
一　難民の娘　234
二　「海外から帰って来た女英雄」　235
三　「荒野の中の一匹の狼」　236
第二節　「中国語は私のパスポートだ」…… 238
一　「貧血の向日葵」　238

二　「文化中国」にあこがれて　240
**第三節　海徳堡（ハイデルベルク）には愛がない**……242
一　荒涼なる情愛の場　242
二　「子宮思考」　245
**第四節　揺れるポストメモリー**……247
一　記憶・文学・歴史　247
二　修辞と感傷　249
三　『大江大海一九四九』をめぐる議論　251

あとがき　259
初出一覧　xv
参考文献　ix
索　引　i

# 越境・離散・女性——境にさまよう中国語圏文学

# まえがき

二十世紀を通じて、世界中の人々の移動は頻繁かつ大規模なものとなった。人々は戦乱を避けるため、違う理念を求めるため、アイデンティティを確認するため、よりよい生活を手に入れるため、越境している。複数の場所を往還する人もいれば、離散（ディアスポラ）の運命を辿った人もいる。中国語圏もしかり。代表的な事例は、十五年戦争および続く国共内戦、挙げ句に一九四九年の大離散。故郷と異郷、妥協と抵抗、歴史と記憶の境に、文学者たちはさまよう。中国語圏の文学を考えるさい、越境・離散は大きなテーマとなり、その国境を含めさまざまな境界を越えてしまうようなスケールおよび多岐にわたる解釈の可能性が研究者を惹きつけている。

筆者が研究において最初に取り上げたのは梅娘（メイニアン、ばいじょう、一九一六―二〇一三、本名孫加瑞）という満州（中国東北）出身の女性作家である。高校卒業後に満州文壇にデビューし、満州と日本の間を行き来していた留学時代にも満州の刊行物に寄稿を続けた梅娘は満州文壇における代表的女性作家となった。太平洋戦争勃発後、梅娘は夫とともに日本から帰国し、北京に居を定め、創作や翻訳および雑誌の編集をして文学に力を尽くし、華北においても著名な女性作家となった。梅娘の満州―日本―北京の越境の軌跡を追跡し、移動の経験や異郷の体験が彼女の創作に与えた意味を考えると同時に、梅娘周辺の満州作家や北京作家および台湾から来た文人ないし日本文人の存在にも触角を伸ばし、一つの時代の文学的側面を描き出そうとも思うようになった。できたのは博士論文「梅娘と中国『淪陥区』文学」である（中国では日本支配地区を「淪陥区」と呼ぶ）。その後研究の道は児童文学等にも分岐したが、基本的に華人文学とくに離散に関する文学を中心にしてきた。中国近代文学における最高峰の一つである張愛玲（チャン・アイリン、ちょうあいれい、一九二〇―一九九五）の亡命後の創作や中華圏のベストセラー作家龍應台（ロン・インタイ、りゅうおうだい、一九五二―）の作品における離散およびポストメモリー（災難経験者の後裔がもつ災難に関する特殊な記憶）について執筆しているうち、一つの輪郭がだんだん見えてきた。それは「越境・離散・女性」である。厳格に言えば女性だけが対象の研究ではなかったが、梅娘、張愛玲、龍應台の三人の女性作家がやはり主役で、本書の魂だ。

四〇年代に淪陥区で輝かしい文学生活を過ごした梅娘と張愛玲は一九四九年以後、それぞれ違う道を辿った。新政権のもとに残った梅娘は数多くの政治運動の過程で事情聴取・公職追放・強制労働へと追いやられ、創作どころか、筆舌に尽くしがたい苦難を経験した。文革後の一九七八年にやっと名誉回復され、創作活動を再開した梅娘は二〇一三年、九十六歳の長寿を全うして穏やかに逝去。新体制にとうとう馴染めず一九五二年に香港、一九五五年にアメリカへと離散の道を辿った張愛玲は、英文での文筆活動で生計が立たぬため険しい求職のプロセスを経験し、オリエンタリズムに抗いながら上海時代の経験を中心に書き続け、一九九五年、七十五歳の年に一人静かにこの世を去った。一九四九年の大離散で親が大陸から台湾にやってきたため台湾で生まれた龍應台は、梅娘と張愛玲の子の世代に当たる。一九八〇年代に社会評論集『野火集』で一世を風靡した女英雄のような龍應台であったが、作品を貫く一つの大きなテーマはやはり離散である。大離散を直接経験していないにも関わらず、一九四九年の出来事は長年龍應台に呪いのようにつきまとった。彼女はその呪いを祓うために、大離散六十年後の二〇〇九年に『大江大海一九四九』というポストメモリーに関する本を世に出した。

二十一世紀の今、越境も離散もなお続き、研究も続くだろう。自らの存在を問い質しながら。

# 第一部　梅娘——越境の軌跡

# 第一章　梅娘と満州文壇

## 第一節　文学少女

### 一　梅娘の原風景

中国現代文学史上の満州出身の女性作家と言えば、まず思いつくのは蕭紅（シャオ・ホン、しょうこう、一九一一―一九四二）だろう。一九三四年蕭軍（シャオ・ジュン、しょうぐん、一九〇七―一九八八）とともに関内（山海関以南の地）に逃亡した蕭紅は、その後魯迅《ルー・シュン》の指導も受けて、いちはやく世に知られた。蕭紅の文学「正史」における高い位置づけは「抗日文学」という大義名分に負うところが多いが、「文学史の書き直し」の動きの中で、蕭紅研究にもフェミニズム思想や歴史観の再検討などの視点が導入された。[2] この蕭紅と並んで当時「満州文学運動の推進に対し否定すべからざる功績をあげた女性作家」[3] と称されたのが梅娘である。

十九世紀末の中国では、より広い土地、よりよい生活を求め、多くの漢民族の人々が関内から豊かな満州平原へと移動した。梅娘の父親、孫志遠もこうした流れに乗り、貧農だった父に背負われて遥か山東省の招遠県から長春にやって来たのだった。孫志遠は十二歳のときイギリス人が経営するブランナー・モンド石鹼会社の使用人になり、英語を身につけた。後にロシア人経営の道勝銀行、日本人経営の正金銀行の外回りの店員になり、ロシア語と日本語も習得した。(4)こうして孫志遠は先祖代々従事してきた農業を捨て、事業を営むようになった。「棄農経商」の孫志遠は長春で著名な実業家となり、そのやり手ぶりや優れた商才は当時長春における最高位の官吏だった鎮守使の注目するところとなった。ロシア、イギリス、日本など各国の政治的経済的勢力が複雑に絡み合っていた長春で影響力を行使するために、鎮守使には孫志遠が必要だった。鎮守使は娘の反対に耳を貸さず、孫志遠を婿に迎えた。結婚は孫志遠にとって野望実現の手助けにはなったが、一方で個人生活における悲劇の始まりともなった。性格も趣味も夫人とは合わなかった孫志遠には、やがて愛人ができた。

孫志遠は中東鉄道で貨物運輸の支配人をしていた時、仕事の関係でよくウラジオストックに行き、そこで後の梅娘の生母に出会い、二人は二年ほど同棲していた。旧暦の一九一六年十一月十三日、梅娘はウラジオストックで生まれた。(5)奉海(奉天—海龍)、海梅(海龍—梅河口)鉄道を敷設するため、孫志遠は中東鉄道での仕事を辞め、梅娘とその生母とを連れて長春の家に戻った。孫志遠は母子を四平街に住まわせようと考えていたが、彼が仕事に出かけた間に、孫夫人は卑劣な手段で梅娘の生母を追い出してしまった(梅娘の生母は後に自殺したという)。

生母の死後、梅娘は父親の正妻である継母からは少しも愛されることがなかった。「私は幼い時に母親を失い、継母の手によって育てられた。最初、母親が実母でないとは知らず、私は小さな純粋な女の子の気持ちを抱いて母に近づいたが、母はいつも私のことをかまってくれない。私と話をする時には顔を強張らせ、怒った時にはすぐに罵る。私は母の笑顔を見たことがない」(6)と梅娘は振り返っている。早くから生母を失い、継母の「笑顔を見たことがない」という子供時代の体験は梅娘に大きな影を落とし、後に弱者への同情、女性への関心、大家族制への懐疑などのモチーフを形づくることに一役買ったと言えよう。ちなみに、「梅娘（メイニアン）」という筆名は「没娘（メイニアン）」（母がいない）と発音が同じである。

母親の愛情に恵まれなかった梅娘は父親の愛情をたっぷりと味わった。愛人を失った孫志遠はすべての愛を娘に注ぎ、娘の勉強のために優れた環境を用意した。梅娘は四歳から勉強を始め、清朝遺民の秀才（科挙の院試に合格した学生の通称）に経書や習字を習い、ロシア人の老婦人に英語を習い、ある老先生に数学を習った。暇があれば孫志遠はよく洋装した梅娘を連れ、長春の郊外で馬車を走らせた。馬車はフランスから買ってきたもので、当時の長春ではまだ珍しいものだった。孫志遠はよく手綱を梅娘に渡し、馬車を彼女に任せた。女の子が馬車に乗るなど当時長春の人々にとっては考えられないことだった。「たぶん、彼は意識的にそうしたのだろう。彼は自分の愛娘が男のように独立し、自ら歩むべき方向をつかむことを望んでいたのだろう」(7)と、晩年の梅娘は回想している。

梅娘の原点を考えると、満州、特に長春が相当な重みを占めていることがわかる。長春について、晩年の梅娘は次のように書いている。

私は長春の生まれではないが、物心がついた時から心に刻まれているのはすべて長春でのことだ。〔中略〕町ではあらゆる商売が繁昌していたと言えよう。質屋、呉服屋、米屋、金物雑貨屋などなどが立ち並んでいて、とてもにぎやかだった。〔中略〕

生涯忘れられないのは近隣の街並みである。さて、南向きに立っているとしよう。左はヴァチカンより派遣されたフランス国籍の神父が主宰するカトリック教会の仁慈堂、我が家の庭とは板壁一枚を隔てるだけだった。右はロシア道勝銀行の長春支店、緑のペンキを塗った丸い鉄製の屋根が高く聳え立っていた。道の向こう側はイギリスのブランナー・モンド石鹸会社、正面は精巧な中国レンガ造りの構えである。シンガー・ミシン会社の明るい大きなショーウィンドーには実物よりずっと大きいミシンのサンプルが置かれていた。ブランナー・モンドとシンガーの二大会社に挟まれているのは地元で手広く馬を取引している家、その黒いペンキ塗りの大門に門神様秦琼《チン・チオン》の彩色画が貼り付けられていた。［中略］大門の右側には粘土製の福神像があり、像の前の鉄香炉からは煙が終日うずをまいて立ち昇っていた。

　こうして、私の子供時代の生活には神的、人的、東洋的、西洋的な色彩が同時に入り乱れていたのだった。[8]

子供時代の体験は、作家梅娘の心の原風景となったのだろう。

## 二　文壇デビュー

梅娘が生まれた時の満州はまだ「東北王」と称された奉系軍閥張作霖《チャン・ズゥオリン》の支配下に置かれていた。満州事変（中国では九・一八事変）前、張作霖の奉系当局と日本および蔣介石の南京国民政府との関係は錯綜しており、日本の「満蒙における特別な地位は日露戦争により得たものではあるが、多くの既得権益は張作霖の時代より得たものであった」[9]。一九二八年六月四日に張作霖が爆殺された後、その地位を世襲した息子の張学良は軍閥として生きる道を捨て、国民政府の統治下に入った。中華民国の国旗の「青天白日旗」が満州の大地に翻り始めたのは一九二八年十二月二十九日以来のことである。

満州文学は五四運動以来の新文学より大きな影響を受けており、「満系作家」もほとんどはその影響下に育った。瀋陽の奉系軍人家庭に生まれ、後に北京の「新進作家」として有名になった袁犀（ユアン・シー、えんさい、一九一九―一九七九）の場合、五、六歳のときから私塾に入って啓蒙教育を受け、奉天省立第三小学校で勉強しているときも家庭教師について書道や古典を学び、梅娘と同じように最初は伝統教育を受けた。満州事変後、袁犀は高等小学校を中退、独学で奉天省立第二初級中学校に合格した。中学校で袁犀は初めて「白話文」（文学革命後推奨された言文一致体の口語文）に出会い、魯迅や周作人の作品を愛読し、郁達夫《ユイ・ターフー》を一所懸命に模倣した。一九三三年、袁犀は瀋陽の『民声晩報』紙に最初の短篇「面包先生」を投稿し掲載された。[10] 後に文選派の作家として有名になった遼寧省出身の梁山丁（リアン・サンティン、りょうさんてい、一九一四―一九九七）の場合、開原中学校時代、燕京大学卒業生で教員の辺燮清《ビエン・シエチン》から魯迅の『吶喊』と『彷徨』、蔣光慈《ジアン・グゥアンツー》の『鴨緑江上』、丁玲《ディン・リン》の『水』などを借りて、新文学の啓蒙教育を受けたのである。[11]

初等小学校四年および高等小学校二年合計六年の課程を三年間で勉強し終え、一九三〇年、梅娘は優秀な成績で高等小学校を卒業した。中学校進学に際し、英語教育で有名なミッション・スクール、ロシア語を学ぶハルビンの女子中学校および吉林市にある省立女子中学校といった三つの選択肢があった。父親が北伐戦を体験した友人たちに薦められて三番目の選択肢を選んだのは、「〔この学校の〕校長は北伐軍とともに来た革命の志士、先生のほとんどは北京か上海の大学を卒業した人、教科書は中華書局〔一九一二年設立、商務印書館と並び中国を代表する出版社〕より出版された最新のテキストを使っていた」からである[12]（以下、〔 〕内は筆者補足）。秋に編入試験を受け、国文、英文、算数はすべて合格し、「論振興女権的好処」（女性の権利を振興する利点を論じる）という入試の作文がとくに教師たちを驚かせている。それは父親の指導のもと『秋瑾伝』や梁啓超《リアン・チーチャオ》『飲冰室文集』を読み、その影響を受けたからであろう。

　家庭の鬱屈した雰囲気から離れた梅娘は、中学校で楽しい毎日を過ごしていた。新入生の歓迎会で梅娘はイプセンの『ノラ』に出演し、それをきっかけにイプセン、バイロン、ロマン・ロランなど西洋作家の作品を読み始めた。中学校で梅娘が最も敬服した教員は北京大学卒業生で国文科の王春沐《ワン・チュンムー》である。「彼はわれわれに白話文で作文や日記を書くことを指導した。私はすでに思いのままに使えるようになっていた之乎者也など古臭い虚詞をさっさと捨て、呢呀啦嗎を使い始めた。口語の語順で自分の思想や体験を記録しはじめるやいなや、ペンは春の潮のよう、押し寄せる波のしぶきは尽きることがなかった。王先生は私に新文学の入門授業をしてくれたのだ」[13]と梅娘が振り返る。梅娘はそれから五四運動以来の新文学に触れ始め、聞一多《ウェン・イードゥオ》、許地山《シュ・ディシャン》、冰心《ビンシン》らの作家の作品を読み漁った。王春沐は梅娘の作文に文学的「天才」を発見し、冰心の『寄小読者』[14]を梅娘に与え、作家になるようにと梅娘を励ました。

　一九三一年に満州事変が起き、その後すべての学校が閉鎖された。梅娘は吉林から長春に戻り、林紓《リン・シュ》[15]が翻訳した外国小説のシリーズや『紅楼夢』、『西遊記』などを読み漁り、読書の日々を送った。その間、梅娘の父は満州国中央銀行副総裁就任の要請を拒んでいる。翌年、継母の転地療養のため、梅娘ら兄弟も大連、青島、済南に同行した。療養先では学校に行く必要もなく、家庭教師もついておらず、天国のような毎日だった。東北平野で生活していた子どもたちにとって大連、青島の浜辺での遊びはこれ以上ない楽しみであり、色とりどりの小さい生き物、とくに横歩きの小さい蟹が梅娘に深い印象を与えた。後に作家になった梅娘がしばしば海の生物の名を小説の題名としたのは、この時期の体験にも関係があるだろう。済南では大明湖の近くに住んでおり、梅娘はよく講釈場に行き、講釈師たちが語る歴史物語や俠客物語に陶酔した。

やがて満州国が一九三二年三月一日に「建国」され、学校教育も徐々に復旧した。一九三三年、梅娘は省立女子学校に戻り、高等学校部に進学した。自伝色が濃い中篇小説の「蟹」で梅娘は主人公の鈴鈴の目から見たこの時期の高校生活について、「鈴鈴の高校生活は年末にも終わろうとしているのに、勉強はちっとも忙しくない。教科書はほとんど手に入らないし、専門科目の先生たちは相次いで学校を離れ、故郷へ帰ってしまった。授業は自習になり、または日本人の女の先生に料理を教わる。作るのはすべて日本料理、最初は好奇心で興味が沸いたが、しばらくすると口に合わないためまったくつまらなくなってしまった」[16]と書いている。

国文科教員の王春沐も学校を離れて従軍したという。学校の授業は中国近代史が中止になったが、ほかの科目には大きな変化は見られなかった。国文科の恩師孫暁野《スン・シァオイエ》[17]が「憂国の士」屈原の詩を教え、梅娘ら学生を深く感動させた。読書会で梅娘たちは蕭紅と蕭軍が書いた『跋渉』[18]より示唆を受け、自ら雑誌を作り始めた。同時に梅娘は小説を書き始めた。一九三六年の夏、孫暁野は梅娘の作文集を長春の益智書店の責任者宋星五に推薦した。作文集を読んで宋星五は「これは第二の『寄小読者』だ」と称えた。『寄小読者』とは、冰心が少年少女に対し手紙の形で父母や兄弟、友人への愛を語りかけた散文集である。作文集はこの年『小姐集』（筆名は「敏子」）と題して長春益智書店より出版され、梅娘は作家としてのデビューを果たした。[19]なお、『小姐集』については、林里《リン・リー》が「『小姐集』の筆致は繊細だ。彼女は自分の美しい記憶と美しい夢とを記録し、彼女は愛しい人々や愛しい物語を編み上げ、自然を賛美し、自己を描写している」[20]と評価している。

『中国抗戦時期淪陥区文学史』は蕭紅と蕭軍の『跋渉』を「東北淪陥後第一冊目の小説集」と認める一方で、「一九三七年以前、東北で出版された地元の作家による小説集はわずか二冊しかない。梅娘の『小姐集』と励行健《リー・シンジェン》の『風夜』である」と記載している。(21)厳密に言えば、『小姐集』は第三冊目だということになる。励行健（筆名は今明）は大家族の崩壊を描いて「満州の巴金《バー・ジン》」とも称されている作家であり、その短篇小説集『風夜』は一九三五年に出版されるさい検閲を避けるため「上海発行」と記している。

## 第二節　文壇論争

### 一　様変わりした山河

王秋蛍《ワン・チウイン》（一九一三―一九九六）は自らたどってきた半世紀について以下のように振り返っている。「当時はまだみんな祖国の文学という母体の中で育ってきた新生児であり、五四運動以来の反帝国主義反封建主義の優良な文学伝統を引き継いだ。二〇年代末期、我が国の左翼革命文学思潮は或る人々には深く影響を与えもした。しかし私たちはみな悪い時期に生まれてしまった。母体を離れるやいなや、東北の山河はもう様変わりしていたのだから、生まれ育ちの矛盾は避けようがなかった。(22)」ここからは重い宿命感とアイデンティティの葛藤を読み取れよう。

一九〇六年、満州最初の新聞『盛京時報』が日本人中島真雄により奉天で創刊された。(23)張作霖の軍閥統治の下でこの一紙だけが言論の自由を享受していた。同紙は五四運動期から新文学作品を転載し始め、一九二八年までに魯迅、胡適《フー・シー》、郭沫若《グゥオ・ムォルオ》、冰心、郁達夫、王統照《ワン・トンジャオ》ら新文学作家の作品を掲載していた。その主筆を務めた「趣味が広く、学識も深い」穆儒丐（ムー・ルーガイ、ぼくじゅかい、一八八五―一九四六）は満州文壇における「最初の比較的著名な小説家および翻訳家[24]」であり、一九一九年より同紙に小説や脚本を発表し、ユゴーら外国の著名作家の小説を翻訳し始め、満州新文学初期の展開に大きな役割を果たした。

中国人が経営する新聞が相次いで創刊され、新文学が満州の大地に流行したのは一九二八年に張学良が国民政府の傘下に入ってからのことである。それ以来蔣光慈ら左翼作家の作品も続々と満州に輸入され始め、プロレタリア文学やヨーロッパ十九世紀のリアリズム文学の影響も大きくなった。大まかに言えば北のハルビンはロシア文学、南の瀋陽は欧米や日本の文学より影響を受けている[25]。

満州事変が起きたとき、梅娘はまだ吉林省立女子中学校の中学生だった。学校の隣にある吉林省国民党本部のビルの屋上に翻っていた中華民国の「青天白日旗」が徐々に降ろされるのを目撃し、強いショックを受けている。以来各地で文化的活動に対する規制・妨害行為が見られ、例えば瀋陽では、「日本軍は瀋陽を占領したのち、新聞による関内各地の報道を一切禁止し、関東軍はスパイを派遣して、郵便局を封鎖し、中国人発刊の新聞・出版物を検閲・発禁にした。そして、日本人の出版した『泰東日報』、『盛京日報』、『満州報』などは、無理矢理に中国人に予約講読させた。日本軍は、中国人が設立した新聞社や通信社にやってきて、原稿を焼き捨て、事務用品や印刷設備を廃棄、破壊し、さらに、社員を拉致し、はげしい暴行を加え、新聞社・通信社を封鎖した[26]」。翌年三月、日本人にとって「昭和最大の夢」であった「満州国」が「誕生」し、「日本人、中国人、朝鮮人、ロシア人、蒙古人、満州族、北方少数民族など、さまざまな民族を含み、旧皇帝から旧貴族、軍人、官僚からテロリストとスパイまで、さらに転向学者や移住農民や俳優や作家、詩人に至るまで、ありとあらゆる種類の人間たちが、この壮大な夢と欲望に参画しようと、中国大陸東北部の地に蝟集し[27]」、満州の地はそれから大きく変貌した。

一九三三年春、「冷霧」、「白光」などの文学団体が続々と誕生し、文化活動は「事変」の打撃から徐々に回復していく。一九三四年、日本人の飯河道雄が奉天で東方印書館を開き、大型総合雑誌『鳳凰』を創刊した。梅娘がデビューした頃、「当時の各新聞や雑誌はみな資本主義的な経営様式の中で発展を求めている。販路を広げ、更なる利潤を得るため、読者の好みに迎合し、刊行物を豊富多彩にしなければならなかった」[28]。梅娘の『小姐集』を出した益智書店も、利益を得るため関内の「新文学作品の海賊版を数多く出した」[29]という。一九三七─一九四一年前後は満州文学の繁栄期であり、小説創作の充実はとくに際立ち、[30]「文選派」、「文叢派」と「芸文誌派」の対立も目立っていた。

## 二　郷土性 vs モダニズム

一九三八年十二月奉天で王秋蛍《ワン・チウイン》、陳因《チェン・イン》、王孟素《ワン・モンスー》らは「文選刊行会」を結成し、大型純文芸雑誌『文選』を創刊した。「文選刊行会」の同人は文選派と呼ばれる。『文選』の「刊行縁起」には三つの原則が示されている。一、文芸には歴史的な使命感が必要である。二、今の文芸は大衆を教育する利器であり、現実を認識する道具である。「芸術のための芸術」は必要なく、真実を書き、真実を暴露するべきである。三、五四運動以来の新文学の遺産を受け入れるべきである。『文選』の第一輯は二十万字余り、第二輯は四十万字前後の紙幅がある。第二輯の後は「毎月叢編」を出版し、『文最』、『文穎』といった『文選』の姉妹雑誌も出している。『文選』の同人らはその後また「文選小叢書」を発行し、一九四一年九月には王秋蛍の短篇小説集『小工車』、一九四一年十月には袁犀の短篇小説集『泥沼』を文選刊行会より刊行した。

新京と改名され、満州国の首都とされた長春は数年の間に文化人が集まる場所となった。一九三八年七月、新京発行の『大同報』は『文芸専頁』を設け、梁山丁、呉瑛《ウー・イン》ら『文芸専頁』のメンバーはまた「文叢刊行会」を作り、一九三九年から一九四〇年の間に「文芸叢書」として単行本を四冊編集した（呉瑛の『両極』、山丁の『山風』、梅娘の『第二代』、王秋蛍の『去故集』）。「文叢刊行会」の同人は文叢派と呼ばれる。文叢派は文選派と主張が似ていて、メンバーもかなり重なっている。

日本の「同化政策」への反発もあり、文選派、文叢派の同人は「現実を暴露する作品、地方色豊かな作品および東北人民の日常生活を描く作品は、すべて郷土文学だ(31)」と認識し、郷土文学を強調していた。王秋蛍の小説では、都会の片隅で喘ぐ肺病に苦しむ貧乏学生、退役した兵士、零落した女芸人等が主人公になっている。『小工車』に収められた「小工車」は作者の少年時代の撫順鉱山区での体験を生かし、満州国「開発」の裏側にある労働者の悲惨な生活を描いている。袁犀の「流(32)」は地主にさんざん搾取されるうえ、政府軍の兵士の略奪も避けられない農民の極貧生活を描写している。『泥沼』の中の「一只眼斉宗和他的朋友」（片眼の斉宗と彼の友人(33)）の主人公斉宗は古本の販売人、こっそりとショーロホフの『静かなるドン』やゴーリキーの『母親』などソ連の書籍を売っている。『泥沼』の中の「隣三人」の主人公は売春婦や無一文の労働者に温かさを感じ、下層階級の人たちの充実した人生を発見する。『泥沼』は出版されてまもなく発行を禁止された(34)。梁山丁の代表作とされる長篇小説『緑色的谷』（緑なす谷(35)）はショーロホフの『静かなるドン』を参考にし、また有島武郎からの影響も受け(36)、侵略に伴う機械文明に直面した農村が経済的に崩壊してゆく現実を描いている。梁山丁は短篇小説『残闕者』（身体障害者）の中で主人公の家族三人をそれぞれ「口の不自由なもの」、「耳の不自由なもの」、「足の不自由なもの」とし、「偽満州国の王道楽土には、身体の自由な人間が一人もいないことを象徴(37)」させ、検閲の目を潜り、表現技巧上にも工夫を凝らし、為政者の宣伝する「王道楽土」が現実とは矛盾していることを暴露している。

一九三六年後半より梅娘は自立をはかって『大同報』で校正係をしながら週一回の婦人欄を編集していた。一九三七年末『大同報』編集者の柳龍光（リウ・ロングァン、りゅうりゅうこう、一九一五―一九四八）と結婚する。「梅娘と柳龍光の陋居はさっそく当時文選、文叢派の若い作家たちの文芸サロンとなった。この時期の梅娘は、社会意識と民族意識を高め、自覚的に大衆の生活を反映する小説を書き、大衆における『永久性』を求めていた」[38]という。一九三八年末に柳龍光が『大阪毎日新聞』の記者採用試験に合格すると、梅娘もともに日本に赴いたが、「『文芸専頁』の編集者糸已〔柳龍光〕は梅娘と日本に渡った後も、『華文大阪毎日』の主編を務めながら、依然として遠くから文選、文叢派と互いに呼応し、芸文誌派と論争する態勢を取っていた」[39]のだった。

一九三七年三月、古丁（クーティン、こてい、一九一六―一九六四）は少年時代の先生であった稲川朝二に支えられて『明明』を創刊し、魯迅の作品が国境を超えて全人類の宝となったように、文学には国境がないと主張した。『明明』は一九三八年九月に停刊、それに代わり一九三九年六月に『芸文誌』が創刊され、古丁、爵青《チュエチン》、小松《シャオスン》ら同人は芸文誌派と呼ばれた。

古丁は文壇の制度化、職業作家の出現を期待し、「日系作家の中で、北村謙次郎氏と檀一雄氏が相次いで職業作家になった。〔中略〕日系作家は最終目標を東京の文壇に置くことができる。〔中略〕しかしわれわれは文を書きながら壇を作らなければならない。この苦しみはただものではない。しかし、このただものではない苦しみを嘗めないと、満州文学は本格的に発展することができない」[40]と述べている。一方古丁は現状に対しては悲観的であり、「原稿料と印税は職業作家を作りだせるが、おめでたい三文文士も作りだせる。こんな考えから、私には満州に職業作家が現れるのを期待する勇気があまりなくなる」[41]とも言う。

古丁は「日本の文壇を見ると、世界文学の翻訳がいかに彼らの中身を豊富にしたかがわかる」[42]と言い、満州の地でも外国の文学を広く翻訳し紹介することを提唱している。古丁はまた改造社が出版した全七巻の『大魯迅全集』の各巻末にある松枝茂夫や増田渉ら（それに匿名の胡風）が日本の読者のために書いた「解題」を翻訳し、「魯迅著書解題」と題して一九三七年十一月の『明明』に発表した。「魯迅著書解題」は、魯迅に縁のない満州の読者が魯迅の世界を垣間見るチャンスを与えた。古丁は辞書の編纂にも熱意を示し、彼の夢の一つは「日本の『広辞林』のように、死語と活語をともに収め、過分の望みを許されるならば、さらに土語を加え、『漢語大辞典』を編纂する」[43]ことだった。

芸文誌派は、文芸界が低級なものに占められていた当時の状況に対し、新文学はまず量的に発展しなければならないと提唱し、「写〔書いて〕印〔印刷する〕主義」および「方向のない方向」というスローガンを提示した。それらの主張について古丁は、「同調できると認めたひとは、名を知っているか、面識があるかを問わず、援助をお願いし、宣伝を頼む。人それぞれが新しい道を拓くことを期待するが、その方向は問わない。うわついた調子になることなく、鸚鵡のようにひとまねをせず、着実に書く、または翻訳をするひとなら、すべてわれわれの友人であり、友人に求めるのはただ『強靭さ』だけ。それゆえ、われわれは、『書いて印刷する、これで十分だ』と、絶えず言ってきたのである」[44]と述べている。いっぽう爵青は文学の目的性を否定し、写実主義に批判的な態度を取った。爵青はジョイスやプルーストを紹介し、ジイドの方法も学び、モダニズム手法を用いて実験的な小説を書いた。その代表作は一九四二年に「文芸盛京賞」を受賞した中篇小説「欧陽家的人們」[45]である。

文選派、文叢派と芸文志派の論争について、梁山丁は次のように記憶している。

ちょうどその時、雑誌『明明』は、日本人の後押しを得て創刊され、文壇に希望をもたらしてくれた。『明明』に掲載された小説「山丁花」は、北満伐採夫の苦しい生活を細かく描き、地方色の豊かな作品だった。それを読んで、私は、早速「郷土文学と山丁花」という感想文を書いた。文章の中で、私は、郷土文学の現実性を指摘し、作家たちに郷土文学の作品を多く書いてほしいと注文した。図らずも、この短い文章は大論争を起こしてしまった。彼等は、「郷土文学」を「大豆とコーリャン」や「猟奇文学」と皮肉る。しかし、私の主張を支持する文壇の友人も多くいた。(46)

論争は約三年間続いた。郷土性と近代性とについての議論は中国近代文学における不可避の問題ともいえるが、ここでは満州国の背景も加わり、議論はさらに多岐にわたった。この当時の論争を振り返り、一九九〇年代より『文選』と『文叢』派の中の一部の人は内外文化交流の意識と寛容さが足りなかった。彼らは日本人と仲良くすることをすべて日本人に迎合することと見做し、そこから敵対の心理が生じ、『芸文誌派は日本人のスパイだ』などとさえ言った(47)」というような意見が見られ、歴史上の論争をより柔軟にとらえるようになってきた。

なお、文選派・文叢派と芸文志派とは明確に分かれているわけではなかった。複数の作家が両方に寄稿していた。例えば文叢派と見なされる袁犀の場合、一九三七年に書いた短篇小説「隣三人」と「母与女」の二篇はそれぞれ長春にある芸文志派の月刊誌『明明』の第三巻第一期と第三期に掲載された。

## 第三節　「アメ」と「ムチ」

満州国の新聞事業は「日本の関東軍が直接統治・指揮した、軍制・官制の新聞事業だった」[48]と指摘されている。司法官出身の満州国弘報処長武藤富男は「戦時に適合する新聞発行態勢を整えておかねばならぬ」と思い、次のような政策を考えていたという。

古い国で伝統ある新聞をもっている日本にとっては、この戦時体制に備える報道機関紙を整備することがなかなか大変なことであるが、満州国ではそんな手のこんだことをしなくとも、法律の力をもって、新聞経営者の受け入れ易い方策をとれば、それは可能である。すなわち、有力新聞社を数社、特殊法人として設立し、現存する諸新聞社の社名をそのままにして、これを特殊法人にとりこみ、各地の小新聞社をその傘下におくことにすればよい。勢力微々たる満語の新聞の現状には、規制をつけず自由に発行せしめ、反満抗日紙と認めたものは、検閲、発禁等をもって臨めばよい。満語新聞には、むしろこの際、政府が資金を投じて、全満に行き渡る大規模の新聞社を作り、満系記者を就職させて、取材させる方法をとる。今まで個人か個人同様の者が経営していたものは、協力するか、合併してもよし、独立を守らせてもよい、経営者の自由とする。

ここにおいて、法律学をやり、裁判官をやり、満州法制に関係した私は、新聞社法という法律をもって新聞の活動を規制あるいは発展させるという方策を考え出したのであった。〔中略〕

旧体制をこの非常時代に一挙にして改革し、迫り来る開戦態勢に対応しようとしたのが、新聞新体制の目的であった。[49]

武藤富男の回想録『私と満州国』によると、一九四一年一月一日の新官制の実施後、「他の官庁の仕事であって、弘報宣伝に何らかの関係をもつものは、あげてこれを弘報処に取り込むこととなった」。弘報処所管事項は「一、世論の指導に関する事項。二、文芸、美術、音楽、演劇、映画、唱片及び図書などの普及に関する事項。三、重要政策の発表に関する事項。四、弘報機関の指導監督に関する事項。五、宣伝資料の統治に関する事項。六、出版物、映画、唱片、其他の宣伝物の取締りに関する事項。七、放送事項及び報道通信の指導取締りに関する事項。八、情報に関する事項。九、その他対外宣伝に関する事項」[50]だった。このような弘報処が一九四一年三月二十三日に作成した「芸文指導要綱」[51]に対し尾崎秀樹は「日系作家も、満系作家も、伝統の中に生きることでしか文学を創造することができなかった。『芸文指導要綱』の精神は、勝手な方向に顔をそらした作家たちの頭上で、おろかしい一人相撲をくりひろげ、満州建国の神話が音をたてて崩れるまで空しい呼号を続けていた」[52]と指摘する。「芸文指導要綱」公表後の状況を梁山丁は「指導要綱は、明らかに『郷土文学』を意識したものので、暗黒面を書いてはいけないなど、書いてはいけない内容を八項目にわたって書いていた。私たちは、ひそかに要綱を『八不主義』と称した。このような情勢の下で私たちの『真実を暴露し、現実を描写しよう』という主張は、まさに困難極まりない課題だった」[53]と語っている。

「弘報処長たる私にとっては、文芸家だけでは足りない、美術、音楽、映画、文学、演芸、写真などの分野に属する人たちを、これまた素人、専門家の別なく、ひっくるめて面倒を見よう、そして満州国を美しく、楽しいところにしようと思った。言ってみれば、この国土にルネサンス時代を招来せしめようとしたのである」[54]という、武藤富男が語った「夢」とは裏腹に、文芸に対する首都警察の「検閲」はますます厳しくなっていた。呉瑛の小説『鳴』(55)について、首都警察は「夫は日本、妾は満州、父は中国を暗示している。日本の飽くなき貪婪が満州を占領し、更に中国を侵略して将に中国民族を滅亡せしめんとしていると云うことを述べている」、「満系民衆が日本に剝奪されたことを暗示している」と分析し、但娣《ダンディ》の『戒』(56)についても、「浪漫的色彩を通じて一つの革命的信念を表現したものである」(57)と分析している。

一九三六年、『盛京時報』は創刊三〇周年を記念し、「文芸盛京賞」を設立した。一九三六年第一回は陶明濬《タオ・ミンジュン》の『紅楼夢別本』(58)、一九三七年第二回は黄式叙《ホワン・シーシュ》の詩集『松客詩』、一九三八年第三回は穆儒丐の長篇歴史小説『福昭創業記』(59)が受賞した。また「満州国民生部大臣賞」が一九三八年に設立され、第一回は穆儒丐の『福昭創業記』、第二回は古丁の長篇小説『平沙』(60)、第三回は爵青の中篇小説「欧陽家的人們」が受賞した。

植民地の「文学賞」の本質について、川村湊は『異郷の昭和文学――「満州」と近代日本』の中で、「文学賞という『制度』は、この時代の植民地下において極めて政治的、国策的な意味を帯びて運用されているのであり、それは明らかに外地における文化政策、すなわち植民地での民族協和、他民族の皇国民化、『国語』としての日本語の奨励といった目標を明確にした『アメ』としてあったのだ。むろんそれは、民族語への抑圧、民族主義への弾圧、非時局的、反体制的な表現活動の制限、圧迫といった『ムチ』と連動したものにほかならなかったのである」(61)と語っている。いっぽう穆儒丐および『盛京時報』文学賞について、王秋蛍は「彼〔穆儒丐〕は通俗小説家であるが、進歩文学を絶対排斥しようとはしない。同紙〔『盛京時報』〕のその後の文学賞はほとんど青年作家の新文学作品に与えられた。例えば山丁の短篇小説集『山風』と疑遲《イーチー》の『天雲集』はみな敵の統治下において勤労人民の悲惨な生活を暴露する作品であるが、彼は漢奸〔売国奴〕文人の立場に立ってこれらの作品に賞を与えるのに反対することは一回もなかった。当時彼の新聞社での地位からして、各回の文学賞を誰に与えるべきかについて、編集権を握っている日本人であっても彼の意見を聞かねばならなかった[62]」と回想している。文選派作家王秋蛍は『文選』を編集すると同時に『盛京時報』の編集も担当していた。その回想から文学賞の運営状況も垣間見ることができよう。

## 第四節　「満州浪漫」vs「満州脱离」

大連在住の評論家西村真一郎曰く、「満州文学」は「浪漫的性格を発展の現実的過程として持つ」ものでなければならない[63]。文選派、文叢派に「暗黒」に描かれた満州、芸文志派が「面従腹背」(第五章第二節を参照)しなければならなかった満州は、「浪漫的」なイメージも与えられた。満州国では、『満洲浪曼[64]』という名の雑誌も作られた。

脱亜入欧、富国強兵といった日本の近代的な精神は大陸開拓の野望へと延長されていく。満州を植民地視すること、そして満州事変の軍事侵略に対する「美化と承認とは、一九三〇年代から一九四五年の日本の敗戦までの間の大多数の日本人の共通認識[65]」でもあった。満州へは、夢と新天地を求める人々、故郷にいたたまれなくなった人々の群れがやってきたのだった。

北村謙次郎の目には満州国の首都である新京は「一種不可思議な衝動のみ充満し、議論が多く、なにかもどかしい気持ちばかりで明け暮れていた」ところのように映っていた。[66] 彼はいわゆる「大連イデオロギー」と「新京イデオロギー」との対立について、「その頃の満州国官吏というと、よく飲みよく遊びもしたようだが、協和服を着込んで建国精神や協和理念を説くにあたり、颯爽たる気概にむしろ筆者などアテられ気味で、渡満当初はひどく当惑したことを思い出す。新京だけならまだしも、彼らは日本に出かけようが大連あたりへ出張しようが、臆面もなくこの『満州風』を吹きまくったから、ずいぶんヘキエキする向きが少なくなかった筈だ。そこでこの『風』を新京イデオロギーと尊敬し、満鉄マンあたりによって代表される自由主義的な大連イデオロギーなるものが、はっきりこれと対立することとなった[67]」と描いている。新京にしても大連にしても、大陸への夢につながり、「浪漫」の雰囲気に浸っている。

　満州は檀一雄にとっても可能性に満ちた浪漫的な世界であった。「生まれた時から自分の故郷を喪失していた」と自ら『青春放浪』[68]で述べた檀一雄は東京帝国大学を卒業後、満鉄への就職依頼という口実で大連、新京、奉天、ハルビンを放浪した。「彼の考え方の根底にあるのは、現実にある満州国を否定し（あるいは無視し）、その地下に理想としての〝大満州国〟という夢を見ることだった。そして、それは地下の夢を語ることによって、地上の、現実の満州国の問題点を、一切黙殺するという態度とならざるをえなかったのである[69]」と川村湊が指摘している。一方、満州の作家、例えば「親日的」とされる芸文誌派作家古丁の作品からも、「浪漫」を感じられない。古丁は『平沙』で主人公の白今虚《バイ・ジンシュ》が「土と砂」で作られた「新城」（新京）に抱いたイメージについて、「彼はこれらの色鮮やかに塗られた土と砂から、自分の期待している新しい霊魂と智慧を見出せない。彼は大多数の住民は相変わらず卑俗と下賤に止まっているのを感じている。彼はこの新と旧の間の巨大な溝は実に深くて広いことを実感している[70]」と述べている。

満州に来た日本文人には左翼文人や転向文人も目立つ。左翼的な評論活動をし、満州文学の翻訳に尽力した大内隆雄（本名山口慎一）の場合、「脳の中では、『満州国』の『文化の革命』と、中国プロレタリアートの革命文学運動は、矛盾するものではなく、むしろ連帯し、ともに闘うものとしてとらえられていた」[71]と言われる。日本共産党は一九二八年の「三・一五事件」および一九二九年の「四・一六事件」といった全国的大検挙によりほぼ潰滅状態にあったため、満州へ渡ることは日本プロレタリア文学運動の転向の仕方の一つとなった。プロレタリア作家であった山田清三郎や島木健作は転向した後に、権力への奉仕の道を選んだ。山田清三郎は満州に渡った後、満州文芸家協会委員長などを務め、満州代表六人（山田清三郎、呉瑛、古丁、爵青、バイコフ、小松）の引率者となって一九四二年十一月三日から五日まで東京で開催された第一回「大東亜文学者大会」に出席した。

呂元明が「日本占領時代、日帝に逮捕、投獄、殺害された作家がたくさんいた。金剣嘯《ジン・ジェンシァオ》、小古《シァオ・グー》などが処刑され、呂大千《リュ・ダーチエン》、王珏《ワン・ジュエ》、王天穆《ワン・ティエンムー》らは獄中でなくなった。田賁《ティエン・ペン》と李季瘋《リー・ジーフォン》は後に脱獄したが、まもなく死亡した」[72]と指摘するように、満州国の「建国」にともない、作家たちは試練に直面するようになり、そして逃亡も始まった。

まずハルビンでの活躍が注目されていた作家たち。一九三四年六月、蕭紅と蕭軍は青島へ脱出し、十一月に上海に到着した。一方満州に踏みとどまった金剣嘯（ジン・ジェンシャオ、きんけんしょう、一九一〇―一九三六）はその抗日文芸活動で日本憲兵のブラックリストに上げられ、一九三六年六月十三日日本駐ハルビン総領事館の特高に逮捕され、八月十五日に他の四人の愛国者と一緒にチチハル市北門外の刑場で銃殺された。梁山丁はしばらく五家站という小さな町に避難し、一九三五と一九三六年は彼の文学人生の「空白の二年」[73]となっている。一九四三年、農村の暗黒面を描写した長篇小説『緑色的谷』が出されたさい、梁山丁は弘報処から警戒され、警察局のブラックリストに上げられたため、検閲・削除処分を受け、家宅捜査された。九月に梁山丁は「病気の治療を理由に、人に頼んで、汪精衛《ワン・ジンウェイ》政権の大使館から出国証明をもらい、そうして山海関を越えて[74]」、北京に脱出した。

袁犀の場合、「郝赫」という赤色や革命を連想させる「赤」が三つ入った名前を使うことにより、満州国郵便検査警察官のブラックリストに入れられ、一九三四年北京に逃げている[75]。北京で暮らしが行き詰まり、自殺を図ったが救われ、間もなく東北から亡命に来た学生を受け入れる「東北流亡学生収容所」に入れられ、その後また東北難民子女学校、知行補習学校に移った。一九三五年前後袁犀は初めて左翼文芸作品に触れ、巴金小説の情熱およびロマンチックな精神に強く引き付けられた[76]。一九三六年春、袁犀は「自由主義学校」と称されていた芸文中学校に受かり、ここで恩師となる評論家、美学研究家の常風《チャン・フォン》にも出会っている。学費を手に入れるため一九三七年夏に瀋陽に戻った袁犀は、盧溝橋事件後さっそくロシア語を習いはじめた。同時に左翼文化人たちにも近づき、労働者生活を描く小説を書き始めた。父親は袁犀に医学を勉強することを命じたが、袁犀はそれに従わず、文学を生涯の仕事にすると決心した。一九三八年、短篇小説「海岸」と「夜」が瀋陽の『新青年』に掲載され、袁犀はその原稿料をもらって再び北京に赴き、作家としての人生を本格的に始めた。

一九四一年末、左翼文化人に対する「大検挙」が行われ、多くの文化人が逮捕された[77]。王秋蛍は、「一九四五年の敵が滅亡する直前、私は瀋陽にある日本憲兵隊に逮捕され、尋問を受けた。彼らは私のすべての作品をとっくに集めていただけではなく、私が編集した、例えば『文選』や『盛京時報・文学』などの刊行物まで全部そろえて罪証として机に載せた。しかも彼らは問題があるとしたところに全部赤ペンでチェックを入れていた[78]」と自分の経験を語っている。一九四一年以後、東北から越境して「入関」（「関内」に入る）した満州作家には梅娘（日本から北京へ)、袁犀、梁山丁、黄軍《ホワン・ジュン》、辛嘉《シン・ジャ》、範紫《ファン・ズー》らがおり、彼らは在華北「満州作家群」となった。

(1) 満州は「満洲」とも記すが、ここでは満州に統一し、歴史的名称として使用する。

(2) 孟悦・戴錦華『浮出歴史地表』(河南人民出版社、一九八九年七月)および劉禾の論文「文本、批評与民族国家文学——『生死場』的啓示」(『今天』一九九二年第一期、後に「文本、批評与民族国家文学」と改題され、劉禾『語際書写——現代思想史写作批判綱要』香港・天地図書、一九九七年十一月に収録されている)などを参照。

(3) 韓護「『第二代』論」『大同報・文芸』一九四〇年十二月、陳因編『満洲作家論集』(大連実業印書館、一九四三年六月)所収。『偽満時期文学資料整理与研究・研究巻・満洲作家論集』(哈爾浜・北方文芸出版社、二〇一七年)より引用、一八九頁。

(4) 道勝銀行の正式名称は「華俄道勝銀行長春支行」であり、一九〇〇年に設立された。正金銀行の正式名称は「横浜正金銀行長春支店」であり、一九〇七年に長春に事務室が設立され、一九一九年に事務室は長春支店となった。金広鳳主編『長春市誌・金融誌』、吉林文史出版社、一九九三年二月第一版第一刷を参照。

(5) 梅娘の生年月日についてはいくつか説があるが、北京の梅娘研究者の陳言氏は諸説を参照し、さらに梅娘が「粛反運動」(粛清反革命運動)中に事情聴取されたさいに提出した供述書類に基づき、旧暦の一九一六年十一月十三日と結論付けた。

(6) 梅娘「我没看見過娘的笑臉」(私は母の笑顔を見たことがない)『婦女雑誌』一九四四年第五巻第十一期、一〇頁。

(7) 梅娘「我的青少年時期(一九二〇—一九三八)」『作家』(長春)一九九六年第九期、五九頁。

(8) 梅娘「長春憶旧」『梅娘小説散文集』北京出版社、一九九六年九月、五九一—五九二頁。

(9) 中国第二歴史档案館「日本並呑満蒙之秘密計画」『史政局及戦史編纂委員会档案』七八七巻、三一七頁。王承礼主編『中国東北論陥十四年史綱要』、中国大百科全書出版社、一九九一年九月より再引用、一四頁。

(10)「李克異年譜」、李士非ほか編『李克異研究資料』広州・花城出版社、一九九一年五月、五頁参照。
(11) 梁山丁「我与東北的郷土文学」、馮為群・王建中・李春燕・李樹権編『東北淪陥時期文学国際学術研討会論文集』、瀋陽出版社、一九九二年六月、三六五頁。
(12) 前掲「我的青少年時期」、五九頁。
(13) 同上、六〇頁。
(14) 冰心『寄小読者』上海・北新書局、一九二六年五月初版。
(15) 林紓(一八五二―一九二四)、字は琴南。作家、文学研究者および近代西欧文学の翻訳家。
(16) 梅娘「蟹」『蟹』華北作家協会編集・武徳報社発行、一九四四年(中華民国三十三年)十一月、一〇七頁。
(17) 孫曉野(本名孫常敘、一九〇八―一九九四)、後に東北師範大学教授。古文字学者。
(18) 蕭紅・蕭軍『跋涉』哈爾浜五画印刷社、一九三三年十月。黒龍江省文学芸術研究所、一九七九年十月復刻。
(19) 梅娘「寒夜的一縷微光――『小姐集』刊行五十二年、祭宋星五先生兼作選集後記」(『梅娘小説散文集』北京出版社、一九九七年九月)などを参照。
(20) 林里「東北女性文学十四年史」『東北文学研究史料』一九八七年十一月第五輯、哈爾浜文学院、一〇二頁。
(21) 徐廼翔・黄万華『中国抗戦時期淪陥区文学史』福州・福建教育出版社、一九九五年七月、六一、五〇頁。
(22) 王秋蛍「我所知道的東北淪陥時期瀋陽文学――在東北淪陥時期文学学術討論会上的発言」『東北文学研究史料』一九八七年十二月第六輯、哈爾浜文学院、二一頁。
(23)『盛京時報』、中国字新聞、一九〇六年十月十八日奉天で創刊。口語と文学革命を提唱。その先導の下、満州各地の新聞もほとんど口語を採用するようになったという。
(24) 前掲「我所知道的東北淪陥時期瀋陽文学」、三三と二六頁。なお穆儒丐については村田裕子「ある満州文人の軌跡」(『東方学』一九八九年三月第六一輯)又は「穆儒丐的精神暦程」(前掲『東北淪陥時期文学国際学術研討会論文集』)などを参照。
(25) 呂欽文「東北淪陥区的外来文学及其影響」(『学術研究叢刊』一九八六年二月)を参照。

(26) 張貴「東北淪陥期の新聞事業」(滝谷由香訳・丸山昇閲)、日本社会文学会編『植民地と文学』オリジン出版センター、一九九三年五月、一八八—一八九頁。
(27) 川村湊『異郷の昭和文学——「満州」と近代日本』岩波書店、一九九〇年十月、一八頁。
(28) 前掲「我所知道的東北淪陥時期瀋陽文学」、四〇頁。
(29) 張毓茂「『東北現代文学大系』総序」『当代作家評論』(瀋陽)一九九七年六月、三〇頁。
(30) 満州文壇の繁栄ぶりは次の文章からも窺える。

「品物を知らないことは恐くない、品物を比べることが恐い」。もしわれわれが今日の「満州」の文芸に注目してから、謙虚に自分[華北文壇]の品物を観察したら、恥ずかしくなるしかなかろう。(馬不烈「文場新臉譜」『華文毎日』一九四三年四月第十巻第八期、一九頁)

(31) 梁山丁「東北郷土文学の主張とその特徴」、前掲『植民地と文学』、一五六頁。
(32) 袁犀「流」(後に「風雪」と改名)『新青年』(奉天)一九三九年三—八月に連載。
(33) 袁犀「一只眼斉宗和他的朋友」『文穎』、奉天文選刊行会、一九四〇年十月十日。
(34) 前掲「李克異年譜」、一七頁。なお『泥沼』には「隣三人」、「十天」、「母与女」、「海岸」、「一只眼斉宗和他的朋友」、「遙遠的夜空」、「泥沼」が収められ、その中の「十天」と「母与女」については以下のような評論がある。

この二つの物語にはあまりにも偶然が多すぎる。作者は「悪人」に報復を受けさせ、しかも侮辱され迫害された人々が皆反抗をする。どんな形式を用い、どんな結果を得たにせよ、我々にはそれは「機械的」でありすぎると思われる。こうして形式主義者になり、すべてが一定の形式に陥る。自分の理想に迎合するために空想した物語は、偶然の出来事が多すぎて、いたるところに嘘が見え、[物語としての]活力も失ってしまった。「十天」と「母与女」の失敗は、作者

が抽象的な概念をうまく具現化していない所にある。（上官箏「袁犀論」『中国文芸』一九四三年十一月第九巻第三期、四頁）

(35) 梁山丁の長篇小説『緑色的谷』は最初に一九四〇年―一九四一年『大同報・夕刊』に連載、大内隆雄による日本語訳は『哈爾濱日々新聞』に連載。一九四三年三月新京文化社より単行本を出版。
(36) 逄増玉「東北淪陥期郷土文学与中国現代文学史上郷土文学之比較」および張毓茂、閻志宏「論東北淪陥時期小説」（前掲『東北淪陥時期文学国際学術研討会論文集』）を参照。
(37) 前掲「東北郷土文学の主張とその特徴」、一五七頁。
(38) 盛英「梅娘与她的小説」、劉小沁編集『南玲北梅――四十年代最受読者喜愛的女作家作品選』深圳・海天出版社、一九九三年三月、三六一頁。
(39) 楊義「東北淪陥区小説」、前掲『東北文学研究史料』一九八七年十二月第六輯、六頁。
(40) 古丁「譚三　夢境」『譚』新京芸文書房、一九四一年十一月初版。李春燕編『古丁作品選』（瀋陽・春風文芸出版社、一九九五年六月）より引用、一〇七―一〇八頁。
(41) 古丁「一知半解随抄」『一知半解集』新京満州月刊社、一九三八年七月初版。前掲『古丁作品選』、三五頁。
(42) 古丁「譚三　夢境」『譚』新京芸文書房、一九四一年十一月初版。前掲『古丁作品選』、一〇八頁。
(43) 古丁「譚五　通宵」『譚』新京芸文書房、一九四一年十一月初版。前掲『古丁作品選』、一三四頁。
(44) 古丁「自序」（一九三八年二月作）、『奮飛』月刊満州社、一九三八年五月。前掲『古丁作品選』、一五四頁。
(45) 爵青の中篇小説「欧陽家的人們」、一九四一年一月に新京・益智書店が「学芸刊行会」の名で刊行した『学芸』（李文湘主編）の創刊号に掲載。一九四一年十二月同名の小説集は新京・芸文書房より出版。
(46) 前掲「東北郷土文学の主張とその特徴」、一五四頁。
(47) 李春燕「就東北淪陥時期文学的幾個問題評古丁」、前掲『古丁作品選』、六一六頁。

(48)張貴「東北淪陥期の新聞事業」、前掲『植民地と文学』、一八八頁。
(49)武藤富男『私と満州国』文藝春秋、一九八八年九月、三三六―三三八頁。
(50)前掲『私と満州国』、三三二―三三三頁。
(51)「芸文指導要綱」には五項目がある。一、趣旨。二、我国芸文ノ特質。三、芸文団体組織ノ確立。四、芸文活動ノ促進。五、芸文教育及研究機関。
(52)尾崎秀樹『旧植民地文学の研究』勁草書房、一九七一年六月、一三〇頁。
(53)前掲「東北郷土文学の主張とその特徴」、一五五頁。
(54)前掲『私と満州国』、三三四頁。
(55)呉瑛『鳴』『青年文化』一九四四年(康徳十年)十月。
(56)但娣『戒』、同上『青年文化』。
(57)岡田英樹「『満州国』首都警察の文芸界偵諜活動報告」『立命館言語文化研究』一九九四年九月、一三八―一三九頁。
(58)陶明濬『紅楼夢別本』、清代曹雪芹の『紅楼夢』を書き直したもので、全百二十回ある。ハルビン『大北新報』の副刊に連載。
(59)穆儒丐『福昭創業記』、一九三七年七月から一九三八年八月まで『盛京時報』の「神皋雑俎」欄に連載、新京・満日文化協会、一九三九年六月初版。
(60)古丁『平沙』新京・満日文化協会、一九四〇年十一月初版。
(61)前掲『異郷の昭和文学』、一四九頁。
(62)前掲「我所知道的東北淪陥時期瀋陽文学」、三三三頁。
(63)前掲『旧植民地文学の研究』、一〇七頁。
(64)『満洲浪曼』、日本浪曼派の流れを汲む文芸同人誌、一九三八年創刊、主宰者は北村謙次郎。同誌について尾崎秀樹は、「『満洲浪曼』の創刊は「「建国精神」をスローガンにした」新京イデオロギーに対する軽い反逆を意味したのかもしれない」

と述べている（前掲『旧植民地文学の研究』、一〇四頁）。

(65) 布野栄一「日本プロレタリア文学が描いた『満州』」、前掲『植民地と文学』、二五五―二五六頁。

(66) 北村謙次郎の回想。前掲『旧植民地文学の研究』、一〇三頁。

(67) 北村謙次郎『北辺慕情記』、大学書房、一九六〇年九月、五一―五二頁。

(68) 檀一雄『青春放浪』筑摩書房、一九五六年（昭和三十一年）四月。

(69) 前掲『異郷の昭和文学』、一一五頁。

(70) 古丁『平沙』、前掲『古丁作品選』、四四四頁。

(71) 岡田英樹「翻訳者・大内隆雄のジレンマ」『朱夏』一九九三年十二月第六号、五九頁。

(72) 呂元明「東北淪陥区における抗日思想文化闘争」、前掲『植民地と文学』、一四六頁。

(73) 前掲「我与東北的郷土文学」、三六九頁。

(74) 前掲「我与東北的郷土文学」、三七三頁。

(75) 袁犀、本名は郝維廉。郝赫、郝慶松、郝子健ともいう。筆名には瑪金、呉明世、梁稲、李無双、馬双翼、李克異などがある。なお北京は一九三四年当時「北平」と称されるが、本書では北京に統一する。

(76) 前掲「李克異年譜」によると、一九三七年、芸文高等中学校で勉強していた袁犀は勤勉に小説を書く練習をしていた。時に巴金が北平の三座門大街に住んでいるのを知り、巴金を訪問しようとした。玄関先までしか行く勇気がなくて何度も会わずに帰ったが、最後の一回は訪問を実現した。

(77) 岡田英樹「黒い挽歌を歌いつぐ人――『満州文学』の一側面」（『野草』一九八八年八月四二号）を参照。

(78) 前掲「我所知道的東北淪陥時期瀋陽文学」、四一頁。

# 第二章　異邦での文学修行

## 第一節　異邦の歳月

「私と日本とのつながりを語りはじめると、それは本当に切っても切れない複雑なもので、恩讐ともに折り重なっている」(1)と、晩年の梅娘は言う。

「旧暦の新年を迎えるたびに、私はいつも真紅のニットシャツをもらっていた。その赤くて柔らかなシャツは長方形の白い箱に収められ、箱には特製の紅白二色のリボンが結ばれ、上に『孃様』と書かれていた。それは特に私に贈られたプレゼントだった」と、梅娘は覚えている。プレゼントを贈ったのは父親孫志遠の親友にして、「まだ農耕意識にとどまっていた我々の環境の中で、私に商業の第一課を教えてくれた」日本商人の木村(満鉄東方研究所のメンバー)である。(2)

一九三六年、梅娘は吉林省立女子学校高等部を卒業した後、『大同報』で校正と編集をしながら創作に励んだ。最愛の父親が脳血栓で逝去しているので、七番目の叔父の張鴻浩《チャン・ホンハオ》は関内と日本の教育状況を比べて、梅娘ら兄弟四人を日本に留学させることを決めた。一九三七年の春節後（二月末ごろ）梅娘は日本に渡り、初めて国境を越えた。(3) 東京で梅娘は日本語学習のため兄弟たちと一緒に東亜日本語学校に入り、三月から九月までの中級クラスで学んだ。盧溝橋事件後、梅娘は同校を中退し、神田の書店街を行き来して中国の新文学（魯迅、郭沫若、朱光潜《チュ・グゥアンチェン》、何其芳《ホー・チーファン》ら）を耽読するようになった。晩年の回想には、「わたしにはすでに自分の新しい出発点が見つかった。それは神田にある中国書の書店に行って本を読むことだ。東京、この日本帝国主義の心臓、この中国侵略戦争の政策決定の場で、中国の抗日後方［大後方、国民党支配区］の書籍が売られているなんて夢にも思わなかった。［中略］私は自分で計画を立てた。まず魯迅先生の本を読破するのだ」(4) と記されている。

日本にいる梅娘はまた北の雪国を訪ねる機会を得て、そこで松本芳子という女の子と知り合った。芳子が病気になった時、梅娘は芳子の母親に連れられ見舞いに行った。

> 雪が飛んでいる、固まってまん丸い球のように。私の菅笠に、松本のママがわざわざ私に被せてくれた蓑に、飛んできた雪は次々と積もっていく。松本のママは片手で私の手を引き、片手で絶え間なく積もる雪を叩き落としてくれた。松本のママの顔は凍えて赤くなり、菅笠の下の両目には安堵、心配、感謝の色がかわるがわる繰り返されている。私はまだ日本語をたくさんしゃべれなかったけれど、松本のママの流れるようにささやく言葉は完全に理解できた。彼女は自分の小さな娘に対するのと同じように私を可愛がって、労って、そして励ましてくれた。(5)

母性愛に飢えていた梅娘はこの日本人の母のことを忘れることはなかった。

一九三七年冬、同じく留学中の弟の肺病のため梅娘は帰国し、ふたたび『大同報』で校正係をしながら週一回の婦人欄を編集していた。『大同報』編集者の柳龍光との交際を家族に反対され、梅娘はついに家族と決裂した。嫁入り道具は何一つもらえず、自分の服だけを持って裕福な家を後にし、柳龍光と結婚した。翌年末には柳龍光が『大阪毎日新聞』の記者採用試験に合格し、二人は来日する。天津から神戸に着き、西宮市に住んだ。

一九三九年の一年間、梅娘は奈良女子高等師範学校（現在の奈良女子大学）在学中の黒竜江省出身の女性作家但娣（ダン・ディ、たんてい、一九一六―一九九二、本名田琳）(6)とともに『源氏物語』をテキストに日本の古文を学び、また京都帝国大学在学中の田瑯《ティアン・ラン》と一緒に河上肇の社会革命、唯物弁証法などに関する著作を読んだ。翌一九四〇年、梅娘は神戸女子義塾の家政科に入り、華道や茶道及び料理などを学び始める。

そもそも三〇年代には、一九〇五―一九〇六年および一九一三―一九一四年の二回の日本留学ブームに続く第三回目の日本留学ブームが起こり、盧溝橋事件直前の在日中国人留学生の数は五千から六千人の間だった。中国人女子の留学先も日本が一番多く、一九三六年の統計によると五百二十人もいた(7)。戦争期の留学について、「祖国は今日、平和地区にしても抗戦地区にしても、学校の設備があまりにもみすぼらしい。われわれは栄光の過去を有しているものの、不幸にも今の時代に生まれて学ぶのに、少しでも多く実用的技能をもとめるため、故郷を離れ日本に学びに行くことに私は反対しない。すくなくとも日本の学校設備は今日国内の学校よりはましで、日本には勉強の条件のそろった環境があるからだ(8)」という意見も見られる。現代中国には「近代の女子留学が日本に集中しすぎたことは、この百年の女子留学史における欠点である(9)」という見解もあるが、梅娘の文学修業にとって日本留学は貴重な経験だった。同時期に満州から日本に留学に来た但娣にとっても、日本での留学は作家としての成長において大きな意味を持っていた。統制の厳しい満州国に比べ、日本内地の方がかえって読書、思考の自由を得られたのだった。それは但娣が書いた一九四二年三月十四日の日記からも読み取れる。

一九四一年、奈良女高師の歴史地理学科には特別研究科目が一つ増えた。女性史を研究する科目だった。授業中日本人の女の子たちが議論をし、民族が違うから議論中の意見も当然違ってくるが、女性に関心を持っている人はやはりいるのだ。

一九四一年二月京都帝国大学哲学科のH君が一冊の本を持ってきてくれた。それは『中国婦女生活史』だった。

一九四二年三月、女性史の試験準備のため私はそれを読んだ。

苦痛の中で生きている忘れられた女、もてあそばれた女たちの運命は死よりつらいことだとよくわかった。[10]

皮肉なことに、日本で女性史を学び、女性の運命を考えていた但娣は一九四二年帰国した後、「反満抗日」の罪名で日本憲兵に投獄されたのだった。[11]

西宮での生活を梅娘は次のように語っている。

海岸と六甲山とが近く、あさ、朝潮に乗った風が吹いている時、六甲山上の薄紫色の朝靄が見える。山上の青青とした木と麓のいたるところに咲いている四季折々たえることのない花々はいつもとても愉快な気持ちにさせてくれる。［中略］

近所の奥さんたちはみんなきれいな身なりをし、いつでもこれから外出して友人を訪ねるかのように見えるほどきちんとしている。芝生で遊んでいる子どもたちもいつも清潔である。たぶんみんなわれわれの国内の習慣と同じく、何人かのメイドさんが奥さん、坊ちゃん、お嬢さんをお世話しているから、奥さんたちはのんびりでき、きれいなのだろうと思っていた。だがしばらく住むうちに、子どもが五、六人いるお母さんで女中を使っていない人もいるとわかり、非常に感心させられた。子どもが二人いる私は、自分で料理や洗濯をし、一日中忙しくてたまらず、ひどいときには顔を洗う暇さえなく、髪の乱れたままあっちこっち駆け回っていることさえよくある。あの五人の子持ちのお母さんはどうやって時間を工夫して、ゆったりしていられるのかわからない。(12)

勉強のかたわら若い母親の役割も果たさなければならなかった梅娘は満州の文壇にも寄稿を続けた。一九四〇年十月、梅娘の二冊目の短篇小説集『第二代』が新京文叢刊行会より「文芸叢刊」第三輯として出版された（第一輯は呉瑛の『両極』、第二輯は梁山丁の『山風』）。その中の「六月的夜風」、「第二代」、「最後的求診者」（最後の受診者）、「蓓蓓」（ベイベイ）、「迷茫」、「時代姑娘」（現代ガール）、「落雁」、「花柳病患者」、「傍晩的喜劇」（夕方の喜劇）、「在雨的激流中」（雨の激流の中）、「追」の十一篇の短篇小説は新京（長春）で書かれた少数を除いてほとんど日本で書きあげられた作品であるという。(13) また中篇小説の「蟹」(14)も一九四一―一九四二年の間に日本で書かれたものである。

一九四一年以後満州文学の発表先は地元の刊行物から、日本で刊行された『華文大阪毎日』(15)に移転する傾向を見せた。この時期『華文大阪毎日』一誌に掲載された作品数は、満州の複数の主要刊行物に掲載された作品の合計数とほぼ同じだったという。(16)『華文大阪毎日』に連載された中篇小説の「蟹」は女性の視点から家族に満ちていた矛盾を見つめ、女性の立場から主人公の運命に深い関心を寄せている。「蟹」を収めた同名の中短篇小説集『蟹』は後に梅娘の代表作と見なされ、彼女はこれにより一九四四年十一月に開かれた第三回「大東亜文学者大会」で「大東亜文学賞」を受賞したが、後述するように梅娘の戦後の悲運もその大半はこの「受賞」がもたらしたものであった。

「一九四二年、太平洋戦争が勃発した後、私たちは華北政権の首府になった北京に戻った。夫の友人亀谷利一の要請に応じて雑誌社を手伝いに行ったのである」[17]と梅娘が振り返ったように、一九四二年梅娘は柳龍光とともに帰国し、北京に定住するようになった。

## 第二節　異邦で書く

梅娘小説集『第二代』と『蟹』の主な部分は日本で書かれたという。短篇小説「僑民」（居留民）[18]も日本で書き、雑誌『新満州』に寄稿したものである。異邦を舞台とする小説にはまた長篇小説の『小婦人』や短篇小説の「女難」が挙げられる。[19]異邦での文学実践と異邦そのものを対象とする文学実践はともに梅娘文学の重要な側面である。

## 一　満州版の『家』

中国における大家族物語の傑作といえば十八世紀に曹雪芹《ツアオ・シュエチン》が書いた『紅楼夢』であろう。近代文学の中では大家族物語は、巴金の『激流三部曲』（『家』、『春』、『秋』）[20]、老舎の『四世同堂』[21]、路翎の『財主底児女們』[22]、曹禺の『雷雨』と『北京人』[23]など多くの作品が挙げられる。満州の地でも大家族物語が多く書かれ、代表作として古丁の『平沙』、爵青「欧陽家的人們」などが挙げられよう。

巴金が大家族の崩壊を描いた『激流三部曲』の中で、最も完成度が高く、影響が大きかったのは三〇年代にすでに映画化された第一部の『家』である。『家』が上海の『時報』に連載された一九三一年から十年の後、日本滞在中の梅娘は満州のある大家族の没落を描いた中篇小説の「蟹」を書き終えた。悠久の歴史を持つ「天府の国」（四川）の、登場人物が六十あまりもいる「高家」の物語に比べて、開発の歴史が浅い満州の「孫家」の物語は規模が小さいが、「関外」の大家族の様子は近代中国文学史における大家族物語をさらに多彩なものにしたと言えよう。小説の中の「孫家」は梅娘の実家と名前も同じである。

「蟹」の冒頭には、次のような前書きがある。

　蟹漁の物語。
　漁師が船にライトをつけると、蟹はその光に向かって集まってきた。そして蟹はかねて用意されていた網に落ちてしまった。（七〇頁）

ここに描かれた「蟹」のイメージは女性の運命を意味していると同時に、満州国の植民地の運命をも意味していると言えよう。(24) 甲午戦争(日清戦争)、日露戦争、満州事変など一連の近代史上の出来事によって満洲の地はロシアおよび日本に支配され、ついに「満州国」という日本の傀儡国家と化した。東北原住の人々や十九世紀末に関内からやってきたいわゆる「闖関東《チュアングァンドン》」の移民たちはこのような植民地、あるいは半植民地とされた場で暮らしていた。

『家』が巴金自身の「家」をモデルにしたのと同じように、「蟹」の物語は梅娘自身の経歴を踏まえて書かれたものと言える。梅娘の父親孫志遠は山東省の招遠県から東北にやってきたのだが、小説の中の「孫家」は東北の山間地区の原住民と設定されている。小説の主人公鈴鈴のモデルを梅娘だと考えれば、孫志遠は鈴鈴の父親のモデルと考えてもよい。

小説の第一節は祖母が孫たちに昔のことを語る場面から始まる。

「山の空は、早く暗くなるのよ。日が沈むやいなや暗くなってさ、何も見えなくなるの。暗くなるとみんな寝るのよ。布団の中で横になってね。月がある夜なら、低い窓から向こうの山の青い尾根が見えるの。このとき、誰かがパタ、パタと山の小道を歩いて来た。人間だと思うだろう。油断しちゃだめよ、黒い顔をしている熊なのよ。重い足音が真っ直ぐ畑に向かうのを聞いて、おじいちゃんは銃を持って、こっそりと裏口を出るの。」〔中略〕

「おじいちゃんは〔娘に〕嫁入り道具を整えるため山を下りて町に行った。一枚の鏡を買って帰って来た。〔中略〕おばちゃんが鏡の前でおしろいを塗っていて、ふりかえって見ると、大きな白い顔の熊が向こうの山に立っていて、鏡の中の自分の姿をぼんやりと眺めているの。〔中略〕皆の衆がさっそく銃を持って捕えに行ったの。」(七四―七五頁)

お伽噺めいた話は「孫家」に伝わる過去の実話である。山から平原に移り、都市の生活を送るようになるのは、「跑毛子《パオマオズー》」(ロシア人の侵入)以来のことだった。「お父さんは毛唐(ロシア人)に異人語を教わったの、ぺちゃくちゃ話せるようになって、どこでも通訳したのさ。村の人はそれから大助かりだったのよ。」(七七頁)祖母の話では、いちはやくロシア語を身につけた孫二爺はそれから毛唐と一緒に新京にやって来て、ロシア人経営の道勝銀行と中東鉄道で仕事をし、家族に莫大な利益をもたらして、孫家を興したのだった。

ロシア人の支配者の地位が日本人に取ってかわられ、孫二爺も病気で亡くなり、孫家は不安に覆われていた。やがて日本人の支配が落ち着きを見せ、世の中がゆっくりと「安定」してきたが、「安定すると人々はさらに貪欲になり、互いに人を疑う心はますます強くなった。」(一〇八頁)こうした中、孫二爺の弟である孫三爺は孫二爺の生前の友人である日本人の小田のコネで役所で働くようになった。いわゆる「公務」とは、その土地の人である彼に地元の状況を話させるというのにすぎない。どこそこの店の主人はどんな人だとか、誰々が闇で阿片を売っていたとか、などなど。彼は状況を語るが、決定権は向こうにある。

孫三爺は役所で働くことによって社会の変動に適応したが、鈴鈴は変化した環境にどう対応すべきかがわからない。「孫三爺」にロシア語の本、国民党関連の本など「危険」とされる本(その多くが鈴鈴がお気に入りの本)をすべて燃やすように命じられた鈴鈴は気分が憂鬱になり、怒りもおさまらない。男性だけが権力を持っていることの家族にあって、鈴鈴が早く嫁がされるのはあたりまえと思われた。とくに一番の実力者であった鈴鈴の父親の

「孫二爺」はすでに亡く、彼女の身になって考えてくれる人は誰一人いないのである。一方学校では、内地から来ていた専門科目の先生たちが相次いで学校を離れ、教科書もほとんど手に入らず、授業は自習に変わり、ろくに学ぶこともできない。社会の変動の中で、鈴鈴の「北平の大学に進学する」という夢も遠ざかっていった。

物語の主人公の鈴鈴は巴金の『家』の主人公の覚慧に当たるような人物であるが、覚慧ほどの理想主義や行動性はほとんど見られない。彼女の中に圧倒的に存在しているのは不安感である。一方覚慧の恋人だった女中の鳴鳳に相当する登場人物は同じく女中の小翠であろう。自殺寸前の恋人鳴鳳の気持ちに十分な注意を払わなかった覚慧の鈍感さからは女性への配慮不足を感じざるを得ない。[25] 革命に対する憧れを抱いて家出をした覚慧は当時の青年の偶像となり、鳴鳳の死は覚慧の人生の一コマにすぎないのである。これに対して梅娘が描く鈴鈴と小翠は階級を超えた女性としての連帯感で繋がれ、喜びと憂いを分かち合っている。富を貪る父親王福にいつ売られるかわからない小翠は鈴鈴よりも大きな不安にさらされている。彼女に恋している、『家』の中の覚新に似ている孫家「大少爺」(若旦那)の祥も、しかし彼女の身の安全を確保することができない。小翠は結局王福により「孫家」の実際の家長である「孫三爺」に売られてしまう。

梅娘は「蟹」で女性の視点から植民地社会、植民地にある大家族に満ちていた矛盾を見つめ、主人公の運命に深い関心を払っている。女性が民族、階級の圧迫だけではなく、家父長専制の圧迫にも直面しなければならないことは、ヒロインたちの不運と憂鬱から読み取ることができる。「蟹」について、「一人の少女の潜在的な叙述の視点を主とする叙事方式」は「作品の深さを制限した」という指摘[26]もあるが、ここではむしろ最も適切に大家族問題および大家族の中の女性像を浮き彫りにしているのである。

## 二　植民地の風景

梅娘が三〇年代末に書いた短篇小説「傍晩的喜劇」（夕方の喜劇）は一九四〇年十月に出版された第二短篇小説集『第二代』に収められている。梁山丁はこの『第二代』と梅娘の第一短篇小説集『小姐集』について、「『小姐集』は少年少女の愛と憎しみを描いているが、『第二代』は大衆の時代の息吹が表現されている」と評しており、『第二代』についてさらに「［梅娘は］文人が使う勇気のない語彙を荒々しく用い、文人が取り上げられない題材を大胆に取り上げ、定評を得ている筆致で、生ける屍のような男女と流浪する子どもたちを辛辣に描いている」[27]と語っている。「夕方の喜劇」もそうした小説群の一篇である。[28]

物語はある夏の夕方、植民地満州のある小さな町での出来事を描いており、中心人物は洗濯屋で働く「小六子」という十四歳の徒弟である。満州国の開発の陰で、郊外にある小六子の家の菜園が建設中の鉄道に占拠され、小六子にはもう帰るべき土地がなくなり、行き詰まって町に来た。洗濯屋の徒弟になったそんな小六子の目に、町の人々はどのように映っているのだろうか。

まずは町の有名人、洗濯屋の「内掌櫃」（女将さん）を見てみよう。「太君」（日本軍将校など）に兎を届けたりして、植民地の支配者に取り入っているが、同胞には威張り散らす。小六子の仕事に少しでも満足にいかないところがあれば、内掌櫃は必ず「今度へまをしたら、田舎に追い返すよ。おなかが空いたらおっかさんと二人で西北の風でも飲んでいればいいさ」（五頁）と脅かすのである。内掌櫃の息子の「少掌櫃」（若主人）も母親のことを自慢し、父親の王有財を見下している。「この商売は母が開いた。財産は母が稼いだ。おやじのおずおずした様子を見ろ、太君を見ただけで足が震え、こんなところで商売なんかできるもんかい」（七頁）と「小六子」に言っている。

内掌櫃が雇っている「物静かで、話し声がいつも小さい」朝鮮人の「師哥」（兄弟子）は、「顔では笑っているようだが、暗い目つきをしている」（五頁）。彼だけが内掌櫃の機嫌を取ることができる。田舎の母親のところに食物がまだあるかと心配している小六子は賃金を先払いしてほしい時、内掌櫃には言えず、師哥に頼む。「師哥は朝鮮人で、朝鮮人は『二太君』（二番目の太君）だ。［中略］朝鮮人の話は効き目がある」（六頁）と小六子は思った。

太君に二太君、内掌櫃に少掌櫃、それに小六子。植民地の日常がリアルに描かれ、梅娘の庶民への共感と関心も伝わってくる。この短い物語は全体のテンポが速く、言葉も辛辣であり、下層民の野生味に溢れる言葉を無造作に用いて、重くなりがちな植民地の雰囲気も北国の民衆の陽気さと滑稽味によって和らげられている。

## 第三節　異邦を書く

### 一　阪急線上の心理ドラマ

一九四一年、梅娘は日本滞在中に、居留民生活の断片を描く二千字足らずの短篇小説「僑民」（居留民）を書いた。「冬の余寒が少し残っている。空が曇って、重々しく顔まで迫ってくるようだ。島国特有の湿っぽい空気はたっぷりと水気を含み、いたるところがじめじめしていて、剝き出しにしている腕までジトジトしているようだ」(一八〇頁)という物語冒頭の情景描写からすでに憂鬱な雰囲気を感じさせられる。

主人公の「私」は中国から来た女性、ある会社の職員。土曜日の夕方仕事を終え、急いで阪急電鉄の急行列車に飛び乗って帰途につく。これからの物語は大阪から神戸までの二十五分間に起こったことである。せりふのやりとりはまったくなく、大部分は主人公の心理的独白に占められているので、物語というより心理ドラマとも言えよう。

混雑した車内で、席を得られず立ったまま新聞を読んでいる「私」は、突然誰かに肘で触れられたので、新聞をどけて見てみると、着古した黒いコートを着ている背の高い人である。この男性が席に座っている白い服を着た朝鮮人の女に「私」にはわからない言葉で怒鳴ると、女は長いスカートを手で持ち上げながらびくびくして立ちあがった。彼は私にそこに座るように指し示したが、「私」は動くに動けずにいた。彼は困って何かを呟き、立ち上がった女は不安な目で私と男を見ていた。そこで「私」は躊躇うのをやめて席に座り、なぜ席を譲られたのかを考えながらさきほどの男女を観察し始めた。

彼女は褐色の坊主頭の朝鮮靴と朝鮮の白布靴下を履いている。きっと日本に来たばかりだろう。私が見た朝鮮人の女たちはみんな日本の下駄を履き、男たちはみんな日本人労働者がはく地下足袋を履いている。〔中略〕

〔彼の〕靴の上は青白い点のある安物っぽい西洋風のズボン、〔中略〕上着はコートの中に隠れていて見えないが、ズボンとは絶対揃いではなく、紺色か黒のようだ。(一八一―一八二頁)

観察の結果「私」は彼が「労働者から昇進したばかり」の職工頭だと判断し、「長い間勤勉に働いて貯金が少しあり、上司の信頼を得て昇進し、ふるさとにいた妻を迎えて来た」（一八二頁）のではないかと想像する。そして「席を譲ってくれたのは私の身分——月給をもらう下級公務員——を見抜いたからだろう。そう、彼にはもう労働者の友達が必要ではないのだ」（一八二頁）と推測する。

潜在意識の分析はこのまま続き、まもなく神戸につくところで、腕時計を見ている「私」は彼には腕時計がないのに気づいた。女物として恥ずかしいほど大きい自分の腕時計は彼にぴったりだけれど、もしこの腕時計を彼にあげたら、「彼は私のこのよそよそしいプレゼントの意味がわかるのだろうか。私が下心を持っていると思わないだろうか」（一八三頁）と、「私」は考える。さらに、たとえ彼が受け取ったとしても、また、「拾った」、「盗んだ」、「奪った」と人々に思われるかもしれないと思い、「私」は迷う。

神戸駅についた頃、女に荷物を整理するように呶鳴っている彼を見て、「私」はゆえなく彼に憎しみを感じる。「少し出世しただけで、もう横暴な振る舞いを身につけている。私は記憶の中の、木の棒を手にして目尻をつり上げている憎らしげな職工頭を思い出した」（一八四頁）。雨が降っている中、傘を持っていないあの二人が駅を出たのを見て、「私」は彼女の大事な服が雨で台無しになるといけないと思い、「彼女の夫が六銭を払って彼女をバスに乗せてくれる」（一八四頁）ことを秘かに願う。小説はこの場面で終わっている。

「公務員」である中国人女性の「私」が想像していることはあくまでも推測にすぎないが、物語全体は「私」の視線や心理の動きにより展開していて、単純だが起伏があり、首尾が一貫しており、構成にもある程度の開放感がある。冬の憂鬱な雰囲気も「僑民」たちの屈折し寂寞とした心境にマッチしている。

同じく越境してきた「僑民」の目でほかの国からの「僑民」を見、相手の背景や境遇も理解しやすい。「私」

は朝鮮人の男性にも連帯感を感じたが、男性の連れの女性に対する横暴ぶりを目撃すると、連帯感は朝鮮人女性の方に移る。偉そうに振る舞っている「僑民」男性の陰で「僑民」の女性が怯えている。彼女が恐れているのは見知らぬ異国だけではなく、すぐ隣にいる同胞にして夫らしき男性でもある。「僑民」男性より彼女の方がさらに弱く脆く見える。ここでも、梅娘の小説に常に現れている女性への関心を読み取ることができよう。

## 二　恋愛紛糾の逃避行先としての異国

北京で梅娘は翻訳と短篇小説を執筆するのと同時に、長篇小説二篇も書き続けていた。一九四四年に『中国文学』と『創作連叢』に連載していた長篇小説の『小婦人』シリーズは、『中国文学』の停刊に伴い連載を中止し、七万字未満で未完の作品となった。(29) 一九四五年に『中華週報』に連載していた淪陥期最後の長篇小説『夜合花開』も七万字前後でやはり未完に終わっている。

梅娘の小説の多くは日常生活の中の男女の情愛を描くもので、当時人々を苦しめていた戦争などには直接触れていない。『小婦人』シリーズの「異国篇」と「話旧篇」の場合、異国日本はもつれた恋愛からの逃避先として描かれている。

袁良と鳳凰は「互いに相手の魂のようなもので、別れたら二人とも抜けがらになってしまう」(「双燕篇」二九頁)といった二十歳そこそこの恋人同士であり、結婚を家族に反対され、北京から満州に駆け落ちする。新京で小さな家庭を作り、子どももできたが、煩悶と退屈と貧乏のため、喧嘩は日常茶飯事となる。おりから袁良が勤めている小学校の校長の二十九歳の美貌の夫人婉瑩《ワンイン》は袁良に引かれ、残った青春の情熱を悉く袁良に注ぎ、ついに袁良を虜にしてしまう。袁良は妻の鳳凰と愛人の婉瑩との間で悩んだ挙げ句、日本に逃げてしまう。

逃げ出した袁良は東京のある商業学校で中国語を教える。この「東亜一の繁華な都市」で、袁良は愛人が編んでくれたセーターを見ると愛人を思い、昔の夢を振り返れば妻が恋しくなり、悶々としながら孤独な毎日を過ごしている。どうにもやるせないある夜に袁良は銀座にやって来て、焼鳥の屋台で酒をたのむ。「グラスを唇に近づけると、中の酒は日本の清酒だとわかった。澄み切って水のようだ。見詰めると、朦朧とした灯光の中、薄い黄色が現われている。袁良が欲しいのはこんな酒ではなく、濃紫色の、じっと見ていると赤色に変わるワインなのだ。一口飲んでも、舌に広がる味は酸っぱいとも、辛いとも、甘いともわからず、彼にはその酒の味が味わえない。彼の味覚は強い郷愁のために麻痺してしまったのだ」。(「異国篇」二二頁)日本の清酒は愛人婉瑩が好きだったワインにはとうてい及ばず、袁良は感傷的になる。

満州国の皇帝が訪れたばかりの東京は、「いたるところが大陸的な色彩で飾られている」。「コーヒー屋には李香蘭の拡大写真が掛けてあり、ラジオには『何日君再来』[いつの日君帰る]が流れている」(「異国篇」二二頁)。「当時の日本人にとって建国や国づくりという言葉には、ある種の解放感を与え、使命感を奮い立たせる独特の魅惑的な力が秘められていた」(30)と山室信一が述べた通り、同席の饒舌な日本人商人は袁良が満州人だとわかると、興奮を隠せない。「僕は満州語を学んでいるんだ。僕は商売をしに行きたいの。従兄弟は奉天にいるの」(「異国篇」二二頁)と言いながら、ノートを取り出して漢字を書いて袁良に見せ、「協和」やら「共存共栄」やらと話をつづけ、「僕は大豆を売りに行くのだよ、満州の大豆を世界各地に運ぶ。こんな大きな商売は日本人がやるのが一番だ。なにせ日本人には迫力があるし、日本人は一番公平、正直なんだから」(「異国篇」二二頁)と自画自賛する。屋台の主人も商人に付和雷同し、二人の顔は清酒と興奮によって赤く染まり、袁良の顔はいっそう青白く見えた。

そもそも「経済学学士号」を持つ袁良は満州に行った当初、そうとうな野心を抱いていた。「彼は満州の青年たちはさまよっているに違いないと信じていた。これは大きな社会変動後の必然的現象であり、彼は自分の情熱でそれらのさまよっている大衆を安定させ、彼らをリードして本当の美と善の世界に導こうと思った。そうしてこそ、彼と鳳凰との崇高な愛情はようやく飽和点に到達できるのである。彼は鳳凰も同じような抱負を抱いているると信じている。彼は満州の辺り一面荒涼とした草原を想像した。彼と鳳凰は質朴な青年たちと一緒にその草原に色とりどりに咲き誇る花を植えるのだ。美しい太陽が広くて豊かな大地を照らしている。ちょうど今と同じように美しい金色の太陽が広い大地を照らし、その大地には黄色い大豆が赤い高粱に交じっている。」(「双燕篇」三一頁)しかし、空想気味の夢を実現できぬまま日本に逃避して来て、自信満々の日本商人の「満州ドリーム」を前に、袁良は自分自身の挫折を感ぜずにはいられない。

小説の最終篇「話旧篇」は袁良が日本で叔母および従妹に会い、昔を懐かしく語り合っているうちに終わっている。物語は未完のままで、異国に逃げ込んだ袁良のその後もわからずじまいになってしまった。

(1) 梅娘「我与日本」、日本発行の中国語雑誌『民主中国』一九九五年三月号、五六頁。
(2) 同上。
(3) 梅娘の一回目の日本留学については資料が乏しく、梅娘の回想文および梅娘より筆者宛ての手紙など私的な一次資料に依拠しているが、それらの記述が事実だとしてもごく短い間の留学だったようだ。
(4) 梅娘「我的青少年時期(一九二〇—一九三八)」『作家』(長春)一九九六年第九期、六七頁。

(5)梅娘「仏像画冊与松本嫣嫣——喜読《戴草笠的地蔵菩薩》」(筆名は柳青娘)『大公報』(香港)一九七九年八月六日。

(6)但娣(田琳)について、閻純徳「破損的小舟、揚起希望的風帆——記田琳」(『作家的足跡』知識出版社、一九八三年十月)を参照。

(7)孫石月『中国近代女子留学史』北京・中国和平出版社、一九九五年九月第一版、二六〇頁を参照。

(8)李翔「報道給:有志留日的青年同学們」『華文毎日』一九四四年三月第十二巻第三期、一七頁。

(9)前掲『中国近代女子留学史』、三六二頁。

(10)但娣(田琳)「日記抄」『東北文学研究史料』第六輯、哈爾浜文学院、一九八七年十二月、一七九頁。

(11)前掲「破損的小舟、揚起希望的風帆——記田琳」を参照。

(12)梅娘「四月二十九日対日本広播——為日本女性祝福」『婦女雑誌』一九四五年第六巻第五、六月号、九頁。

(13)梅娘より筆者宛ての手紙(一九九八年七月十八日)による。

(14)梅娘の中篇小説「蟹」は一九四一年四月に完成し、『華文大阪毎日』九月一日第七巻第五期第六九号、九月十五日第七巻第六期第七〇号、十月一日第七巻第七期第七一号、十月十五日第七巻第八期第七二号、十一月十五日第七巻第十期第七四号、十二月一日第七巻第十一期第七五号、十二月十五日第七巻第十二期第七六号に七回にわけて掲載された。一九四四年十一月一日華北作家協会編集の「華北文芸叢書」の一冊として武徳報社より出版された中短篇小説集『蟹』に収められている。『蟹』のほかの編目には「行路難」、「動手術之前」(手術前)、「小広告里面的故事」(小さな広告の中の物語)、「陽春小曲」、「春到人間」(春が来た)がある。『華文大阪毎日』で掲載される際「連載長篇小説」と記されたが、六万字弱という長さを考えれば「中篇小説」と言ったほうがよりふさわしい。なお本章における「蟹」の引用部分はこの武徳報社版『蟹』によるもので、以下頁数のみ記す。

(15)『華文大阪毎日』は一九三八年十一月一日に創刊、一九四三年一月第十巻第一期第一〇一号より『華文毎日』と改題、一九四五年五月廃刊。最初は半月刊、一九四四年から月刊誌に変わる。

(16)李柯炬・朱媞「一九四二至一九四五年東北文芸界一窺」、馮為群・王建中・李春燕・李樹権編『東北淪陥時期文学国際学術研討会論文集』瀋陽出版社、一九九二年六月第一版第一刷、四〇七頁。

(17) 前掲「我与日本」、五七頁。

(18) 梅娘「僑民」『新満州』第三巻一九四一年六月。日本語訳には尾崎文昭訳「異郷の人」(白水紀子主編『中国現代文学珠玉選・小説三』二玄社、二〇〇一年三月)がある。なお『新満州』は満州図書株式会社が一九三九年に創刊した総合雑誌、呉郎、王光烈編集。本章における「僑民」よりの引用は掲載誌の頁数のみ示す。

(19) 梅娘『小婦人』、一九四四年『中国文学』と『創作連叢』に連載、未完。「女難」は一九四一年十月二十九日『大同報』(新京)に掲載。「女難」については陳言「『大同報』与〝満洲国〟時期梅娘的文学活動」(『中国現代文学研究叢刊』二〇一四年第五期)および羽田朝子「梅娘の日本滞在期と『大同報』文芸欄――小説「女難」と梅娘の描く日本」(『中国二一』二〇一五年八月)を参照。

(20) 巴金『激流三部曲』長篇小説シリーズの第一作は『家』、上海・開明書店、一九三三年五月初版。第二作は『春』、上海・開明書店、一九三八年三月初版。第三作は『秋』、上海・開明書店、一九四〇年四月初版。

(21) 老舎『四世同堂』長篇小説シリーズの第一部は『惶惑』、上海・良友復興図書印刷公司、一九四六年一月初版。第二部は『偸生』、上海・晨光出版公司、一九四六年十一月初版。

(22) 路翎『財主底児女們』(長篇小説上、下冊)上海・希望社、一九四八年二月初版。

(23) 曹禺『雷雨』(演劇)上海文化生活出版社、一九三六年一月初版。曹禺『北京人』(演劇)重慶・文化生活出版社、一九四一年十二月初版。

(24) 張泉の「梅娘――她的史境和她的作品」(『首都師範大学学報――社科版』一九九七年二月、五一―五二頁)と胡凌芝の「〝超然派〟的足跡――梅娘小説創作漫評」(『蹄下文学面面観――抗戦時期淪陥区文学概論』長春出版社、一九九〇年一月、一一六頁)はともに「蟹」は女性を象徴していると指摘したが、盛英の「梅娘与她的小説」(劉小沁編集『南玲北梅――四十年代最受読者喜愛的女作家作品選』深圳・海天出版社、一九九二年三月、三六九頁)は「蟹」を「植民者に支配されている満州国」と見なす。

(25) 鳴鳳の自殺前の心理については、河村昌子「巴金『家』論――鳴鳳の物語」(『お茶の水女子大学中国文学会報第十三号』一九九四年四月)を参照。

(26) 前掲「梅娘――她的史境和她的作品」、五二頁。

(27) 本章における「夕方の喜劇」の引用部分は『梅娘小説散文集』(北京出版社、一九九七年九月)によるもので、以下頁数のみ記す。

(28) 山丁(梁山丁)「關於梅娘的創作」『華文大阪毎日』一九四〇年十一月十五日第五巻第十期、四一頁。

(29) 一九四四年にすでに発表された部分は以下の通りである。「双燕篇」(『中国文学』一月第一巻第一期創刊号)、「夜行篇」(『中国文学』二月第一巻第二期)、「姐弟篇」(『中国文学』四月第一巻第四期)、「黄昏篇」(『創作連叢』第一輯、北京・新民印書館、四月刊)、「西風篇」(『中国文学』五月第一巻第五期)、「白雪篇」(『中国文学』六月第一巻第六期)、「異国篇」(『中国文学』八月第一巻第八期)、「話旧篇」(『中国文学』九月第一巻第九期)。本章における『小婦人』シリーズの引用部分は題名と頁数だけを示す。

(30) 山室信一『キメラ――満洲国の肖像』中央公論社、一九九三年七月、一四頁。

# 第三章　梅娘と北京文壇

## 第一節　華北文壇の再建

「当時の文芸刊行物と書籍は雨後の筍のようで、当時の文壇の作家もひっきりなしに現れてきた。ゆえに文壇は華やかに飾られ、極めてにぎやかだった。語りきれない話題を徹夜の長話のために供することができ、描き尽くせない題材が無数のペンのために用意されている」(1)と、盧溝橋事件前の華北文壇を偲んで、蔣瀕《ジアン・ビン》は語っている。盧溝橋の一発の銃声が華北文壇に空白の時期をもたらし、大量の知識人が北京を去り、国民党支配区または共産党支配区へと赴いた。「戦争のため、文学だけではなく、すべてのことが或る時期停頓に陥ったのだろう。［民国］二十六年の後半、北方の出版界は全体的に活気がなかった。雑誌は停刊となり、単行本などはなおさら出版されず、新聞さえわずか半頁にまで縮小された。そんな時に文芸云々などと言えただろうか」(2)と李景慈に言われたように、文壇はもぬけの殻となったのである。

文壇の寂寞は新文学の凋落をも意味している。(3)占領下の華北において、新文学の作者や読者に対する不満の声が上がり始めた。

崩壊してしまった文壇はどうなるのか。一部の人々がそれを再建し始めているのをわれわれは目にしたが、再建者の多くは未熟な新人であり、こうした仕事は本当に簡単にはいかない。その結果はとうぜん昔には及ばず、先人の後塵を拝することさえできない。ここには進歩がなく、あるのは保守ないし旧弊だけだ。南方の「孤島」は斯くのとおり、北方の「古都」も又然り[4]。

読者が酷過ぎる。小型新聞の読者は封建観念あふれる旧式長篇小説や、もっぱら芸能人の私生活を報道する「劇評」類の文章を愛読している。刊行物も同じ、よく売れているのは「劇評」を主とする刊行物である。水準が低い読者ならおどろかないが、残念ながら一部の中高の学生までそうである。放課後には観劇に行き、課外の読物は「劇評」の刊行物、課外の創作はといえば、往々にして俳優や劇の寸評のようなものになってしまうのだった[5]。

不満の声の中、文芸活動は困難を極めつつも、緩慢な回復を見せ始めた。一九三九年九月張深切《チャン・シェンチィエ》が主宰する華北随一の、「中国文壇の彗星[6]」と言われた純文学雑誌『中国文芸』の創刊は北京文壇ひいては華北文壇の再建に大きな役割を果たした。『中国文芸』は内容が豊富で、編輯のテクニックも芸術的だと言われ[7]、「海外文壇雑話」や南方「平和地区」作家および国民党統治区の作家の状況を紹介するコラムも設けられていた。「中国文芸編集者の最大の責任は、紙の裏まで見透かすような優れた眼力で、多くの砂山から金を探し出すように、無数の無名な作家たちの中から天才作家たちを発見し、彼らに北方文壇を復興する責任を共に負わせるということにある」[8]と、編集長の張深切は語っている。被占領区文学の発展に大きな役割を果たした『華文毎日』も、「われわれは新しい血液――新進作家――を文壇に注射するべきだ。作者群を拡大し、新作家を受け入れ、彼らの創作を奨励し指導することで、出版文化を質的に改善できるのである」[9]と呼びかけている。

李景慈は当時の北方文壇をめぐり、「一九三九年北方文芸界論略」、「一九四〇年的北方文芸界」、「一年来的北方文芸界」、「三十二年的北方文芸界」、「北方文壇的今昔」など総括的な評論文を書いている。[10]「一年来的北方文芸界」では一九四二年の二つの大きな出来事を指摘している。一つは九月十三日に華北作家協会が成立したこと、もう一つは満州と日本に華北の文芸作品が紹介されたことである。[11]華北作家協会は木山英雄が指摘したように、「有名無名あわせて百人以上もの『作家』を集めたことも、権力を背景とする一網打尽主義がうかがえる」という全体主義的色彩の強い組織であり、柳龍光はその幹事長となった。[12]華北作家協会の機関誌『華北作家月報』の特色は文化の現状を批評する「時評」および各地の文化状況を報道する「通迅」にあるといわれた。[13]関永吉は「一年来華北文壇的総清算」の中で、華北作家協会を次のように評している。

作家協会は成立して三ヶ月足らずで、たくさんの仕事をした。満州と文芸作品を交流すること、日本華文大阪毎日に作品を推薦し「華北文芸特輯」を刊行させ、会員登録を行い、治安運動視察のため作家を派遣し、作家月報を出版し、協会の徽章を制定し、文芸賞を企画したことなど。これら多くの事をとても迅速に行ったと言えよう。普通の団体なら、往々にして長い時間と面倒な手続きが必要だっただろう。それは作家協会の一つの特徴だと言えるし、作家協会諸幹事が会務に熱心で、頑張った結果だとも言える。しかし、そのたくさんの仕事はすべて会員たちの希望に沿っているのか、また、外国に推薦した作品はすべての華北作家を代表できるのか、あるいは、既に各方面の華北作家すべてを網羅したかについては、おそらく討議する必要があるだろう。(14)

華北作家協会が成立した後、一九四三年六月に芸文社も成立し、『芸文雑誌』(15)を創刊した。「もし華北作家協会を青年作家たちを代表する文学活動の集団とするのなら、芸文社は強いて言えば老作家の集団と言えるかもしれない。社長は周作人先生、顧問には銭稲孫《チェン・ダオスン》、瞿克［兌］之《チュ・ドゥイジー》らがおり、『芸文雑誌』の責任を負う編輯幹事は尤炳圻《ヨウ・ビンチー》、陳綿《チェン・ミエン》、傅芸子《フー・ユンズー》の三人である」(16)と黎建青が紹介している。

作家が未熟だったので、読者は新文学を避けて旧文学に耽るが、一九四三年頃になると華北文壇には少しずつ活気が戻り、文芸活動もゆっくりと回復している。その影響を受け、日本語新聞の『東亜新報』も新しい作品の評論や紹介または翻訳を掲載するようになった。一九四三年の文壇を振り返り、黎建青《リー・ジェンチン》は次のように総括している。

> 破壊の後には必ず建設が有り、衰微に続いて復興が来るものだ。この一年の華北文壇からは実際の建設と復興の動きが見えた。其の一、一般の文筆人はみんな目的をもって働き、過去のように茫然とした態度ではなくなった。其の二、文学作品の生産は質的にも量的にも以前よりは進歩している。其の三、出版事業は徐々に発達し、作者には発表の、読者には閲読の機会をもたらした。(17)

李景慈もこの年の華北文壇の出版状況は「沈寂」から次第に「興盛」になり、叢書ブームが静かに起こっていたことを指摘している。[18] 当時そうとうの評判を呼んでいた叢書に、新民印書館刊行の「新進作家集」があり、梅娘の小説集『魚』もその中の一冊であった。新民印書館の叢書には他に「少年文庫」、「創作連叢」、「訳文連叢」などがある。華北作家協会も梅娘の『蟹』や袁犀の『森林的寂寞』を含む「華北文芸叢書」を発行した。このほか、一九四三年に創立された芸文社が周作人の『薬堂雑文』を含む「芸文叢書」を出版し、『中国公論』雑誌社が「中国公論叢書」を出版している。

## 第二節　「一身六臂」の梅娘

「去年（民国三十一年）［一九四二年］一年間、華北文壇には地元の作家のほかに、満州から多くの作家が来て、表面的に彼らの集団を形成し、従来の華北文壇とはほぼ無関係だが、ともに勤勉に努力している」と黎建青が書いたように、一九四二年に華北文壇が多くの外来作家を迎えた。この年の初め、梅娘と柳龍光も日本から北京に帰った。[19] 二人は北京大学近くの東四六条に居を定め、梅娘は北京大学文学院中文科に入学した。[20] 梅娘は以下のように回想している。

一九四二年、太平洋戦争が勃発した後、私たちは華北政権の首府になった北京に戻った。夫の友人亀谷利一の要請に応じて雑誌社の運営を手伝いに北京に帰ったのである。日本軍側はかつて軍が管理し、聖戦を宣伝してきたその雑誌社を亀谷に任せ、中国人読者の気分を緩和できるような民間組織に変えるよう要望した。文学的な雰囲気を色濃く漂わせているこの日本人青年の亀谷は、社団法人となった雑誌社から、戦争の陰翳を一掃し、普通の人情を宣揚し、中日の間にある怨恨を溶かす本当の雑誌社に変身させようとしていた。柳［龍光］の主宰の下、雑誌社が刊行した雑誌新聞は、知識を求め、娯楽を求め、生活の趣味を探求するといった柔軟性のある目標を主唱した。この試みは中国人庶民たちが武装して威張っている日本の巡視兵を憎しみの目付きで黙って見詰めているような雰囲気の中で読者を獲得し、経営面で自立できただけではなく、黒字も生み出した。亀谷は大喜びし、日中友好に本当の貢献をしたと思った。(21)

一九四四年に出版された『現代満洲女流作家短篇選集』は梅娘について次のように紹介している。

満州に於いてだけでなく、現在の華北に於いても指を第一に屈せられる女流作家である。創作活動の歴史は最も長く、もうすでに十年に近い歳月であり、殆んど文学的生涯に献身してゐる。最初「小姐集」を世に問ふた。次いで又「第二代」が出版された。その豊かな創作力は近代女流作家中稀に見るところである。筆鋒はなかなか鋭く、六月の夜風が大空を吹き捲るやうなすがすがしさがある。創作だけではなく、翻訳もできる。久米正雄氏の「白蘭の歌」、石川達三氏の「母系家族」をすでに訳してゐる。一身六臂、無比の作家である。現在は華北で活躍してゐる。梅娘の文学的将来は計りしれぬものがある。(22)

武徳報社の編集長、華北作家協会の幹事長となって政治と複雑に関係していた柳龍光に比べ、梅娘は文学活動により力を注いだ。梅娘はこの時期『婦女雑誌』、『国民雑誌』、『新満州』、『新少年』、『華文大阪毎日』、『中国文学』など、北京や満州の数多くの雑誌や新聞に小説や随筆を載せた。一九四三年には小説集『魚』、童話集『聡明的南陔』が新民印書館より出版され、一九四四年には小説集『蟹』が武徳報社より、童話集『青姑娘的夢』が新民印書館より出版された。一九四四年からは長篇小説『小婦人』を『中国文学』と『創作連叢』に連載し始め、一九四五年からは長篇小説『夜合花開』を『中華週報』に連載し始めたが、ともに終戦によって未完の作品となった。また新民印書館の「少年文庫」に「中国故事」の『白鳥』、『驢馬与石頭』、『風神与花精』を書いた。(23)

この時期梅娘はまた武徳報社傘下の『婦女雑誌』の編集に携っていた。(24) 女性作家の作品に重点を置いていた『婦女雑誌』は一九四三年第四巻第六期に「満州女作家作品特輯」を設け、華北作家協会が推薦し斡旋した呉瑛の「潜春」、乙卡《イーカー》の「甲魚的故事」、氷壷《ビンフー》の「火」、但娣の「XY城人們」ら満州女性作家の小説を載せ、続く第七期にはこれらの小説に対する評論――「満州女作家作品評集」を載せた。同じ第七期には梅娘の手紙「覆小姐」や、雷妍《レイ・イエン》の手紙「尺素」など女性作家によって書かれた「女性書簡」も載せられた。第四巻第九期はまた「華中女作家作品特輯」として、王萍《ワン・ピン》の「踏上旅途」、張蕾《チャン・レイ》の「一個強烈的記憶」、蒋果儒《ジァン・グゥオルー》の「秋雨里的故事」ら華中女性作家の小説を紹介した。第十期は「日本女性作家作品特輯」で、岡本かの子の「期待」、窪川稲子の「挿話」、林芙美子の「命運之旅」、中本たか子の「随筆二篇」など小説や随筆を載せている。一九四四年第五巻第八期には「中日女性座談会」の内容が掲載されている。第十一期は「我的少女時代」という特輯欄を設け、作者写真付きの梅娘の「我没看見過娘的笑臉」、雷妍の「逝者如斯」および孤独練離《グードゥリエンリー》の「我很想忘記過去」を載せた。一九四五年第六巻第五、六期合刊号の「女性与文学特輯」には、譚凱《タン・カイ》の「婦女与文学漫談」、雷妍の「我的

第一篇小説」、寒流の「小説人生与我」、左蒂の「我怎様写『没有光的星』」および静子の「敵国英米女作家点描」が載せられた。

そもそも中国の近代文学は外国からの影響を受けながら発展してきたのであり、魯迅、周作人、郭沫若ら日本留学を経験した作家は外国文学の熱心な翻訳紹介者ともなった。盧溝橋事件以後、かつて日本に留学した作家たちも多くが抗日の道を歩みはじめたが、「しばらく創作がないのはまだしも、翻訳は一時も欠くことはできない」[25]という声もあった。当時の華北文壇では『法文研究』、『中徳学誌』など西洋文芸の紹介を主とする雑誌も継続してはいたが、日本の文芸がより多く翻訳、紹介されるようになっている。西洋の作品も日本語訳からの重訳が多くなっていた。武徳報社より出版された「万人文庫」には、『日本小説選訳』などがあり、横光利一、夏目漱石、芥川龍之介、森鷗外らの作品が収録されている。一九四三年六月『東亜聯盟』第五巻第六期は燕京文学社推薦の「僑華日本作家作品特輯・随筆特輯」として、谷本知平、野中修、飯塚朗、小浜千代子、引田春海、江崎磐太郎、中薗英助、藤原定、岡崎俊夫の随筆を掲載している。一九四三年第八期『華北作家月報』も「華北日本作家短篇創作介紹特輯」を掲載し、吉田悦、清水信、小浜千代子の小説を載せている。

梅娘は丹羽文雄、石川達三、細川武子、飯塚朗らの小説を翻訳したことがある。石川達三の『母系家族』について梅娘は次のように語っている。

私は感動しながら日本の名作家石川達三の長篇大作『母系家族』を訳した。それは地主に蹂躙された母親、資産家にもてあそばれそして捨てられたその娘、および娘の娘が自分自身の苦難から抜け出すために行ったもろもろの試みだった。私の身のまわりの女たちの悲惨な人生となんと似ているのだろう。地域は異なっても私たちはまさに同じ気持ちで女性の幸せな道を探求しているのである。『母系家族』は雑誌に連載し始めてから、小説中の主人公に理解と同情を寄せ、熱情にあふれる手紙を読者からたくさん受け取った。[26]

一九四三年三月「華北文芸座談会」に参加した時には、ちょうど丹羽文雄の『母の青春』や石川達三の『母系家族』の訳文を連載中だった。その「座談会」で、梅娘は翻訳に対する自分なりの理解を次のように語っている。

中国の言葉と文章の構造は、綿密性に欠けています。われわれの単純かつあしらいにくい言葉と文章で、叙述が綿密にして情緒豊かな西洋文学と日本文学を説明し、叙述することは、実に難しいことです。翻訳するとき、われわれの語彙がいかに足りないかは、たぶんご臨席のみなさまも翻訳をなさったことがあれば、お気づきのことでしょう。だから、翻訳をするときは、どうしても創作するときより倍以上の努力を払わないとうまくいかないと思っています。[27]

一九四五年の秋まで、梅娘は北京で充実した日々を過ごした。

## 第三節　「石叫ぶべし」

### 一　「新進作家」群

「低気圧の時代に、気候風土のことさらに適さぬ場で、文芸の花園に珍しい花の咲くことを期待し幻想する者はおるまい」[28]という傅雷《フー・レイ》の話が淪陥区の文学を論じる場合によく引用される。「珍しい花」は別として、北京には「路傍に無造作にころがっている自然の石」[29]のような新進作家たちが確かに存在した。

梅娘のほかに、「東洋哲学に造詣が極めて深く、しかも文章は落花生から影響を受けているようだ」[30]といわれた雷妍がいた。落花生とは、許地山《シュ・ディシャン》の筆名である。李景慈は梅娘について「彼女は熟練したペンの持ち主だ。プチ・ブルジョアの生活を書いた作品は、鏡のように輝いているきれいな装飾ではあるが、まだそのペンを皆のために用いていない」と言ったうえで話題を雷妍に変え、雷妍の『良田』が出版された後、あまり注目されなかったが、今年は『白馬的騎者』を出し、ときおり刊行物に発表されている短篇小説も加えてみれば、その飛ぶように速い進歩は数多くの人を驚かせるだろう。彼女はかなり多くの人物を描いており、教員あり、学生あり、社会のあらゆる側面を含んでいる。それは彼女が梅娘より進歩しているところである。しかし彼女はまだ熟練したテクニックを欠いている。彼女はその精力を長篇小説に用いるべきだ[31]」と評している。「進歩」の概念はプロレタリア文学的な言い方ではあるが、題材の範囲がより広いものであることが窺える。

女性作家が活躍していただけではなく、「新進作家集」[32]などの出版は、「新進作家群」となった新人文学者たち全体の登場を物語っている。梅娘の中短篇小説集『魚』[33]の第八版の奥付には、「中華民国三十二年六月二十日印刷、中華民国三十三年三月二十日八版」と記されている。袁犀の小説『貝殻』(34)第四版の奥付にも「中華民国三十二年五月十五日印刷、中華民国三十二年五月二十日発行、中華民国三十二年十二月十日再版、中華民国三十三年四月三十日三版、中華民国三十四年三月十日四版」と記されている。一九四四年『中国文学』に載った「文化報道」は以下のように記録している。

「大東亜文学賞」を受賞した袁犀。その受賞作の『貝殻』は本月〔十二月〕初め三千冊を再版。又梅娘の『魚』も同時に五千冊を再版し、定価はともに三元にあがったが、売れ行きは相変わらず盛況である。〔盧溝橋〕事変後華北出版界により出版された小説の再版はこれが初めてである。(35)

関永吉《グァン・ヨンジー》『秋初』短篇創作集は今装丁中、近日発売。当の本は「新進作家集」の第六冊目である。其の第一冊目の袁犀の『貝殻』、第二冊目の梅娘の『魚』は共に三版となり、馬驪《マー・リー》の『太平願』、蕭艾《シャオ・アイ》の『萍絮集』、林榕《リン・ロン》の『遠人集』らも近日再版という。(36)

新進作家たちはまた満州の古丁たちのように職業作家の出現を呼びかけ、「文壇」を造るのに努力していた。「文筆家はこの段階で確かに自分の力を尽くし、大量に血と汗を流しながら開拓をしていた。今日の華北文壇はこの人たちの成果である。この果実はたとえ酸っぱくて苦かったとしても、立派な果実である」(37)と、雷妍が言ったように、新進作家たちは自分の努力を誇りに思っていた。また、「日本の文学者はよくわれわれの文学は暗黒の方向に傾き、明るさが足りないと論じている。おそらく彼らはただ日本人の立場に立って、それがわれわれのこのような中国の文学であることを忘れて論断したのだろう。われわれは今日の暗黒を捉えることにこだわり、われわれはさらにしっかりと明日の光明を求めている」[38]と、王真夫が言ったように、新進作家たちは冷めた時代認識を持っていた。

## 二　「新進作家」の作品をめぐる議論

「新進作家」の作品をめぐる議論には芸術性や言語の角度からの議論と現実や政治の角度からの議論がある。

飯塚朗は「石叫ぶべし」というエッセーを『燕京文学』の「文芸時評」コラムに寄せ、「嘗て中国文壇は、胡適呼び、陳独秀応え、銭玄同起ち、魯迅叫んで十数年、長足の進歩を遂げつつあつた。それが事変の蔭に散り散りに」散ったと述べた後、「路傍の石」こと新進作家について、「もう彼等は抛つて置け。北京には北京の作家がゐる。嘗ては路傍の石である君等が叫ぶ時が来たのだ。文化生活出版社あたりから出される、旧作家の旧作品の新版などに押されるな。私はそんな気持ちで、中国の若い作家の作品を読んでいつたのであつたが、日本の同人雑誌の作品を読む場合以上に、退屈を感じてしまつたのである」と、期待と失望を語っている。さらに梅娘について、「[『中国文芸』一九四一年十月第二十六期「小説専号」の]トップの『侏儒』は梅娘の作品で、この人は非常によく書くし、筆も馴れてゐる。随つてこの号の中でも、一番気持ちよく読めた。家主の家の白痴の小僧に対する、若妻の憐憫の情を淡々と書いてあるが、最後にその子が狂犬に噬まれて死ぬあたりが、妙に芝居じみて迫力に乏しい。彼女の筆性が事実に負けた感じである。この人には、いつか、仲町貞子の『梅の花』の様な好個の短篇が出来るのではないかといふ気がふとした」と、芸術面から「侏儒」の弱点を摑んでいる。[39]

梅娘、袁犀ら新進作家に対し、周作人や銭稲孫、陳綿らは「古城文学家」と呼ばれる。志智嘉は袁犀の『貝殼』と陳綿《チェン・ミエン》の『候光』[40]を読んで、「陳博士の作品に対し、確かに中国語の美を感じたが、袁犀君の作品を読んで感じた中国語の美はそんなに多くはない」と述べ、新進作家の力不足を指摘した。[41]新進作家同士も互いにその未熟さを指摘している。例えば呉楼《ウー・ロウ》は李烽《リー・フォン》の「朝露」[42]のリアリティ不足について次のように評している。

> 一粒の朝露は幻のよう。それは一首の詩であり、現実の衝撃には耐えられない。この「朝露」の物語は、いまだに曖昧な恋愛の夢を見ている青年に厳重な教訓を与えるはずだ。しかし作者はまだ「愛情」と「金銭」の関係、つまり、女はなぜ恋人と苦楽を共にすることができず、年寄りの男のところに嫁いで「妾」になるのか、その間の関係をはっきりさせていないのである。その関係をはっきり表現しなければ、物語全体は単純な伝奇になり、真実の価値を失ってしまうのである。[43]

ここでは袁犀の『貝殼』をめぐる議論を見てみよう。『貝殼』は古都北京と海浜リゾートの青島を舞台とし、豊かな退職官吏を父とする美しい姉妹李玫《リー・メイ》、李瑛《リー・イン》をヒロインに展開される青年知識階級の物語である。二十四歳の姉の李玫は大学の同級生の子を宿し、秘密裡に大学教授の趙学文と結婚した。夫の友人である産婦人科医の郝鋳仁《ハオ・ジュレン》にそれを知られて脅かされる。いっぽう作者の理想の女性として描かれた十九歳の李瑛はまわりに気弱な大学生張嘉儀《チャン・ジャイー》やプレーボーイの詩人白澍《バイ・シュ》らが群れなしているが、理想の男性には恵まれない。(実際『貝殼』は未完の篇で、続篇には『塩』[44]がある。)

この小説について、異なる立場の人々が各自の意見を述べている。同じ新進作家である李景慈は『貝殼』の物語はあまりにも単純で、人物の性格は似通っていて、類型的になってしまい、すべての人物の物語はただ男女二人の物語のようだと指摘し、次のように論じている。

『貝殻』の一般の恋愛小説と異なるところは、鴛鴦蝴蝶派［清末から民初にかけ盛んであった文学の一派。主として恋愛を主題としたもの］小説のように男女間の愛情関係を書いてはいないので、それほど古さはない。しかし、ある種の描写で何かを呼びかけているわけでもないので、それほど新しさもない。『貝殻』は一風変わった作品である。恋愛小説というより、恋愛を批判する恋愛小説と言った方がより正確である。作者はラブストーリーの形式を借りて、自分の愛情に対する見方すなわち人生に対するささやかな観察を述べているのである。[45]

新進作家であり、郷土文学の提唱者でもある上官箏《シャングアン・ジォン》は『貝殻』について、「われわれにはあまり関係のない外国、スイス、またはベルギー」の本を読んでいるような気がすると感想を語り、小説中の人物を次のように分析している。

作者は当然李瑛を用いて李玫とは方向が違うもう一人の女性の性格を表そうとしているが、成功してはいない。彼の作品には堅実さが足りないのだ。『貝殻』の中の李瑛にはまだ自立できる力がなく、彼女の本来の性質はその姉と同じである。少しばかり思想上の差異があるのは、年齢や経験が違うためにすぎない。

［中略］

『貝殻』には一つ大きな欠点がある。それは深さの欠如だ。これは哲学的な本でもなければ、暴露本でもない。この二点に作者が取り組んでやり遂げようとしなかったからである。作者は人間の心の内奥を発掘するに至らぬばかりか、なぜ知識階級が堕落し、彼らの暮らしぶりが恥知らずになっていくのか、その原因も説明できていない。(46)

人物の「類型化」、「深さの欠如」を指摘された作者の袁犀は『貝殻』の「前記」で次のように述べている。

この小説で、私は青年知識人男女の生活を書いた。彼らがいかに生活に耽溺しているかを書いており、彼らの思想における混乱と迷い、変わり易さと矛盾を書いている。教養によって生じる彼らの苦痛、彼らの知識によって作られた罪悪、そして、人間性の醜悪な一面はいかに人類の教育程度および近代生活に覆い隠されたまま伸張しているのか［を書いている］。

当然これは私の企図にすぎず、思った通りに実行するのはかなり難しいだろうと思った。なぜなら、書こうとしたのは元々「道徳小説」ではなかった。故に書き続けたらたちまち多くの問題に遭遇したのである。これは確かに難しい。(47)

肝心なのは「近代」、「知識」、「教養」はいかに「醜悪」、「罪悪」、「苦痛」に繋がっているのかという袁犀にとって手に余る問題である。この問題について、エドワード・ガンは西洋思想の中国における役割に興味を持ち、『貝殻』では西洋思想が歪曲されたと指摘し、次のように論じている。

『貝殼』は流行の無責任な自由主義的個人主義とロマンチックな恋愛に露骨な風刺を、主に錯乱した白澍を通して与えたのである。この小説は肉体と精神の病気と同様、不倫の性または性的な企図に溢れている。登場人物の生活ぶりは道徳的に、知的に汚染されたことを現すために作られたものであり、そして小説はそれ自体にイデオロギーの戦争に貢献するという言い訳を与えるため、十分に知的な汚染を描写している。だがそれは言い訳以上のものではない。人物たちはすべてか弱くて、混乱しており、ある意味では堕落しており、そしてみんなが西洋思想に少しずつ影響されている。しかし、この小説は一九三五年に時代を設定されており、主な悪役の白澍は「こんなに多くの人が今年愛国者に変わったのは、どうにも不思議でならない」と皮肉ったのである。故に、この小説には親日的な成分が存在していないが、西洋思想が歪曲され、中国人が日本人に抵抗するのにはあまりに無力すぎるという角度から解釈する証拠が存在している。この小説は中国人の間で西洋思想が演じた役割を討議するという地平でこそ成立するが、実のところこの地平自体がぐらついているのである。このテーマは重大であるが、［作者のそれに対する］扱い方ははっきりしていない。[48]

「恋愛小説」にも「道徳小説」にも挙げ句に「親日小説」にもならなかった『貝殼』の物足りなさは新進作家全体の弱みを物語っているようだ。

いっぽう『貝殼』を含め新進作家の作品における「現実性」についても議論があった。志智嘉は天津の『庸報』に連載した「最近の文学作品について」の中で、梅娘の『魚』や袁犀の『貝殼』など新進作家の作品への不満を漏らしている。最大の不満は「現実性が足りない」というものであった。後に志智嘉は『芸文雑誌』で「文芸雑談」を発表し、「いわゆる現実というのは、現在の社会、即ち大東亜戦争下の社会を指すことだ[49]」と明確にした。飯塚朗も新進作家の作品について、「これだけ並べた小説の中で、どれ一つ時代の現実に触れたものはなかった。或いは書きにくくもあらう。然し何等かの息吹さへも感ずるものはない。それがどんなに寂しく思はれたことだろう。君等を、残された石くれと思ひたくないのだ」と、やはり「現実」性の足りなさを指摘した。[50]島田政雄はさらに「今中国民族は未曾有の歴史的な転換期に立っており、今日の一日はまさにかつての十年に等しい、なぜこの偉大な歴史的な瞬間を切実に描かないのか[51]」と問いかける。

このような志智や飯塚および島田の意見に対して、新進作家の一人の李景慈は「あたたかき配慮――志智嘉氏に答えて」という評論を書いて、次のような反駁を加えていた。

われわれがふだん触れている現実というのは、時に多少スローガン化し、或いは八股文〔明・清代の科挙の答案に使用された文体。転じて、形式的で内容が空虚な文章・態度・物事〕化する傾向があるが、これは文学者にとって捨て去るべきものだ。それゆえ、現実を認識、あるいは正視するということは、政治の後についていくのではなく、より深く考えなければならない。〔中略〕もし、われわれの作家に南西太平洋の戦争を考えさせたり、共産党の平和地区での暴行を描写させたりしたいのならば、たとえ、それが真の現実であっても、作家が自ら見たものではないので、むしろ彼らには自分の身の回りのささいなことを書かせる方がいいのである。〔中略〕ルポルタージュ類のものになると、時にはかえって文学としての意味を失うことにも成りかねない。これも、私が志智氏とは異なる立場に立っているからであろうか。[52]

李景慈は「現実」に対する認識を述べ、被占領区においてぎりぎりの反駁を加えたのである。

## 第四節　梅娘が描いた「女の人生」

### 一　憂鬱の少女時代

梅娘が女性を描いた小説はほとんどが二十代に書かれた「青春の作」であり、主人公の年齢もだいたい二十五歳以下である。中篇小説の「蟹」、「一個蚌」（カラスガイ、後に「蚌」に改名）、「魚」、短篇小説の「動手術之前」、「旅」および未完の長篇小説『小婦人』などは、若い女性の人生の側面を描いている。

「蟹」の中の鈴鈴は満州の大家族で育った、まもなく高校生活が終わる十七歳の高校生である。満州国が建国されてから学校ではろくな勉強もできず、家に戻ればお金にしか興味が湧かない人々の間でいっそう孤独に陥る。大学に入る夢も実現できないし、年頃になったらどこか親が決めたところに嫁がされるのが運命のようなので、鈴鈴は憂鬱と不安の毎日を過ごしている。

大都市でさえ女子教育の状況が思わしくないので、小さい町ではなおさら厳しい。「魚」の中で、二ヶ月しか残らない「最後の少しだけの黄金の」高校生活に直面して、主人公の芬《フン》および同級生たちは「みんな眉を顰めている」。なぜなら、「その町には女子の最高学府がないので、卒業は学業の中断を意味する。普通の家庭では大金を払って年頃の娘をはでやかな都市に送ることなどはしない。ちょっと字を覚えればいい、女の子は勉強なんかとんでもない」[53]と思われるからだ。国文の先生への片思いの恋も実らないまま卒業を迎え、芬はふるさとに帰る。父親の長いお説教を聞かされた後、お嬢さんの生活に戻った。遅く起きて、ゆっくり食べて、叔母の女性客たちが「三欠一」（四人に一人足らない）のとき、麻雀のお相手をする。こんなつまらない日々は健康だった芬の心を病ませてしまう。

## 二　泥沼の恋愛

教育に恵まれず、希望も理想も見えず、「幻想の愛情で自分を慰める」鈴鈴たちのそれからは、「一個蚌」の主人公の二十歳の白梅麗の物語から推測できよう。

潮は彼女を砂州に投げ出した
日に照らされて
彼女は我慢できず――
殻を開くや否や
身を啄まれてしまった(54)

これは系己（柳龍光）が「一個蚌」のために書いた前書きである。「青春症にかかった」主人公はまさに「蚌」のようである。高校卒業後の白梅麗は、「女の子」であるから当然のように勉強を続けることは許されない。息苦しい大家族の中で彼女は居辛く、「自分で外に出て活動しないと、もしかすると尼になってしまうかもしれない」（一五二頁）と心配している。彼女が強く希望してやっと勤めることになった税務総局では、女性職員は噂されたり、来客へのお茶汲みをさせられたりして、決して重視されてはいない。自由の空気を吸い始めた梅麗はまもなく同僚の王琦と恋に落ちる。しかし、参議院議員の実家がそのような自由恋愛を認めるわけはない。両親は娘の婚姻を利用して経済的苦境から抜け出そうと画策し、梅麗を金と権勢の両方を備えている「朱家」の息子と結婚させようとするが、「朱家」の息子はプレーボーイであり、「汚い病気」の持ち主でもある。後に偶然の出来事で恋人の琦は誤解し、梅麗から離れてふるさとに帰っていく。

ところが、当時の職場におけるいわゆる「自由恋愛」とは、「知り合ったばかりの二人が一度一緒に歩いたら、まわりの人たちにとってはもうたいへんなことになるの。二人のことをおおげさに喋らないと誰かにすまないみたい。結局、二人は仲良くならなくても許してはくれず、適当に付き合い続けるしかない。それじゃあ、絶対迷わぬ、一本道、知り合ったら——愛して——結婚」（一四〇頁）という。「父母之命、媒酌之言」による結婚がまだ常識だった社会では、人々が平常心で「自由恋愛」を扱うことは難しい。当事者自身も戦々恐々で、ついに平常心を失ってしまい、慌てて「恋愛」、急いで「駆け落ち」、そして「同棲」または「結婚」へと追い込まれてしまう。「恋愛中は選択の余地を許さず、結婚して最初の何日間かは新鮮だが、しばらく経ったらまったく見当違いだったと悟る。そうするとすぐに喧嘩になり、すると男は外に出て放蕩に耽り、女はひどい目に遭うだけだ」（一四〇頁）というように、その後の人生が矛盾に満ちてくる。しかし、責任は往々にして女が負わされる。「一個蚌」と「魚」の主人公の梅麗と芬は「自由恋愛」が発覚した後、ともに家長によりその仕事（銀行と税務総局）をやめさせられ、しかも軟禁されている。芬の場合、「外泊」が知られるや「狂人」扱いを受けたが、男の方は少しも責められてはいない。「女の道は狭いのだ。とくにこの社会は貞操で女を評定するのである」（一七〇頁）と、社会の理不尽さを描く一方、梅娘は迷える女性の気持ちもリアルに表現している。

## 三　矛盾だらけの同棲と結婚

恋人の琦を追いかけていく梅麗のその後は、「魚」と『小婦人』から推察できよう。「日に照らされ」、「我慢できない」「蚌」は恋愛の季節を経て、「身を啄まれ」、同棲または結婚生活に入ったのである。

「魚」の中で、ふるさとでつまらない日々を送る芬にとって、林省民の出現は一筋の光をもたらす。二人の「愛」を信じて疑わない芬は豊かな家を離れて駆け落ちし、父に不肖だと罵られ、友達たちに無茶だと言われ、林の家の人には破廉恥と思われる。同棲を始めてから相手が既婚者だとわかり、前とは違う冷淡さも感じている。やがて子どもができ、芬は貧乏生活の辛さもわかり、「柔らかいお嬢さんの手ですべての荒仕事をやり、忍耐強く子どもの面倒を見、一切の娯楽を止め、暗い電灯の下で寂しく彼を待つ」[55]毎日を過している。「めかけ」になろうとせずに同棲関係に止まっている芬は次第に自分の「網の中の魚」のような境地がわかるようになってくる。

『小婦人』の中で、梅娘は鳳凰の不平不満に重きをおいており、彼女の心理描写に力を注いでいる。袁良との関係を家族に反対された鳳凰は子どもができたことをきっかけに思い切って駆け落ちを選んだ。北京から遙か遠い満州に来て、若い二人が最初に直面したのはやはり経済問題である。小学校の先生になった袁良の月給でかろうじて三人の生活は維持できるが、お嬢さんだった鳳凰の生活は窮屈になり、「母親の知識を求めて向上しようという青春の心は、子守りの中に葬られた」[56]と、鳳凰は嘆く。ある「恋愛に最高の春の夜」に、二人は小さなことで喧嘩をし、袁良は家を出てしまう。「彼女には青春が耳もとで溜め息をつきながら行ってしまったのが聞こえ、彼女には袁良との初恋の時の囁きが聞こえ、彼女には駆け落ちの時の情熱的な呼び声が聞こえ、彼女には見知らぬ土地で二人がさまよっていた時の慰めと溜め息が聞こえ、彼女には赤ちゃんの特有な泣き声が聞こえ、彼女にはやかんがストーブの上で沸いているのが聞こえる。彼女には袁良が細かいことでうるさく言うのが聞こえ、彼女には袁良が校長先生の奥さんの美しさを語るのが聞こえる」[57]と書かれたように、袁良をひたすらに待っている鳳凰は感傷的になり、夜の町に出かける。ショーウインドーの中の豪華な生地を見て、鳳凰は自分のかつての夢を思い出す。「自分の家を持ってから、暖かい小さな応接間で、こんな豪華な衣裳を着て、優雅な姿態で賓客に応対する。客は大勢はいらず、十数人の話が合う親友だけでよい。彼女たちは彼女の赤ちゃんの満一歳のお祝いに来て、あるいは若奥様の誕生日をお祝いに来ている」（六八頁）というような夢。「魚」は最初から男性側に愛が見られなかったのに対して、『小婦人』の場合、二人は愛し合っていた。にもかかわらずうまくいかなかった。男性の移り気以外に、結婚生活によって女性が重荷を加えられることも大きな理由だと梅娘が示している。

梅娘はここで「金銭と愛情のジレンマ」というテーマも扱ってみた。父親の意に沿わなかった鳳凰は豊かな家の財産とも無縁になり、身繕いもできない貧乏退屈の環境の中でもがき、「青春の艶やかさを失い」つつ、「自分でさえ自分の美を忘れてしまった」。この時になって彼女はやっと金銭の力を感じ、「貧困からこそ真の愛情が見えるとか、愛情の崇高さが金銭の域を超えるとかは、若い人が恋愛小説から学んできたくだらないことだ」（六八頁）と思うようになる。一方婉瑩は父母の命に従い、年上の小学校校長と結婚したが、袁良を知ってから愛に目覚めた。このような三角関係で疲れ果てた袁良は日本を逃避先に選ぶのだった。

## 四　自愛・不倫

教育、恋愛、結婚など女性の人生における大事に一々問いかけを発する梅娘の小説は、一九三〇、四〇年代の教育を受けた若い女性の困惑に満ちた苦境を描き出そうとした。一方梅娘の主人公たちの「自愛」も際立ったものである。

『魚』の中の短篇小説「雨夜」では、夫は出世のため遠く海外に留学に行き、妻の李玲は女中と赤ちゃんと三人で浜辺で夏を過ごす。ある夕方赤ちゃんが寝た後、海の上の月を見て、「彼女は自分が自由に飛翔する能力を失ってしまったことがわかった。今の彼女はお母さんであるけれど、女の子の活発な気質は体内を流れていて、彼女はやさしく撫でられ、愛されることを必要としているのだ。彼女は切に出会いを望み、秘密のデートを待ち望んでいた初恋のときのように焦っている」（一〇四頁）。このように鏡の前の「傑作」のような自分の体を見つめている李玲は、「自分の美を見たからこそ、ますます寂しさを感じて」（一〇六頁）、浜辺に出かけ、一人で踊る。寂しくかつ情熱的な女性主人公は梅娘小説によく現れ、ここの李玲は蘇青《スー・チン》の小説「蛾」[58]の中の主人公「私」をも思わせる。しかし「私」は結局「蛾」のように火に飛び込んでしまったが、李玲のその後の展開はそれとは違ってくる。突然に起こった暴風雨に追われて、李玲は海辺の小屋に雨よけに入る。暗闇の中にもう一人男がいて、しかも以前李玲に憧れていた男である。男はこの絶好の機会を逃すものかと、李玲を虜にしようとするが、李玲は必死に抵抗し、自分という「傑作」を守ったのである。

「動手術之前」（手術前）では、夫婦喧嘩の後、夫が夜になっても帰ってこないので、怒りを止められない二十四歳の李という名の妻は一人で散歩に出る。この木犀の花が「忍び難い誘惑の匂い」を漂わせる「心揺さぶられる夜」の出来事で、不幸にも「不名誉な病気」にかかった李はそれを呪詛したにもかかわらず、「あの日は本当に忘れがたい日で、生まれてからこのかた、あの日だけが美しかったようだ」と医者に訴え、「教えて。きれいな体と豊かな感情をもつ若奥さんが、心揺さぶられる夜に、ほかの男性から、彼女の久しく抑圧されて満たされなかった野性的な情熱を引き出されて、結局貞操を失ってしまったことは、普通の道徳の範囲内に収まるの？」と、さらに医者に問う。病気のことで「死」を考えた李は結局「生」を選ぶ。「私は若くて仕事を探すとだってできる。なんでわけもなく死ななければならないの。私は別に間違えてはいない。男性が決めた型の中から、私は一歩踏み出しただけなの」(59)と思って李は手術を受けることを決意した。手術前に李が医者に訴える話で構成されるこの小説は、伝統的な不倫物語を女性の視点から書き直す作業でもあろう。(60)

同時代の文芸評論家である阿茨《アーツー》（李景慈）は、梅娘の中短篇小説集の『魚』に寄せた「跋」に、「彼女は簡潔で寸描的な物語を書くのに長けている。例えばこの文集に収められている「旅」と「黄昏之献」。「旅」が発表されたとき Conte というタイトルを用いているが、実際 Sketch に近い。長くはないが、十分な物語性があり、エッセーとは全く異なる。このような作品の出現は、低俗作品への反動であり、まったく孤立しながらも独特な新しい基礎を築いたと思う」(61)と書いている。「旅」は主人公の「私」が汽車で旅行する途中のできごとを描いた短篇小説である。四千字前後のこの小説は次から次へ謎を仕掛け、最後まで読者の興味を引きつけてはなさない。

汽車が間もなく発車しようとする時、「私」は「自ら夫を殺した浮気な女がこの二等車に乗っていて、愛人と一緒に海外に逃げようとしている」(62)と聞く。手元の雑誌に集中できない「私」は車内の女子学生たちや年配の女性を見るが、誰もそうは見えない。しかし「四人の黒い服の警察官」の出現はやはり事件の深刻さを物語っている。警察が消えると、「私」が気づいたのはいつのまにか現れた筋向かいの席に坐っている「花柄のチャイナドレス」の若い女性と中年の男性である。女性が不安そうに人の視線を避けているのを見て、「私」は彼女があの浮気女だと思い込み、「痴情事件について、複雑な心の動きをほったらかして善悪を判断するのは正しくない。彼女の畏縮し憂鬱そうな様子には彼女の心の中の後悔と不安が表れている。彼女の夫はきっとあまりに愚かであったのだろう。さもなければ、彼はきっと聞き分けよく彼女を行かせたか、あるいは巧妙に彼女の奔放な感情を丸め込んだに違いない。殺されるほど人に憎まれたのは、必ず相手をあまりにも厳しく追いつめすぎて、そうした残忍な行為に及ばせてしまったのに違いない(63)」と考え、事件の女性に十分の理解を示している。隣に坐っている「チキンを噛んでいる」老婦人があの女性を見る「険しい」視線によって、「私」の思い込みはいっそう強められる。

列車はある駅につくと、降りようとする男女二人の前に、さきほどの警察と一人の「豪華そうに装って、顔に殺気がみなぎっている太った女」が来て、その女は全力で「チャイナドレス」の女を殴り出し、警察に押し止められる。なんと隣の老婦人は「太った女」の姉であり、妹の夫が浮気相手と一緒に逃げ出すと聞いて、妹の手伝いに来て女を見張っていたのであった。「旅」は続き、「列車に乗ってからすぐ捕らえられたよ。今時の女はどうしようもないのさ」と隣席の初老の男性の話を聞いて、「私」はやっと小説冒頭で噂にされた二人の行方が分かるようになった。短い旅に「女性をめぐる」不倫事件に二件も出会ったのである。こういう「十分な物語性」が認められたか、『魚』も一年足らずのうちに八回も版を重ねたのである。

同じく交通機関という閉鎖された空間の中で起こった物語という小説の設定手法の例としてはこのほか梅娘自身の「僑民」や張愛玲の「封鎖(64)」などを挙げられよう。張愛玲の小説では封鎖された時間と空間の中で、普通の男女が社会のしきたりを忘れ、生命の真実に直面し、現実社会ではありえないような恋愛をする。しかし、「封鎖」の解除とともに「恋愛」も中断される。その人生の一齣から発したのは男女関係の有り様に対する疑問だけではなく、「生命」と「文明」の矛盾からくる文明全体に対する問いでもある。

ある研究者は「蟹」、「一個蚌」、「魚」の順番を、「一個蚌」、「魚」、「蟹」とおきかえて理解している。つまり、

「軟体動物の蚌」は「淪陥区の封建大家族にいる若い女性の生存状態を象徴し」ている。「水生脊椎動物の魚」の「生存能力は蚌より強いとはいえ」、これもまた女性が置かれた危険な立場を象徴する。そして、「蚌と魚に比べて、節足動物の蟹はより強く」、「蟹」の主人公は「壊れはてた旧式大家族と徹底的に決裂し、大胆に新生活の道にたどり着く」のであるという。(65) この説は小説発表の順番または「軟体動物」から「節足動物」へという動物進化的な発想にこだわっているのかもしれないが、女性の人生体験から考えると、「蟹」、「一個蚌」、「魚」の順番の方がよりふさわしいであろう。しかも、「蟹」の主人公の十七歳の鈴鈴が圧倒的に感じさせるのは「不安」であり、「大家族と徹底的に決裂し、大胆に新生活の道にたどり着く」云々はあまりにも巴金の『家』の中の覚慧のようではあるまいか。

「蟹」に描かれた不安に満ちた少女時代、「一個蚌」に描かれたへとへとに疲れ果てた恋愛の季節、そして「魚」、「動手術之前」、および『小婦人』に描かれた矛盾だらけの結婚または同棲生活、「旅」に示された複雑な不倫物語、これらは梅娘の描き出した「女の人生」を構成していると言えよう。

## 第五節　戦後の梅娘

戦後梅娘は一時的に東北のふるさとに帰ったのち、一九四八年柳龍光と台湾を訪問した。吉林省立女子中学校時代の同窓で、元吉林省長の娘の誠荘容《チォン・ジゥアンロン》は梅娘のため台北北投温泉で歓迎パーティを開き、吉林省籍女性作家として吉林省国民大会に届け出をしないかと誘ったが、梅娘はそれを婉曲に断った。柳龍光は一時上海に戻り、再び上海から台北へ向かう途中、乗っていた「太平輪」が舟山近くでほかの船にぶつかり、沈没した。柳龍光の先輩の金子二郎から大阪外国語学院に来て中国文学を教えるように誘われたが、梅娘はそれも婉曲に断っている。(66)

一九四九年、寡婦になった梅娘は子供二人（それに三男を身ごもっていた）を連れて中国大陸に帰った。帰国直後は北京第三十六中学校の国文教員を務め、一九五七年「反右派運動」まで、上海人民美術出版社、北京人民美術出版社および遼寧人民出版社の特約作者として働いたこともある。一九四九年には北京市文聯と大衆文芸創作研究会に加入し、一九五一年、農業映画製作所のシナリオライターにもなった。しかし、落ち着いた生活はあっという間に過ぎ、ついでやって来たのは不運の連続だった。

> 柳〔龍光〕は海難事故で亡くなり、こういったはっきり説明できない歴史的な紛糾を避けられたが、その中に陥ったのは私である。あの人たちはむりやりに柳〔龍光〕は海難で死んだのではなく台湾に行って国民党のスパイになったという一点張りである。私は幼い頃から日本の服を着たことがあり、生死をともにすると誓った父親世代の日本人がおり、それに数多くの日本人の親友がいるから、正真正銘の日本のスパイと判定もできる。遙か台湾に隠れている柳〔龍光〕と互いに相呼応し、人民に顔向けできないことを画策しているというのである。(67)

中華人民共和国建国後の数多くの政治運動の過程で、多数の知識人が不運にさらされており、日本占領区にいた人たちはなおさらだった。梅娘の日本留学時代の友人で同じく満州女性作家の但娣も、文化大革命中、「現行日本スパイ、現行国民党スパイ、漢奸文人」とされ、家宅捜査をされ、拘留された。(68) 梅娘の場合、一九五二年の「忠誠老実」運動で、「ブルジョア腐敗思想」を抱くものとして批判された。一九五五年の「粛反運動」では、梅娘は「日本のスパイ容疑者」、「漢奸」と見なされ、事情聴取された。一九五七年の「反右派運動」では、梅娘は「右派分子」と定められ、「一級右派分子の処理規定」により公職を追放され、肉体労働を通じて改心する「労働教養」を強制された。『魚』や『蟹』も頽廃したブルジョア的な「エロ小説」とみなされ、批判を受けた。強制労働中、三人の子どもの面倒を見ることができず、病身の次女が亡くなった。

「労働教養」農場では、梅娘は翻訳グループに移動させられ、日本語担当者として、英語、フランス語、ロシア語、スペイン語などを担当する「右派」たちと一緒に翻訳の仕事をしたこともある。

一九六一年、梅娘は「労働改造」から釈放されて無職となった。彼女は女工、お手伝いなどをし、一家三人は最下層の生活を送ってきた。しかし、この最下層ながらも静かな暮らしは一九六六年から始まった文化大革命によって破壊された。梅娘は「日本のスパイ」と見なされ、紅衛兵に家宅捜索され、差し押さえを受けた。一九七二年、肝炎を患った息子は、入院費が足りず、治療が遅れ、二十三歳で亡くなった。

梅娘が名誉回復し、農業映画製作所に戻り、文学活動を再開したのは、一九七八年のことであった。翌年六月十一日、梅娘のエッセイ「新美人計」が香港『大公報』に載り、これが「名誉回復」後最初の作品である。それ以来、香港『大公報』を始め各紙誌に梅娘の文章が続々掲載されるようになり、作家としての梅娘が復活した。一九八六年二月、旧作「侏儒」、「黄昏之献」、「春到人間」、「行路難」、「蚌」が『東北淪陥時期作品選　長夜螢火——女作家小説選集』に収録され、梅娘ら八人の東北女性作家は再び日の目を見た。一九八七年十一月、梅娘は「写在『魚』原版重印之時」(『魚』が再版するに際して)を発表し、この長文で梅娘は感慨を込めて新中国の建国以来の経歴を書いた。一九九〇年に『中国現代文学補遺書系・小説三巻』が梅娘の「行路難」、「春到人間」、「蟹」を収めている。同年出版された『中国新文学大系・短篇小説巻・一九三七—一九四九』第四巻も梅娘の「黄昏之献」を収めた。一九九二年、梅娘と張愛玲の作品合集『南玲北梅——四十年代最受読者喜愛的女作家作品選』が出版され、梅娘の「蟹」、「夜合花開」が中に収められている。一九九三年、台湾の『聯合文学』一〇五期は「蟹」を再録し、一九九五年第一二七期にさらに梅娘特集を組んだ。一九九四年、台湾の『中時週刊』にも「流沙淹没了珍珠——梅娘沈寂五十年復出」(流砂が真珠をなくした——梅娘五十年沈黙後の復活)(69)というタイトルの文章を載せた。

一九九四年七月、七十四歳の梅娘はカナダに定住した長女の元へと出かけた。一年半の滞在中、梅娘の気分は晴れ晴れとしており、筆者宛ての手紙には、以下のようなくだりがある。

カナダの気候は私のふるさとにとても似ていて、九月に入るやいなや、すでに秋の訪れが感じられます。ここにはいろんな楓があり、ある楓にはすでに霜が降り、赤半分緑半分でほんとうに珍しいです。[中略]雑踏の北京から広々としたトロントに来て、まるでタイム・トンネルをくぐったようです。ここはこれほど豊かで、これほど便利でも、庶民の要求は北京の人たちとはまったく同じです。衣食満ち足りたあとの余暇は音楽と絵画で構成されているテレビ番組でつぶしています。(70)

翌年、長女一家が引き留めるのにもかかわらず、梅娘はカナダから帰国した。北米にいる間梅娘は回想録「我与日本」を書き上げ、一九九六年には続けて「我的青少年時期（一九二〇—一九三八）」を書いている。一九九七年九月には、四十万字の『梅娘小説散文集』（北京出版社）が世に問われた。

一九九六年の夏、筆者は北京の梅娘を訪ねた。静かな西の郊外、薄暗い宿舎楼。薄化粧した梅娘は想像するよりはるかに若く見え、インタビューの間も年齢差をそれほど感じなかった。一九九八年の春、筆者が長春に帰省していた頃には、書店のベスト・セラーのコーナーで『梅娘小説散文集』を見かけた。梅娘が作家としてデビューしてからすでに半世紀以上の歳月が経った。

二〇一三年五月七日、九十六歳の梅娘は北京で静かにその波乱に満ちた生涯を終えた。

二〇一九年末に十一巻ある『梅娘文集』（張泉・陳言等編集）が人民文学出版社より出版される予定である。

（1）蔣瀕「旧的過去和新的未来——一九四一歳首看［華］北文壇」『中国文芸』一九四一年一月第三巻第五期、三頁。

（2）上官蓉（李景慈）「北方文壇的今昔」『文化年刊』一九四四年第一巻、一三八頁。

李景慈（一九一八—二〇〇二）、筆名には林榕、林慧文、阿茨、楚天闊、上官蓉などがある。輔仁大学中国文学科在学中、純文学雑誌『文苑』（後に『輔仁文苑』と改名）を編集した。一九四一年卒業後、北京大学文学院中文科で新文学研究および資料の整理をした。一九四三年には『中国文芸』の編集に携わった。エッセー集の『遠人集』は新民印書館より新進作家集の第五集として一九四三年十二月に発行され、梅娘の小説集『魚』と共に第一回大東亜文学賞副賞の「選外佳作」、つまり「奨励賞」を受賞した。『遠人集』について李景慈は「後記」（一八七頁）で「私には遠方にいる無数の友人を懐かしく思う気持ちがあり、故に常々そうしたことを感ずる。寂莫とした歳月の中、当時の感触を記録してきた」と記した。

（3）章回小説はまだ読者を有している。「ここには数多くの章回小説があり、彼らは何も新文学を読むことはあるまい。」（史蓀「目前華北文芸界批判」『国民雑誌』一九四一年九月、六〇頁）という文句からも伺える。
（4）前掲「旧的過去和新的未来――一九四一歳首看［華］北文壇」、三頁。
（5）張金寿「希望文芸界的――幾句話」『中国文芸』一九四〇年六月第二巻第四期、六四頁。
（6）王静怡「中国文壇的慧星」『中国文芸』一九三九年十月第一巻第二期、五三頁。
（7）少珍「読者通訊」『中国文芸』一九三九年十月第一巻第二期、七二頁。
（8）迷生（張深切）「関於中国文芸的出現及其他」『中国文芸』一九三九年九月第一巻第一期創刊号、一七頁。
（9）方済「出版文化質的改善」『華文毎日』一九四三年十二月第十一巻第十二期、八頁。
（10）「一九三九年北方文芸界論略」『中国公論』一九四〇年第二巻第四期、「一九四〇年的北方文芸界」『中国公論』一九四一年第四巻第四期、「一年来的北方文芸界」『中国公論』一九四二年第八巻第四期、「三十二年的北方文芸界」『中国公論』一九四三年第一〇巻第四期（以上筆名は楚天闊）、「北方文壇的今昔」『文化年刊』一九四四年第二巻（筆名は上官蓉）。この諸篇は、一九三九年から一九四四年まで、一年ごと文芸界の動きや状況を分析し、評論を加えた労作であり、満州、香港、上海、北京など各地域の文芸の比較、北方における各文芸雑誌の分析、文学翻訳の検討および新進作家作品の評論などがその中心的テーマだった。
（11）前掲「一年来的北方文芸界」、七九頁。
（12）木山英雄『北京苦住庵記――日中戦争時代の周作人』筑摩書房、一九七八年三月初版第一刷、二一五頁。いっぽう柳龍光の友人である亀谷利一（満州国弘報処事務官をした後、甘粕正彦が理事長の満映の創設に参加した。華北作家協会を支えた武徳報社の二代目の社長）は「個人的には、華北文化界において実に根本的な弱点が存在していると思う。この弱点は、簡単にいえば、文化に従事する者には合作の精神が足りないということである」（亀谷利一「致建設華北新文化運動者諸君」『華北作家月報』一九四三年六月革新号、二頁）と、華北文化界における協力精神の欠如を「弱点」と捉えた。
（13）黎建青「一年間的華北文壇（上）」『華文毎日』一九四四年二月号、一四頁。

(14) 上官箏（関永吉）「一年来華北文壇的総清算」『中国文芸』一九四三年一月第七巻第五期、一八頁。
(15) 吉川幸次郎は『芸文雑誌』第一号を読んで次のように書いている。

この雑誌は、狭義の文学雑誌ではない。周作人氏の「中国文学上的両種思想」以下、諸名家の文学史的な論文は、もとより本国の人たちが本国の文学に対してめぐらした考察であつて、われわれ外国人の企及すべからざるものを、それぞれにもつてゐる。また銭稲孫氏がわれわれの古典を、紹介されようとする努力も、いつもながら、感謝のほかはない。（「日華の文学者に」『文学界』一九四三年十月、一三頁。）

(16) 黎建青「一年間的華北文壇（下）」『華文毎日』一九四四年三月号、二五頁。
(17) 同上、一三頁。
(18) 前掲「三十二年的北方文芸界」、五一頁。
(19) 前掲「一年間的華北文壇（上）」、一三頁。なお満州を離れた作家の一部は満州―北京、また一部は梅娘と柳龍光のように満州―日本―北京というルートを辿ってきた。
(20) 釜屋修「梅娘――その半生・覚え書き」には次のような記録がある。

四二年初、北京大学の近く、東四六条に居を定め、梅娘は北京大学文学院（院長は周作人）中文系に入学（卒業せず）。作人の授業はおもしろく、数少ない受講科目だったが、「漢奸」周作人には批判的だったという。作人はゼミの学生一人ひとりに童話を書かせ、四三年新民印書館より刊行。梅娘の提出したのは「青姑娘的夢」「聡明的南陔」の二篇である。（『季刊中国』第三十六号、一九九四年三月春季号、七一頁）

(21) 梅娘「我与日本」『民主中国』（日本）一九九五年三月号、五七頁。

(22)『現代満洲女流作家短篇選集』大連・女性満州社、一九四四年（昭和十九年）三月。翻訳者は大内隆雄（本名、山口慎一）。田中益三「満洲のアンソロジー（二）」『朱夏』第二号より引用、一七頁。

(23)『燕京文学』一九四四年二月第十七号には次のような広告を載せている。「少年読物の少ない中国児童に絶対的に受け入れられる文庫。わかりやすく、しかも新進文学者の筆になる流麗な文筆は、邦人の中国語研究の入門書として選ばれてもいいものである。」

(24)『婦女雑誌』には一九四二年に梅娘のルポルタージュ「孤女楽園仁慈堂巡礼」と「大学女生在古城・北大医学院」（第三巻第五期および第六、七、八期、筆名は孫敏子）、随筆の「天津一日記」と「旅青雑記」、「海浜細語――女性作家散文特輯之一」（第九期と第十期、第十一期。前の二篇の筆名は孫敏子、趙今吾および張訓昭と共作）が掲載された。

(25)方済「出版文化質的改善」『華文毎日』一九四三年十二月第一一巻第一二期、九頁。

(26)前掲「我与日本」、五七頁。なお、石川達三の『母系家族』の訳文は一九四二―一九四三年北京の『婦女雑誌』に連載されている。

(27)「華北文芸座談会」『華文毎日』一九四三年三月第十巻第六期、一三頁。

(28)迅雨（傅雷）「論張愛玲的小説」『万象』一九四四年五月第三巻第十一期。唐文標『張愛玲雑砕』（台北・聯経出版事業公司、一九七六年五月）より引用、一一五頁。

(29)飯塚朗「石叫ぶべし」『燕京文学』一九四二年七月第十一号、一三頁。

(30)呉楼（関永吉）「古城的収穫――対幾個新進作家作品之総合的評介」『国民雑誌』一九四二年一月第十三期、一一六頁。

(31)前掲「北方文壇的今昔」、一四九頁。

(32)「新進作家集」は全十册、新民印書館より刊行。『貝殻』（袁犀）、『魚』（梅娘）、『太平願』（馬驪）、『萍絮集』（蕭艾）、『遠人集』（林榕）、『秋初』（関永吉）、『豊年』（山丁）、『兼差』（高深）、『土』（沙里）、『白馬的騎者』（雷妍）。

(33)梅娘の中短篇小説集『魚』（「侏儒」、「魚」、「旅」、「黄昏之献」、「雨夜」、「一個蚌」を収めている）は北京・新民印書館、一九四三年六月二十五日出版。一九四三年八月東京で開かれた第二回大東亜文学者大会の三ヶ月後、『魚』は「大東亜文学賞副賞」を受賞。

(34) 袁犀の長篇小説『貝殻』、北京・新民印書館、一九四三年五月十五日出版。第二回大東亜文学者大会で「大東亜文学賞」を受賞。

(35) 「文化報道」『中国文学』一九四四年一月創刊号、七〇頁。

(36) 「文化報道」『中国文学』一九四四年四月号、七一頁。

(37) 一九四三年十一月二十日『華文毎日』主催の座談会(場所:北京留日同学会。出席者:袁犀、梅娘、雷妍、山丁、馬驪、上官箏、魯風、王真夫、呂奇、和田進、上野、呂風)における雷妍の発言、「華北文芸一夕談」、『華文毎日』一九四四年二月第十二巻第二期、三五頁。

(38) 同上、三七頁。

(39) 飯塚朗「石叫ぶべし」『燕京文学』一九四二年七月第十一号、一三頁。

仲町貞子(一八九四—一九六六)については『日本近代文学大事典』に「昭和初年代の特異な一女流として一部の注目を浴びた。志賀直哉を尊敬し、豊潤な感性によって底辺の人々を愛情をもって描き出すところに作風の特色がある」(日本近代文学館編『日本近代文学大事典』、講談社、一九八四年十月第一刷、一〇七八頁)と記載されている。『梅の花』、砂子屋書房、一九三六年(昭和十一年)六月。

(40) 陳綿(一九〇一—一九六六)、北京大学卒、フランス・パリ大学芸術学院に留学、演劇学博士号を獲得。当時北京女子師範学院フランス語講師、中法大学教授。劇作家、演劇監督。脚本『候光』一九四三年、中国公論社出版。

(41) 志智嘉(志智嘉九郎)「芸文雑談」『芸文雑誌』一九四四年第二巻第一期、二三頁。

(42) 李烽「朝露」『中国文芸』一九四一年十月第二十六期。

(43) 前掲「古城的収穫——対幾個新進作家作品之総合的評介」、一一六頁。

なお、飯塚朗「石叫ぶべし」(『燕京文学』一九四二年七月第十一号、一三頁)は「朝露」および李烽について次のように語っている。

この号には女の作家が四人も書いてゐるので、猶更に線が弱く感じさせられたのか、中国の女流作家は、嘗てはと云つても事変前までには、もつと奔放な性格があつた筈なのに不思議な気がする。

「朝露」というのも李烽といふ女作家のものである。之は個人的にも数年知ってゐるが、輔仁大学へ行つている女学生だつたが、つい先日奉天へ行つて結婚生活に這入つたらしい。色々英文学を勉強するとか、日本へ留学したいとか、ハモニカを習ひに行つてゐるとか、奔放に見えたけれども、急に結婚する気になつて姿を消したから、今後は作品を書くかどうかは分らぬが、この「朝露」は構成其他に努力のあとはみえるが、まだ少女小説の殻が嘴についてゐる様子である。江南から来た親戚の青年と、公園で偶然遇つた女性との恋愛物語で、自由結婚から決裂まで丹急［念］に書いてあるが、人生幾何、譬如朝露といふ曹孟徳の詩で結んである。「茶花女」に随喜の涙を流す小姐は、文学などせずに結婚なさるほうがよさそうである。

(44) 袁犀『塩』一九四四―一九四五年『中国文学』に連載。別名は『面紗』。
(45) 上官蓉（李景慈）「『貝殻』和『予且短篇小説集』」『中国文芸』一九四三年十月第九巻第二期、二四頁。
(46) 上官筝「袁犀論」『中国文芸』一九四三年十一月第九巻第三期、七頁。
(47) 袁犀「前記」、前掲『貝殻』。
(48) Gunn, Edward M. *Unwelcome Muse: Chinese Literature in Shanghai and Peking 1937–1945*, Columbia University Press, 1980, p. 39.
(49) 志智嘉「関于最近之文芸作品」『庸報』一九四三年十月六日から八日まで連載。「文芸雑談」『芸文雑誌』一九四四年第二巻第一期、二三頁。
(50) 前掲「石叫ぶべし」、一三頁。
(51) 島田政雄「民族文学的『隘路』」『東亜聯盟』一九四四年六月、三六頁。
(52) 上官蓉（李景慈）「誠摯的関懐――答志智嘉先生」『中国文学』一九四四年第三号、四四―四五頁。
(53) 梅娘「魚」『中国文芸』一九四一年七月五日第二三期、四五頁。

（54）梅娘「一個蚌」『魚』新民印書館、一九四三年六月、一二五頁。なお第四節の「一」と「二」における「一個蚌」よりのほかの引用は同じく『魚』の頁数を示す。

（55）前掲「魚」、五四頁。

（56）梅娘「白雪篇」『中国文学』一九四四年六月第一巻第六期、五七頁。

（57）梅娘「夜行篇」『中国文学』一九四四年二月第一巻第二期、六五頁。第四節の「三」と「四」における「夜行篇」よりのほかの引用は同じく『中国文学』雑誌の頁数を示す。

（58）蘇青「蛾」『雑誌』十三巻一期一九四四年四月。

（59）梅娘「動手術之前」『芸文雑誌』一九四三年七月第一巻第一期。『蟹』（武徳報社、一九四四年十一月）所収、一九頁。

（60）なお吉川幸次郎は『芸文雑誌』第一号を読んで、「この雑誌に収められた小説に至つては、何とも腑に落ちかねた」、「不可解な作品である」と述べ、梅娘の「動手術之前」を例に挙げ、次のように主に道徳面より批評を加えた。

これは淪落した女性の告白である。夫の出張の留守をする人妻が、夫の友人から、最も下等な方法で誘惑されて、貞操を失ひ、健康にも異状を来す。その手術を受ける前に、医者に対してする告白である。これは、どう考へて見ても、不潔きはまる文学である。かういつては、作者に対し甚だ非礼であるけれども、私のかつて読んだ文学のうち、最も不潔なものの一つであるといふを憚らぬ。もつとも作者の意図は、さうした不潔な境涯の中にあつても、人間精神の尊厳が、なほ全く失わはれるに至らぬことを、指摘するにあるとも考へられる。しかしさうした指摘の意志は、きはめて微弱である。［中略］私には不可解といふほかはない。（「日華の文学者に」、『文学界』一九四三年十月、一三―一四頁。筑摩書房、一九七〇年（昭和四十五年）七月版『吉川幸次郎全集』第十六巻、二九三頁。）

（61）阿茨（李景慈）「跋」、前掲『魚』所収。

（62）前掲「旅」、七五頁。

(63) 同上、七九頁。
(64) 張愛玲「封鎖」『天地』(上海)一九四三年十一月第二期。
(65) 張泉「梅娘——她的史境和她的作品」『首都師範大学学報——社科版』一九九七年二月、五一—五二頁。
(66) 梅娘「写在『魚』原版重印之時」『東北文学研究史料』第五輯(哈爾浜文学院、一九八七年十一月)を参照。なお、金子二郎(明治三八年—昭和六一年)は中国語学者、中国近現代文学研究者。一九六五年六月十一日より一九六九年六月十日までの間大阪外国語大学の学長を務めた。
(67) 前掲「我与日本」、五七頁。
(68) 田琳「為『長夜蛍火』誕生而歓呼」『東北文学研究史料』一九八七年十一月第五輯、哈爾浜文学院、五七頁。
(69) 青谷「流沙冤没了珍珠——梅娘沈寂五十年復出」、台湾『中時週刊』一五六号、一九九四年十二月二十五日。
(70) 梅娘より筆者宛ての手紙(一九九四年九月五日)による。

# 第二部　淪陥・葛藤・離散の怨

# 第四章　淪陥区の女性作家

## 第一節　被占領の時空に置かれて

### 一　満州

一九八六年二月、瀋陽の春風文芸出版社は梁山丁が編んだ『東北淪陥時期作品選　長夜蛍火――女作家小説選集』を出版した。同書には悄吟（蕭紅）、劉莉（白朗）、梅娘（孫嘉瑞）、但娣（田琳）、呉瑛（呉玉瑛）、藍苓（朱盛華）、左蒂（羅麦）、朱媞（張杏娟）ら八人の三十一篇の小説が選ばれている。一九九〇年に上海文芸出版社より刊行された『中国新文学大系・短篇小説巻・一九三七―一九四九』第四巻および済南の明天出版社出版より刊行された『中国現代文学補遺書系・小説三巻』にも淪陥区作家の作品が収められた。これらの本の刊行は長い間忘れられていた東北淪陥時期の女性作家の作品に再び光を当てた。

被占領の空間――淪陥区[1]においては、主流イデオロギーの欠如が従来周辺に置かれてきた女性作家にステージを提供した。一九三四年に満州を脱出した蕭紅を除くと、梅娘と呉瑛が満州文壇で活躍していた最も重要な女性作家だと言えよう。[2] 一九三六年より『大同報』で働き、自立した生活を送った梅娘は「小姐」（お嬢さん）の生活から懸け離れた庶民の生活をも描くようになり、小説の題材がより広い範囲へと展開している。梅娘の三冊目の小説集『魚』の中の短篇小説「侏儒」について阿茨は、「最も注意すべきところは作者の題材がすでに男女関係から社会へと拡大し、さらに人間社会の醜悪さと感情まで描き出すに至ったことである。この意味で『侏儒』はおそらく最も成功した作品であろう」[3] と論じている。梅娘の影響について上官纓は、「最初に梅娘の小説に触れたのは一九四〇年前後、私が十歳とちょっとという年だった。左蒂（羅麦）が編集した『満州女作家作品選』に梅娘の中篇小説「蚌」が収められていたのを覚えている。私は梅娘小説のすがすがしくて超然とした筆致に強く引かれて、彼女の初期のほかの二冊――『小姐集』と『第二代』を捜すことにした。それからまた彼女の中篇小説『蟹』および『魚』を読んだ。私はまだ子どもであり、完全に理解できなかったにもかかわらず、それらは深い印象を残し、私の人生の長きにわたり影響を与えた。まさに私が文学の道を歩み始めるうえでの入門的な読み物であった」と振り返っている。[4]

満州族出身で、終始満州にとどまり続けた呉瑛（本名呉玉瑛、一九一五―一九六一、吉林市生まれ）は吉林女子中学校卒業後、『満州日報』、『大同報』、『斯民』などの新聞社や雑誌社で記者や編集者の職についた。一九三九年十一月に新京文叢刊行会より出版された短篇小説集『両極』は第一回民間文芸賞「文選賞」を受けており、この中には「新幽霊」、「女叛徒」、「両極」、「望郷」など小説十篇が収められている。「彼女の作品は彼女の生活と一致している。〔中略〕人生の真実を表している」と糸已（柳龍光）が『両極』の「序言」で書いている。『両極』は「古き中国の児女」を描き、男性中心の伝統観念に征服され、踏みにじられる女性の気持ちを訴えている。ほかにも古い格式にこだわる旧家の内情を描いた中篇小説「墟園」、生活のため娼婦にならざるをえなかった女性を主人公にした短篇小説「翠紅」などがあり、呉瑛は女性の人生を追究し続けている。いっぽう満州の文壇で一緒に努力してきた梅娘との友情について呉瑛は、「学校で、私は蕭紅の作品を読んだ。社会で私は梅娘と永久の友情を結んだ。この二人の満洲女性文学活動の先輩は私に啓蒙と輔育〔助力と育成〕とを与えた。蕭紅が南粤に客死したと聞き、私は荒野たりし満洲女性文学を開拓した志士に対して言ひやうのない苦痛を抱く。しかし梅娘の中国での活躍を見れば私は言ひやうのない嬉しさを感ずる」[5]と語っている。そこから淪陥区女性作家における連帯意識や互いに思いやる気持ちが読み取れる。

梅娘と同じ時期に日本に留学した但娣もまた満州の重要な女性作家の一人である。中篇小説の「安荻和馬華」[6]では戦争を背景に若い男女の悲しい愛情を描き、但娣の出世作となった。一九三五年に上海に脱出した劉莉《リウ・リー》が「四年間」[7]に描いたのは主人公の珈黛《ジャダイ》が結婚してから四年間の悲惨な物語である。珈黛は愛のため学校をやめ結婚をしたが、生んだ三人の娘は相次いで病気でなくなってしまう。再び社会に出てはみたが、こんどは小学校で教えることにも失望し、四年間はこうして過ぎ去ってしまう。

一九三五年に創刊された『斯民』（半月刊）は、多くの満州の女性作家の文学創作の出発点を記録している。呉瑛の『両極』に収められている大多数の小説は『斯民』に掲載された。梅娘も『斯民』に「風塵」を発表している。[8] 一九四一年以後、満州の各雑誌は相次いで女性作家の「特輯」を出している。『興亜』一九四三年七月号には「女作家情書特輯」、『青年文化』一九四三年十月号には「女性文学特輯」、『新潮』一九四四年二・三月号には「婦女文芸特輯」、『新満州』一九四四年十・十一月号には「新進女作家展」[9]がある。

## 二　上海

淪陥区上海文壇に登場した張愛玲（一九二〇―一九九五）は中国近代文学の最も重要な収穫の一つであろう。張愛玲に照らすと、五四新文学の寵児であった冰心の麗しさもやや気取りすぎに感じられ、廬隠《ルーイン》の作品は感傷的ムードの氾濫という印象に変じ、才媛として有名な凌叔華《リン・シュファ》や楊絳《ヤン・ジァン》は理性を強調しすぎて冷たすぎると不満を覚えてしまうことであろう。張愛玲の魅力は中国古典文学をわが物にした教養および独自の感性、同時代の西洋文化に対する深い認識、人間性を知り抜いた観察力、「意象」（イメージ）を構築する優れたテクニックにより形づくられているのである。

淪陥区上海の女性作家にはほかにも潘柳黛《パン・リィウダイ》[10]、関露《グァン・ルー》[11]、施済美《シー・ジーメー》[12]、程育真《チォン・ユージェン》[13]らがいるが、張愛玲と並んで最も著名な女性作家といえば蘇青（スー・チン、そせい、一九一四―一九八二）[14]であろう。蘇青は小説やエッセイを書くかたわら、「編集者」と「発行人」として雑誌社を経営した。蘇青の特徴について胡蘭成《フー・ランチォン》は「彼女の文章は周作人と共通するところがあり、それは質朴である。しかし、周作人のほうは質朴かつあっさりしているのだが、彼女のほうは質朴でかつ賑やかである」[15]と述べたが、張愛玲に言わせればそれは「偉大なる単純」となる。「着実に生活の情趣を把握できるということにかけては、蘇青は第一人者である。彼女の特徴は『偉大なる単純』である。彼女の美しく簡潔な表現を経ると、ありふれた言葉でさえ最も感動的な言葉に変わっていく。なぜなら、彼女は誰よりも人類の共通性を理解しているからである」[16]と張愛玲は言う。

張愛玲と蘇青の友情も美談として伝えられている。蘇青が編集し経営した『天地』雑誌は一九四三年九月の創刊以来しばしば張愛玲の文章を掲載し、画才のある張愛玲は『天地』のために表紙もまたデザインしている。張愛玲は「我看蘇青」で、「蘇青の文章の価値を過小評価することは、現地の文化水準を過小評価することである。もしも女性作家を別枠にして評論しなければならないのなら、私は冰心、白薇らと比較されても、決して光栄とは思えない。ただし蘇青と同列に論じてもらえるなら願ってもないことだ[17]」と書いており、ここに現れているのは、文明のさらなる破壊という「惘惘的威脅」（得体の知れない威圧）[18]を思想背景にした女性作家たちの新たな価値観および連帯感である。

## 三　華北

満州、上海と同じく、華北でも女性作家は活躍していた。盧溝橋事件後華北文壇最初の二冊の長篇小説はともに自費出版で、作者もともに女性である。これについて李景慈は次のように評している。

不思議なのは二冊の小説の作者はともに女性であり、しかも書かれているのはどちらも愛情物語である。『三年』は李韻如女史が書いた。女性を主人公にし、ある男性に対する恋愛心理の変化を描写し、喜劇として成功した。『晦明』の作者朱炳蓀女史が書いたのは嫁いだ女がほかの人を愛してしまった悲劇だが、結局はまた喜劇に転じている。この二冊はどちらも一読に値する。彼女たちの愛情に対する見方は凡俗を超越しているからである。[19]

女性作家の登場は被占領区の言説空間において不思議でもない。イデオロギーに惑わされず、恋愛や結婚および身の回りの日常を好んで書く女性作家たちは、環境の変化にはより適応しやすい。孟悦《モン・ユエ》・戴錦華《ダイ・ジンホア》は『浮出歴史地表』（歴史の地表に浮かび出る）の中で、淪陥区の女性作家は「国統区」（国民党支配区）と「解放区」（共産党支配区）の女性作家が及ばない段階に達していたと評価し、以下のように論じている。

淪陥区とくに北平一帯の女性作家は、被占領という牢屋の閉鎖された空間の中で以前のすべての観念的な圧力や禁忌をほとんど失い、そこでは、新文学が女性の体と心に覆いかぶせていたイデオロギーの基準がいつの間にか消失していた。彼女たちは、特定のイデオロギーが押し付けた衣裳を取り払った女性の経験を人々に見せたのだった。或いはこう言ってもいいだろう。近代文学史に娘《むすめ》像が現われて以来、白薇の痛ましい現実の経験の中でも、「丁玲の」『ソフィー女士の日記』の中でも、このような赤裸々な女性や男性およびこのような複雑かつ多様な解釈を許す両性関係はまだ表現されたことがなかったのである。(20)

北京では梅娘が編集に携わった『婦女雑誌』以外、ほかの総合雑誌や文学専門誌にも女性作家の作品が多く掲載された。例えば『中国文芸』の場合、一九四〇年十二月第三巻第四期は「女作家専輯」に李未央《リー・ウェイヤン》、哲西《チョーシー》ら八人の小説と訳文を載せ、「北京に残っている女性たちの気持ちを少し覗くことができる」(21)とコメントを付けている。翌年二月第三巻第六期はまた「女性作家特輯」を設け、寒流《ハンリィウ》、張清蓙《チャン・チンイン》ら十人の作品を載せた。孤独練離の次の文章は、上海の蘇青の随筆を彷彿させる。

人それぞれ恋愛が必要だということは、人それぞれ食事が必要だということと同様である。古人曰く「飲食男女、人之大欲」。飲食は必要だけれど珍しいことではないと言えようが、まして愛などはいっそう食べるものがなくて餓死することとは比べ物にならないのだ。多くの人は恋愛神聖云々と叫んでいるが、とても頂けない。試しにまず極めて神聖不可侵の心を抱いて食事をしてみよ。真面目腐って、熟考してから座り、さらに熟考してから箸をとり、戦々恐々として深い淵を覗き込むかの如く、薄い氷の上を歩むかの如くすれば、その後には必ず三日間は胃痛に苦しむことだろう。[22]

現実的でありながらユーモアも見られ、世間への挑戦的な態度さえ感じさせる、淪陥区女性作家の言論の特色を垣間見られる。

淪陥後期梅娘が書いた二篇の長篇連載小説『夜合花開』と『小婦人』について、現在では「『通俗小説』に偏る傾向がある」[23]と指摘されている。これらの「通俗小説」は、蘇青の『結婚十年』にも似て、淪陥区北京で活字メディアの寵児となった梅娘が書いた、とにかく読ませるための小説だと言えよう。これらの小説は梅娘のそれまでの作品と比べて、やや「遊び」の面を感じさせる。とくに十九回にわたって連載されていた『夜合花開』の場合、愛を求め続ける女性主人公黛々の寂しさと切なさに関する描写は例によって梅娘の得意とするところではあるが、小説はやはりウェートを金銭に翻弄されている占領下北京の中産階級男女が恋愛の場で相争う姿に置き、つまりドラマチックな場面や「面白さ」によって読者大衆を引き付けようとしたのである。「小市民的な[24]」作家によるこの種の小説は南北淪陥区にともに存在し、戦時下メディアのありようとも深くかかわっている。

一九九〇年代以来、張愛玲ブームは中国大陸を席捲し、それと同時に「南玲北梅」という言葉も耳にするようになった。このフレーズがいつ、どこでできたのかについて、盛英は、「一九四二年、北京の馬徳増書店と上海の宇宙風書店は共同で『最も愛読された女性作家』というアンケートを取った。その結果、上海の張愛玲と北平の梅娘がトップを占め、それで『南玲北梅』という説ができたのだった」[25]と述べている。しかし、一九四二年、張愛玲は香港から上海に帰り、聖ジョーンズ大学に入った。翌一九四三年一月エッセイ"Chinese Life and Fashions"（中国人の生活と服装）が英文雑誌『二十世紀』に掲載され、張愛玲は文壇デビューした。[26]初めての中文小説「沈香屑——第一炉香」[27]が発表されたのもこの年だった。このように盛英の説は時間的に成立しえず、「南玲北梅」という言い方の由来も不明であるが、張愛玲の『伝奇』や蘇青の『結婚十年』のように、淪陥区北京において梅娘の小説の売れ行きもまたかなりの盛況を見せていたことが言えよう。

以下第二、三、四節では淪陥区の女性作家の作品からいくつかの話題を取り上げてみる。

## 第二節　職業婦人 vs「女結婚員」

梅娘はよく小説の中で女性が教育を受けられないことに不満を訴えている。一方、高等教育を受けた女性について蘇青は、「女の身で男の教育を受けても、教育された後社会からまた女の仕事を強いられるので、失敗するに決まっている。私自身の場合を考えると、教育、教育、これには本当にひどい目に遭った。もし私が初めから何も教育を受けていなかったら、かえって今よりずっと幸せだったかもしれない」[28]と語り、高い教育を受けても受けなくても、女性に従属を強いる社会慣習は変わらず、女性の人生の辛さも変わらないというのである。蘇青の話を証明するように、張愛玲は短篇小説「封鎖」の中で主人公の翠遠《ツイユェン》のことを次のように書いている。

家では力の限り叱咤して娘に勉強させ、一歩一歩這い上らせ、「最高峰」のてっぺんまで上りつめさせた――二十歳そこそこの女の子が大学の教壇に立つとは！　女性の職業に新記録を打ち立てたのだ。だが、家長はしだいに彼女に対する興味を失い、いっそ最初から勉強の方はもう少しいい加減に済まし、ヒマを作って金持ちのお婿さんを探していればよかったのにと思うのだった。[29]

「二十余歳の女の子が大学で教える」ことはそれほど悪いことでもあるまい。むしろ翠遠がいつも受動的な立場に立つのが問題なのである。翠遠は自分の本当にやりたいことがやれず、あるいはやりたいことを見つける時間さえ与えてもらえず、上に登ることを余儀なくされてきたのである。「良い娘」、「良い学生」であった翠遠は結局幸せの道を歩むことなく、「真の生命」との隔たりを感じるばかりなのである。

淪陥区の女性作家の作品からは、結婚は「職業の一種」という認識が読み取れる。梅娘の「一個蚌」の中で、主人公の梅麗は「結婚も職業だ」と言っている。張愛玲の「傾城之恋」の中で、徐夫人は流蘇に「仕事をさがすのはみんな嘘よ、男をさがすのが本当」[30]と腹を割って語っている。「女店員」、「女打字員」（女タイピスト）に対し、張愛玲は「女結婚員」という言葉を作り[31]、「美しい体で人を喜ばせるのは世界で最も古い職業であり、ごく普通の女性の職業でもある。生活のために結婚する女性は皆すべてこの項目に入れられる。これもタブー視する必要はない。――美しい体の持ち主は体で人を喜ばせ、美しい思想の持ち主は思想で人を喜ばせるが、実は大した差はない」と述べ、結婚イコール職業の一種、生活のための結婚は「ごく普通の女性の職業」[32]だと言うのである。

梅娘小説の女性たちは婚姻制度についても疑問を提示している。「夜行篇」では夜の町に出た鳳凰は、きれいに装ったロシア人のダンサーを見て、「小さな部屋に閉じこめられ、愛などわからぬ男の妻になって、貧乏にさいなまれるより、ここに来てダンサーになった方がましだ。少なくとも、きれいに着飾って美しさを見せられるのだ。美しさで楽しみを得て、何も制約なんかされない」[33]と思うようになる。「一個蚌」では梅麗は親友に「今日は思い切って遊女屋街に行ってみない？　私、行ってみたいの、なぜかわからないけど、大人たちに軽蔑されているそこの娘たちに親近感を感じるの。将来私も行くかもしれない、いえ、わたしは『大通りの天使』になりに行くの。一人の男の妻として売られ、室内のエンジェルになるより、街娼になる方がいい、『大通りの天使』になった方がいいわよ」[34]と言う。人並みに結婚し「虐げられる役」になることを、人並み以下の「悪」と見なされる「売春」と比べさせることで、人生の十字路でさまよっている女性たちが「妻」になることに対して抱いている不信感と不安感を提示している。

二十世紀中国における「性」と「近代」の矛盾を「上海の売春現象」を通して見るある研究には、安定した「顧客」を持つ「娼婦の生活は結婚生活よりさらに広い空間を提供することができ、彼女に自分の時間をアレンジさせ、自分の収入をコントロールさせるのである」と記されている。[35]蘇青はまた「今の職業婦人の待遇はあまりにも悪劣で、並の娼婦にも及ばない」[36]と率直に語っている。「一個蚌」を収めた『魚』が出版された翌年、すなわち「動手術之前」を収めた『蟹』が出版された一九四四年、上海の『雑誌』に蘇青の名文句「飲食男、女の大欲ここに存す」が載っている。[37]この言葉が、淪陥区女性作家の「牢屋」の中の言論の「自由」を端的に語っている。

蘇青の小説は自伝的色彩が強く、長篇小説の『結婚十年』と『続結婚十年』の主人公の蘇懐青には蘇青自身が少なからず投影されている。十年の結婚生活の始まりから離婚という終幕までを細々と綴った『結婚十年』の後記で蘇青は、「この世に生まれると、女はほんとうに惨めである。嫁いでもよくないし、嫁がなくてもよくない。嫁いでからまた離婚して家出するのはもっとよくないけど、出ないのもまたいけない。環境がそうさせるのである」[38]と嘆いている。蘇青本人は離婚して、作家兼雑誌の編集者および発行人となったが、『結婚十年』が出版された翌年、蘇青は「職業婦人の悲哀」について次のように語った。

女は家庭に戻るべきかは断言できないが、今の状況から見ると、職業婦人は本当に苦労していて、家庭の主婦の快適さにはとうてい及ばない。〔中略〕今、大多数の職業婦人は完全に自分を養うことさえできず、家庭全体などはなおさら言うまでもない。家計を補ったり、小遣いを稼いだりするのがやっとだ。しかも世間の気風も変わり（退潮の時期とも言える）、職業婦人に対し何か神聖さを感じて尊敬するということはまずない。だから最近われわれは職業婦人が嫁いだことを聞くばかりで、嫁いだ婦人が自発的に理由なく家庭を捨てて職についたという話は聞いていない。これは実に職業婦人の最大の悲哀だ。[39]

後に出版された『続結婚十年』では「職業婦人」の屈折した想いを見せ、主人公の蘇懐青はもう「極めて普通の女性の職業」つまり結婚生活に戻ることを試みようとするのである。

上野千鶴子は第一次世界大戦後の女性の職場進出を次のように論じている。

結婚までは女は一人前でない（もしくは結婚しなければ女でない）と見なされる限り、労働市場にとどまる女

性は忠誠的な労働者として勤労論理に従うことが求められる。結婚と同時に彼女は領域を移動するに過ぎない。［中略］

その上、結婚が女性のゴールであるようなところでは、職業生活にとどまる女性はしばしば不完全な女性とみられる。仕事が結婚によっていつでも中断させられるところでは、未婚女子労働者はつねに職場の「通過客」にすぎないし、たとえ独身をつづけていてもいつそれが結婚で中断されるかわからない。「仕事か結婚か」の規範は、女性を職場の永続的な仲間として迎え入れないための理由を与え、職場の女性差別のかっこうの口実となる。(40)

この指摘は中国淪陥区の都市にいた女性たちの結婚や職業をめぐる差別状況にも通じているであろう。『雑誌』という名の上海誌は一九四五年三月号に「蘇青張愛玲対談記——関於婦女、家庭、婚姻諸問題」（蘇青と張愛玲の対談録——婦女、家庭および婚姻諸問題について）を掲載した。張、蘇二人は「職業婦人の苦悩」、「知識人女性の結婚問題」、「大家族と小家族」、「夫婦の同居問題」、「標準的な夫」などについて対談しているが、現代の観点からこれを評価すれば、ジェンダーに挑戦するのではなく、冷めた目で社会現象を見、合理的な男女関係を求めようとするフェミニズム思想を示していたと言えよう。

愛情、婚姻などを理想視せぬ淪陥区の女性作家は、男性中心的な思想がいかに根深く女性の意識の中に存在しているかを意識し、冷静に同性を見ている。「女はいくら優秀でも、異性の愛を得られないと、同性からは尊重されない」(41)と張愛玲が「傾城之恋」の登場人物の口を借りて言う。梅娘の「動手術之前」の中で、「不名誉な病気」にかかった李は看護婦たちのことを、「そういう白衣の天使が来るのが怖いの。彼女たちは男にへんに教えこまれてしまい、女の苦痛を理解できないだけではなく、軽蔑もするの。彼女たちの心は男が教えた純潔で満たされている。彼女たちがひそひそ声で私を非難しているのを見たのよ。彼女たちのやさしく装った顔の裏に隠された軽蔑も見えるの[42]」と語っている。蘇青もまた似たようなことを取り上げ、「今もあいかわらず男の社会だ。彼らも女性問題を語り、男女平等を提唱し、われわれのため独立やら自由やらを求めてくれるが、替わりに想ってくれ、話してくれる内容が完全にわれわれの心の中の要求に符合しうるかどうかは別問題である。だから私は敢えて言いたい。この類いの文章を読みなれた女たちは、思想においてきっと相変わらず男の従属物であろう。彼女たちの心の中の善悪の基準はピタリと男に従い、男が考えないことを考える勇気がなく、男が考えることを考えない勇気もない、何についても自分の定見がないのである[43]」と、男性中心的思想がいかに浸透しているかを率直に語っている。

一方近代文学において男性作家に神聖化されがちな母親像、冰心ら女性作家にも大いに謳歌された理想の母親像は、ここでは普通の女または普通よりかなり偏執的な女に還元されている。梅娘の小説の中の母親はほとんど温みが感じられない「継母」であり、慈愛に溢れる母親像は一度として登場していない。張愛玲の「沈香屑——第二炉香[44]」の中のミーチル夫人はそのやさしい外見にもかかわらず、恐ろしい形で娘たちを不幸に導いている。「金鎖記[45]」の中で欲求不満の不幸な母親は子どもたちの人生を悉く破壊してしまう。「傾城之恋」の中では孤立無援の流蘇が母親に助けを求めても、「母親はぽかんとして、にやにやして黙っている[46]」だけで、流蘇はついに自分が求めている母親は実際の母親とは別人だと悟って、自力で道を開こうと決意する。というように、淪陥区女性作家たちは母親という存在に対して同性として冷めた目で観察し、潜在意識まで掘り下げ、かつてなかった深さにまで辿り着いたのである。言うまでもなく張愛玲の「潜在意識」への探求は、時代や男女の別を超えた多くの作家がおよばないほど優れている。

張愛玲ら淪陥区作家は「反ロマン主義」（Antiromanticism）作家とも呼ばれている。それらの作品には、英雄的人物、革命または愛情などの理想化された概念のかわりには幻滅、暴露または妥協が見え、感傷のかわりに自制、皮肉および懐疑が認められるのである。[47] 決して理想化されない母親像は作家たちの個人的経験にも関係があろうが、「反ロマン主義」の流れとも捉えることができよう。

## 第三節　二通りの男性像

張愛玲の小説中の典型的な男性像の一つは無気力かつ無責任で、「美酒、女、アヘンを知っているが、心は子どものまま」、「アルコールの甕に漬けられている子どもの死体」[48] のような人物である。これらの大人になれない人物の系譜には「花凋」の中の鄭先生、「傾城之恋」の中の流蘇の兄、「金鎖記」の中の姜季沢《ジァン・ジーツォ》、『小艾』の中の席景藩《シー・ジンファン》、「多少恨」の中の虞老太爺などがいる。[49] このタイプの人物の主な原形は張愛玲の父親であろう。「父親の家にあるすべてのものを私は見下している。アヘン、『漢高祖論』を弟に書かせる老先生、章回小説〔講談から生まれ、回を分けた構成をとる伝統的な小説〕、だらしない暮らしぶり。拝火教のペルシア人のように、私は世界を無理矢理に二分した。光明と暗黒、善と悪、神と悪魔。父の方に属するのはよくないものに決まっているのである」[50] と、張愛玲が言う。両親が離婚した張愛玲にとって、遺産生活者の父親の世界はだらだらと沈んでいく伝統文化の世界である。

しかし、張愛玲が書いたもっとも成功した男性人物は「子どもの死体」のタイプではなく、「紅玫瑰與白玫瑰」(赤薔薇と白薔薇)の中の佟振保や「傾城之恋」の中の範柳原、「茉莉香片」の中の聶伝慶である。[51] これらの人物に対し張愛玲は男女対立、強いて言うと善悪対立の構図を取らず、性心理やアイデンティティの危機、成長物語の角度から描き、男性の内面を突き止める。とくに佟振保という人物は五四運動以来男性の性心理を最も上手に描いたものと評価されており、[52] 腕一本で出世した一人の中国人男性の内面における内と外、公と私、中国と外国、正常と異常、欲望と抑圧、自分の女と他人の女などに対する葛藤を一身に集めて表現している。

これに対し、梅娘小説の中の男性は、無気力かつ無責任の、「子どもの死体」型がその多くを占めている。「一個蚌」の中の梅麗の異母兄は家の遺産ばかりを頼りとし、自らの社会的な役割をまったく念頭に置かず、アヘンを吸うため梅麗に金を借りては、しばしば梅麗の顰蹙を買う。この異母兄はアヘンを吸いながら「家にはまだものがあるんじゃないか。どうにか暮らそう。間に合わせで食べて、飲んで、吸って、たっぷり吸ったら目を瞑って、これも気持ちいい。生きてるのは心地よさを味わうためじゃないか[53]」と自分の人生哲学を語る。「魚」の中の林省民は無責任で愛に忠実でない男の代表である。金持ちの家のお嬢さんとの情事は都合のいいことだったが、いざ彼女が無一文で家を出たら、話は別になる。「蟹」の中の「大少爺」(若旦那)の祥は一度「覚慧」型の青年になる傾向もあったが、結局「子どもの死体」型に陥る。学生時代に社会に役に立つ人になることを志した彼は、満州事変の後酒場やダンスホールをぶらぶらし、安逸な生活に安んじてしまっている。祥は小翠に恋しているにもかかわらず、小翠が「失踪」し、鈴鈴に小翠を捜すようにと頼まれると、「海に落ちた針をさらうようなもの、どこを捜せっていうんだ[54]」と返事する。鈴鈴はこの言葉に強いショックを受け、「新派」だと思っていた祥は家の中のすべての男と同じだと初めて気づくのである。

梅娘の小説の男女は往々にして二項対立の構図として配置され、女イコール「清」、男イコール「濁」、梅娘は同情や理解を持って女性の内面を綿々と描いているが、男性の内面および心の動きに対しては深入りしない。「鬼、私は鬼に出遭った。女を食う鬼に出遭った」(55)という作品中の言葉が端的に示すように、男性は女性の対立項的な役割を果たしたのである。梅娘はまた男性への恐怖感を極端に形づくり、劇的な効果を生み出したりする。「雨夜」の中で、海辺の風呂屋で雨宿りをしている李玲は人がいると気付き、「人かと思い、酔っ払った男かと思えて、女は幽霊や妖怪以上に怖くなった。幽霊や妖怪の怖さは単純だ。単純な恐怖だ。しかし、酔っ払った男の体にはすべての罪悪、すべての醜悪な事件が含まれているのである」(56)と考えた。女イコール「清」、男イコール「濁」といったきっぱりとした男女観は梅娘の小説に何人かの生き生きとした女性人物をもたらしたが、「紅玫瑰與白玫瑰」の中の佟振保のような奥行きのある男性像は生み出せなかった。

「私は自分の子どもを教えたい。少なくとも次の世代の男性には女に対する本当の理解と同情を持たせるつもりだ」(57)と、男性に失望した挙げ句、梅娘の描く女性は決意をした。

## 第四節　監禁・越境・逃亡

淪陥区は異民族の統治下に置かれており、それは一種の監禁状態であったと言えよう。作家たちが満州から華北へと越境し、さらに「大後方」や「解放区」に逃げ出す例はよくあった。このような監禁のイメージとそこからの越境や逃亡というモチーフは淪陥区女性作家の作品にも見られる。それは往々にして愛と自由を求め、家父長制の束縛から逃げ出す物語として編まれる。

梅娘と張愛玲の人生には相似する点が多い。梅娘が幼児期に母親を亡くしたのに対し、張愛玲は両親の仲が悪く、別居から離婚に至ったため母親と過ごした時間はほんのわずかだった。父親の愛に支えられてきた梅娘は十七歳のときに父親と死別したのに対し、父親の自慢の娘だった張愛玲は十七歳のときの監禁事件をきっかけに父娘の縁を切っている。継母からはまったく愛を得られなかった点は二人に共通する。そのためか二人の小説の中には冰心が謳歌するような慈愛に溢れる母親像は一度として登場しない。二人の結婚相手の柳龍光（一九一五―一九四八）と胡蘭成（一九〇六―一九八一）とはともに対日協力者であり、歴史や現実に対し自分なりの考えの持ち主である。ここでは主に二人の人生を引き合いに出しながらその文学に浮かび上がってくる監禁・逃亡・越境のテーマを考えてみたい。

張愛玲は十六、七歳のとき父親により数か月監禁されたことがある。一九三七年八月十三日の日本軍の上海攻撃から始まった三ヶ月に及ぶ上海事変の真最中、銃声で眠れなくなった張愛玲はロンドン大学の上海試験会場での試験を受けるため母親の家に二週間滞在した。このことにより、もともと娘の留学に反対だった父親と継母の強い不満を買い、さらに父親の離婚した妻に対するコンプレックスと怒りとを爆発させたその煽りを食って、張愛玲は父親に監禁された。「私語」には以下のくだりがある。

父は声を張り上げ、私をピストルで射ち殺してやると怒鳴り散らした。私はしばらく空き部屋に監禁された。私が生まれたこの家は突然よそよそしいものに変わってしまい、まるで月光に照らされて、暗闇に青白い壁が現れたようだった。突如として、気狂いじみた……。
ビバリー・ニコルズに狂人の夢心地をうたった詩がある。「汝が心に月光は眠れり」。それを読んだ私は、わが家のコンクリートの床板に浮かんだ青い月光を、その静謐なる殺気を連想した。[58]

監禁の後は逃亡。「ほんとうに歩道の上に立っているのだ！　風はなく、ただ陰暦正月頃のしんしんとした冷たさだけ、街灯の下には一面寒寒とした明かりが輝くばかりだが、それでも、なんて懐かしい世界なのかしら！　私は道路脇の歩道を急いだが、地面を踏みしめる一歩一歩は、その度ごとに高らかに響き渡る口づけのようだった」[59]。張愛玲は父親の家を後にし、新しい人生を歩み始めた。張愛玲の弟は結局逃げることができず、長年父親と継母の威圧の下で暮らし、「屏風に刺繡された鳥」[60]になってしまった。

監禁や逃亡の体験は後の張愛玲のエッセイや小説にたびたび現われてきて、張愛玲文学の一つの重要なモチーフを作りあげた。長篇小説『十八春』[61]に描かれた想像を絶する監禁事件には張愛玲の人生の重い影が投じられている。張愛玲が実父に監禁されたのに対し、小説の中ではヒロインの曼楨《マンジェン》が実姉とその夫により監禁された。そもそも「善と悪、霊と肉のはっきりと衝突するような古典的な書き方」[62]を避け、「不揃いでコントラストのある書き方」を取り入れるのは張愛玲の文学観の一部分であり、仮に実生活に「監禁事件」が生じなければ、類似の事件が『十八春』に書き込まれることもありえなかっただろう。余彬《ユー・ビン》は『十八春』を次のように論じている。

偶然の出来事は『十八春』の中では物語の構成の基礎となっている。外的な面から言えば、それはプロットの展開を決めており、これらの部分を抜き取ると、小説はただちに骨組みがばらばらになってしまう。内的な面から言えば、直接作者の人生の悲劇に対する解釈に影響を与えている。〔中略〕『十八春』から導き出されるのはただ次のような結論だけである。沈と顧二人の悲劇は悪人による奸計と偶然の出来事の一致にもてあそばれた結果である。これは張愛玲が『伝奇』の中で表した悲劇意識とは正反対である。彼女の一貫した信念は、人間性の偏執と情欲の盲目の結果として悲劇が必ず訪れるということである。言うまでもなく、この立場を放棄することは、張愛玲が大衆に迎合するため払った最も惨酷な代価である。(63)

張愛玲の人生における特異な事件としての「監禁」が一つのトラウマとして深く記憶に根を下ろし、ついには小説に現れ出たということは確かであり、このような解釈にも一理あろうが、作家は時代の刺激および年齢の変化によって美意識や悲劇意識にも移ろいが現れるはずで、物語が巧みに編まれているなら、「偶然の出来事」があってもかまわない。『十八春』の物語、特にその結びには張愛玲が時代に適応しようとした努力が見えるが、「大衆に迎合する」とまでは言いきれない。

『十八春』のほか、「傾城之恋」と「沈香屑――第一炉香」の中にも越境・逃亡のモチーフがある。「傾城之恋」の中の流蘇《リィウスー》の物語は逃亡に「成功」した例である。出戻りで頼るものもない流蘇は持参金を兄に使われてしまったうえに、一族に邪魔物扱いされる。このような清朝遺臣の大家族の中にはもうこれ以上いられない流蘇は上海から逃げ出して金持ちの範柳原《ファン・リウユエン》の愛人となる。香港での戦争に助けられ、結局流蘇は「驚くべき成果」を挙げ、再婚して範柳原の「妻」の座を獲得した。しかし流蘇には愛を求める余裕がなく、いわゆる「成功」は心の通じ合う愛を求めて成功したのではなく、経済的な保証を意味するむなしいものであった。

「沈香屑――第一炉香」は張愛玲の香港体験をベースに書かれた小説である。上海から越境して香港に留学に来た主人公の葛薇龍《グゥア・ウェイロン》は自由を失いつづける香港生活に愛想を尽かし、上海に帰って新しい人間になりたいと欲していたが、「彼女は突然行かないことにした。何があっても行かない。この瞬間から、五分ごとに考えが変わる。行く！　行かない！　行く！　行かない！　この両極端の間で、ベッドに横になっている彼女は右へ左へ寝返りを打ち、心は油で炒められているようで[64]」、ついに逃げ出すことができなかった。どしゃぶりの雨に遭い、風邪を引き、高熱が出たのが一因ではあっただろうが、上海に帰ることはただ単に古い家父長制の家の「監禁」状態に戻り、なおさら不自由になるだけで、人生の出口はやはり見出せないという潜在意識が働いたためではないだろうか。流蘇の「成功」とは反対に、薇龍はもう逃げる場所がなく、むなしい希望のため巨大な代価を払い、挫折しても香港での生活を選んだのである。このように張愛玲の実人生と小説世界には監禁や越境、逃亡というモチーフが重要な位置を占めている。

一方、梅娘の人生には自由恋愛が引き金となった家族との決裂があった。

> これは本当の選択だ。四平街に戻り、世俗に従い、名門の闞《カン》家に嫁いで、男の付属品である人形として豪奢な生活を過ごすか。それとも柳［龍光］について流浪し、貧乏な苦学生になり、前途不明の生活と戦うか。当然、私は後者を選んだ。これは私の生活のロジックの必然である。［中略］
>
> こうして、私は毅然として大金持ちの家を離れ、自分の服しか持ち出さなかった。母親［継母］は一銭の嫁入り費用もくれなかった。[65]

梅娘小説の中にも監禁や越境、逃亡というモチーフがよく現れる。前の章で取り上げた「旅」は逃亡者の物語でもある。『小婦人』の中で、鳳凰と袁良は自由を得るために駆け落ちをしている。「一個蚌」と「魚」の主人公の梅麗と芬は「自由恋愛」が発覚した後、二人とも軟禁されて、銀行と税務総局での職業も失ってしまい、梅麗は薇龍と同じように病気になった。人生の十字路をさまよう若い女性の精神的な重荷は「病気」という形をとって現れたのである。

芬の「外泊」が知らされた後、「想像するよりも酷い非難がすべて私の身に降りかかった。私はみんなの前で食事をする自由さえ失ってしまった。彼らは私を小さな部屋に入れ、婆やを使って私を軟禁した。まるで私は普通の人間じゃなくて、狂人であるかのようだった」[66]。このような「監禁」から一度愛を求めて家から逃げ出すものの、男に裏切られ、愛が無に帰したため、芬はもう一度逃げ出す羽目に陥る。「私、私は看破した。網の中の魚は自力で穴を捜し潜り出るしかないのだ。網を引きに来た人が魚を水に戻すのを待つことは、夢よりも当てにならないことである。運良く潜り出られるのなら、水中に落ちても、地上に落ちてもいい、第二歩はその後のことだ。畏れているのなら、網の中で運ばれて殺されるのを待つか、憤死するかしかないのだ。そうではないか」[67]と芬はつぶやく。芬たちは道がないところで道を探し、絶望の中でももがき、挫折に満ちた道を歩み続けるであろう。

このように、張愛玲と梅娘の小説の中には、監禁又は強いられた苦境に直面して、逃げた人、逃げようとする人、もがいている人、そして越境・逃亡を反復せねばならない人々が数多く登場するのである。

梅娘も張愛玲も実生活においては満州―日本―北京または上海―香港―アメリカへと越境や亡命を実践し、自力で人生を変え、そして独自の経験を文学作品に表現したのである。

（1）中国では十五年戦争中の日本占領区および日本の傀儡政権支配下の地域を「淪陥区」と呼ぶ。それは国民党支配の「国統区」（国民党統治区、「大後方」ともいう）および共産党支配の「解放区」と相対する概念である。日本語に訳せば「被占領地域」となるが、歴史研究の分野でも慣習的に「淪陥区」と呼ぶため、本書では「日本占領区」、「被占領区」と同じ意味で使用する。「淪陥区」文学史の研究が本格的に始まったのは大陸では九〇年代のことである。海外においては、一九八〇年に出版されたEdward Gunnの*Unwelcome Muse: Chinese Litreature in Shanghai and Peking 1937–1945* (Columbia University) と劉心皇の『抗戦時期淪陥区文学史』（台北・成文出版有限公司、一九八〇年五月）が最初期の専門的な著作と言えよう。張泉の『淪陥時期北京文学八年』（北京和平出版社、一九九四年十月）は北京地域の文学現象を対象にして書いた「淪陥区文学史」である。Edward Gunnの*Unwelcome Muse*を読んだことがこの本を書くきっかけとなったと、張泉は「後記」で述べている。陳青生の『抗戦時期的上海文学』（上海人民出版社、一九九五年二月）は上海地域の「淪陥区文学史」。徐廼翔、黄万華の『中国抗戦時期淪陥区文学史』（福建教育出版社、一九九五年七月）は東北を含め日本占領区全体を対象として執筆された「淪陥区文学史」。文学史の空白を埋めるこの三冊は、かつて文学史に入れられなかった夥しい作品および文学現象を網羅的に研究し評価している。

（2）陳因編『満洲作家論集』（大連実業印書館、一九四三年六月初版）は女性作家について梅娘と呉瑛二人の作品しか論じていない。

（3）阿茨（李景慈）「跋」、梅娘『魚』北京・新民印書館、一九四三年六月。

（4）上官纓「我所知道的梅娘」『作家』（長春）一九九六年第九期、七〇頁。

（5）呉瑛「文学の栄凋　序にかえて」、大内隆雄訳『現代満洲女流作家短篇選集』大連・女性満州社、一九四三年（昭和十九年）三月。田中益三「満洲のアンソロジー（二）」『朱夏』第二号より引用、一六頁。

（6）但娣「安荻和馬華」『華文大阪毎日』一九四一年第六巻第一期および第二期に連載。後に小説詩文集『安荻和馬華』に収められ、一九四四年、新京・開明図書公司より出版。

（7）劉莉「四年間」、梁山丁編『東北淪陥時期作品選　長夜蛍火——女作家小説選集』（瀋陽・春風文芸出版社、一九八六年二月）所収。

（8）徐迺翔・黄万華『中国抗戦時期淪陥区文学史』福州・福建教育出版社、一九九五年七月、四八頁を参照。『斯民』廃刊後、満州雑誌社に移し、名を変え、一九四一年六月『麒麟』として創刊。

（9）李柯炬・朱媞「一九四二至一九四五年東北文芸界一窺」、馮為群・王建中・李春燕・李樹権編『東北淪陥時期文學国際学術研討会論文集』瀋陽出版社、一九九二年六月、四〇八頁を参照。

（10）潘柳黛（一九二〇―二〇〇一）、北京出身。大阪で『華文大阪毎日』の編集補佐を、後に上海に派遣され、『文友』の編集補佐を務めた。代表作は『退職夫人自伝』（上海・新奇出版社、一九四九年五月初版）。

（11）関露（一九〇八―一九八二）、日本大使館と海軍報道部が後援する女性雑誌『女声』の中国語紙面の主編。代表作は長篇小説『新旧時代』（上海・光明書局、一九四〇年七月）。

（12）施済美（一九二〇―一九六八）、紹興出身。代表作は短篇小説集『鳳儀園』（上海・大衆出版社、一九四七年五月）。

（13）程育真（一九二一―?）、探偵小説家程小青の娘。代表作は小説散文集『天籟』（上海・日新出版社、一九四七年二月）。

（14）蘇青、代表作はエッセイ集『浣錦集』（上海・四海出版社、一九四四年四月）と長篇小説『結婚十年』（上海・天地出版社、一九四四年七月）。

（15）胡蘭成「談談蘇青」『小天地』一九四四年八月創刊号、一七頁。

（16）「女作家聚談会」における張愛玲の発言、『雑誌』、一九四四年四月第十三巻第一期、四五頁。

（17）張愛玲「我看蘇青」『天地』一九四五年四月第十九期。『余韻』（『張愛玲全集』（十四）香港・皇冠出版社、一九九三年八月）より引用、七七頁。

（18）張愛玲「『伝奇』再版的話」『伝奇』雑誌社、一九四四年九月再版（初版は一九四四年八月）。『傾城之恋』（『張愛玲全集』（五）、香港・皇冠出版社、一九九一年八月）より引用、六頁。

（19）楚天闊「一九三九年北方文芸界論略」『中国公論』一九四〇年第二巻第四期、一四〇頁。なお、李韻如『三年』北京・燕生印刷、一九三九年八月初版。朱炳蓀『晦明』北京・和平印刷局、一九三九年十月初版。

(20) 孟悦・戴錦華『浮出歴史地表』鄭州・河南人民出版社、一九八九年七月、二三一頁。
(21)「編者的話」『中国文芸』一九四〇年十二月第三巻第四期、五六頁。
(22) 孤独練離「我很想忘記過去」『婦女雑誌』一九四四年第五巻第八期、一二頁。
(23) 徐廼翔「梅娘論」『中国現代文学研究叢刊』一九九三年一月、七七頁。
(24) 呉楼(関永吉)「古城的収穫——対幾個新進作家作品之総合的評介」は「今日の文筆家は出身のため、その表している社会意識には意識的であれ無意識的であれ、小市民的な気質がある」と指摘している。『国民雑誌』一九四二年一月第十三期、一一三頁。
(25) 盛英「梅娘与她的小説」、劉小沁編集『南玲北梅——四十年代最受読者喜愛的女作家作品選』、深圳・海天出版社、一九九三年三月、三五九頁。
(26) 張愛玲"Chinese Life and Fashions"英文月刊誌 *The XXth Century*(『二十世紀』)一九四三年一月第四巻第一期。
(27) 張愛玲「沈香屑——第一炉香」上海『紫羅蘭』一九四三年五月第二期。
(28) 蘇青「我国的女子教育」、前掲『浣錦集』、九頁。
(29) 張愛玲「封鎖」『天地』一九四三年十一月第二期。訳文は清水賢一郎訳による(張愛玲・楊絳『浪漫都市物語 上海・香港40's』藤井省三監修、JICC出版局、一九九一年十二月、一三頁)。
(30) 張愛玲「傾城之恋」『雑誌』一九四三年九月第十一巻第六期と十月第十二巻第一期。前掲『傾城之恋』より引用、一九三頁。
(31) 張愛玲「花凋」『雑誌』一九四四年三月。『第一炉香』(『張愛玲全集』(六)香港・皇冠出版社、一九九三年三月)より引用、四三三頁。
(32) 張愛玲「談女人」『天地』一九四四年三月第六期。『流言』(『張愛玲全集』(三)香港・皇冠出版社、一九九四年二月)より引用、九一—九二頁。
(33) 梅娘「夜行篇」『中国文学』一九四四年二月第一巻第二期、六八頁。

(34) 梅娘「一個蚌」『魚』北京・新民印書館、一九四三年六月、一一七頁。
(35) Gail Hershatter「性与現代的交融――二十世紀初上海的売淫現象」(性と近代の溶け合い――二十世紀初頭上海における売春現象)、李小江・朱虹・董秀玉主編『性別与中国』北京・生活・読書・新知三聯書店、一九九四年六月、三六〇頁。
(36) 蘇青「関於我――代序」『続結婚十年』上海・四海出版社、一九四七年二月、六頁。
(37) 實斎「記蘇青」『雑誌』一九四四年四月、九八頁。『礼記』「礼運篇」にある「飲食男女、人之大欲存焉」を、蘇青が一字ずらしたものである。蘇青の「談女人」(『天地』一九四四年三月第六期)では「飲食男女、人之大欲存焉」となっているが、同篇が『浣錦集』に収録されたさいには「飲食男、女人之大欲存焉」と変更された。桜庭ゆみ子「蘇青論序説――『結婚十年』が書かれるまで」(『東洋文化研究所紀要』平成八年二月、二一二頁)および邵迎建『伝奇文学与流言人生――張愛玲的文学』(北京・生活・読書・新知三聯書店、一九九八年六月、三〇頁)を参照。なお蘇青の「大胆」さは世間を驚かせ、「性のブローカー」とさえ呼ばれた。蘇青をめぐって、八〇年代に出た文学史の中にも次のような偏見ともとれる記述がある。「蘇青の性に関する方面については、彼女は離婚歴がある上器量も悪い方だったので、自然にそうした大胆な作風を形づくったのである。」(前掲『抗戦時期論陥区文学史』、一二〇頁)
(38) 蘇青「後記」、前掲『結婚十年』。上海文芸出版社、一九八九年十二月影印本、二三〇頁。
(39)「蘇青、張愛玲対談録――関於婦女・家庭・婚姻諸問題」『雑誌』一九四五年三月第一四巻第六期。『張愛玲文集』(第四巻)(安徽文芸出版社、一九九二年七月)より引用、三九二頁。
(40) 上野千鶴子『家父長制と資本制――マルクス主義フェミニズムの地平』岩波書店、一九九三年六月第九刷、一八九頁。
(41) 前掲「傾城之恋」、二〇〇頁。
(42) 梅娘「動手術之前」(手術前)『蟹』北京・武徳報社、一九四四年十一月、一七頁。
(43) 蘇青「我国的女子教育」『浣錦集』上海・四海出版社、一九四六年十一月九版、七頁。
(44) 張愛玲「沈香屑――第二炉香」『紫羅蘭』(上海)一九四三年八月第五期および九月第六期。
(45) 張愛玲「金鎖記」『雑誌』一九四三年十一月第十二巻第二期および一九四三年十二月第十二巻第三期。

(46) 前掲「傾城之恋」、一九三頁。
(47) Edward M. Gunn, *Unwelcome Muse: Chinese Literature in Shanghai and Peking 1937–1945*. Columbia University Press, 1980. p. 198を参照。
(48) 前掲「花凋」、四三二頁。
(49) 張愛玲『小艾』『亦報』一九五一年一月二四日より連載、筆名は梁京。「多少恨」(一)『大家』一九四七年五月第二期、「多少恨」(二)『大家』一九四七年六月第三期。
(50) 張愛玲「私語」『天地』一九四四年七月第十期。訳文は清水賢一郎訳「囁き」、前掲『浪漫都市物語　上海・香港40's』による、一三二頁。
(51) 張愛玲「紅玫瑰與白玫瑰」『雑誌』一九四四年五月第十三巻第二期。「茉莉香片」『雑誌』一九四三年七月第十一巻第四期。
(52) 水晶「潜望鏡下一男性」(『張愛玲の小説芸術』台北・大地出版社、一九七三年九月)を参照。
(53) 梅娘「一個蚌」『魚』北京・新民印書館、一九四三年六月、一三六頁。
(54) 梅娘「蟹」『蟹』北京・武徳報社、一九四四年十一月、二二五頁。
(55) 「一個蚌」、前掲『魚』、一七〇頁。
(56) 「雨夜」、前掲『魚』、一一五頁。
(57) 「動手術之前」、前掲『蟹』、一九頁。
(58) 前掲「私語」。訳文は前掲「囁き」による、一三七頁。
(59) 同上、一三九頁。
(60) 張愛玲「茉莉香片」『雑誌』一九四三年七月第十一巻四期。前掲『第一炉香』、二四四頁。
(61) 張愛玲『十八春』(筆名は梁京)『亦報』一九五〇年三月二五日より一九五一年二月十一日まで連載。一九六八年『半生縁』と改題し台北皇冠出版社より出版。
(62) 張愛玲「自己的文章」、前掲『流言』、二二頁。

(63) 余彬『張愛玲伝』海南出版社、一九九三年十二月、二三五頁。
(64) 前掲「沈香屑──第一炉香」、前掲『第一炉香』、三〇八頁。
(65) 梅娘「我的青少年時期（一九二〇─一九三八）」『作家』（長春）一九九六年第九期、六九頁。
(66) 梅娘「魚」『中国文芸』一九四一年七月五日第二十三期、五二頁。
(67) 同上、四三頁。

# 第五章　戦時下に揺れた文学者たち

## 第一節　関係者へのインタビュー調査等

淪陥区北京の文化状況を調べるため、私は一九九〇年代に中日両国の数名の関係者に対して対面インタビュー及び書簡、電話による調査を行ってきた。元興亜院華北連絡部・在北京日本大使館調査官の志智嘉九郎氏（一九九三年九月二十五日、大阪府摂津市本山のご自宅にてインタビュー）、当時北京唯一の日本語新聞『東亜新報』(1)の現地採用記者の中薗英助氏（一九九三年九月六日、東京新宿中村屋にてインタビュー）、新民印書館の編集課長を務めていた佐藤源三氏（一九九四年五月十三日および七月八日、東京荒川区西尾久八丁目のご自宅にてインタビュー）および「新進作家」でありながら評論家でもあった李景慈氏（一九九四年八月二十一日及び二十二日北京出版社宿舎のご自宅にてインタビュー）ら、鮮やかな個性を持っていた方々はすでに他界され、いまさらながらインタビュー当時の問題意識の不足を痛感している。ここではこれらの調査を踏まえて占領下の北京文化界を垣間見たい（以下、敬称略）。

## 一　華北文壇について

志智嘉九郎（一九〇九―一九九五）へのインタビューの前に志智から頂いた手紙（一九九三年九月十七日付）には、「当時、北京文化界の中心人物は言うまでもなく周作人で、彼を取り巻いて、いろいろな人物が暗躍したり、日本文学報国会が干渉して、問題をいよいよ複雑にした」と書かれている。インタビューの冒頭で、志智は自分で書いた大きな表を見せてくれた。

一、芸文社　北大系　新民印書館(2)　安藤更生
　周作人　銭稲孫　尤炳圻　張我軍　沈啓無
二、華北作家協会　武徳報社(3)　亀谷利一
　柳龍光　梅娘　満系が多し
三、林房雄　日本文学報国会　代表
　昭十八（四三）一月八日北京飯店駐在

彼はこの表を詳しく説明した。一、二、三の団体は北京文化界の「三大台風」であったが、「もっとも当時の人たちはそのようにはっきりと意識はしていませんでした」という。芸文社の背景には新民印書館、華北作家協会の背景には武徳報社があり、四二年に多数の作家が満州から流れ込んだのは満映の社長甘粕正彦の影響があったのではないかとも言う。志智の著書『弐人の漢奸』にも同様のことが書かれている。

武徳報社は軍の謀略機関であったが、その傘下に満州系の人が集まったことについては、満映の社長甘粕正彦の影響もあったようだ。大杉栄を暗殺した彼が渡満して満州映画会社の社長という肩書きながら、各方面に大きい勢力を持っていた。そして北京に華北映画という映画会社ができると、その社長も兼務した。それと同時に彼のスタッフが少なからず北京に乗り込んできた。武徳報社の二代目社長亀谷利一は満映における甘粕の片腕だった人である。こんなことが柳龍光ら満州系作家の北京流入につながっていたのかも知れん。(4)

北京へ満州系の作家が流れ込んだことについて、インタビューにおいて中薗英助はやや違った考えを語っている。

> 一九四一年太平洋戦争以後、袁犀、梅娘など、東北の作家がたくさん北京へ流れ込むようにやって来ました。東北は満州国という「偽満」であり、完全に日本の勢力になっていました。万里の長城を越えて、北京にくると、そこは一つの独立の国です。占領下にはあるけれど、日本と協力はしているけれど、自分の国なのです。中国人としての自分をアイデンティファイすることができます。もともと北京の作家たちは侵略戦争に反対し、ほとんど北京をはなれました。北京はある意味で空白状態になりました。周作人は表面的に付き合っていたけれども、抗日的でした。北京には作家がいなくなり、大学も偽大学になりました。でも、東北人であって、もう満州国人ではないのです。もちろん抗日運動をすれば、袁犀のように捕まえられてしまいます。

中薗はまた次のことを指摘している。

当時の「南」と「北」は画然と分かれていて、検査が厳しいから、中国人の往来はもっと難しかったです。また、思想警察により、私の友達の一人が憲兵隊に捕まえられて殺されました。私には助けることができませんでした。戦争がもうすこし長引いていたら、私も捕まっていたかもしれません。

一九三七年に渡満し、翌年北京に移った中薗は、満州から上京した作家たちに共感を寄せていたように思われる。

## 二　新進作家および「大東亜文学者大会」について

インタビューで新進作家たちの作品について中薗は「梅娘も袁犀も作品は文学として優れている」といい、また、「梅娘はもし丁玲と同じように解放区に行ったら、同じだろう」と評価している。東京大学支那哲文科で「李白」についての卒業論文を書いた志智は、「北京で勉強したのは巴金の『激流』などであり、新進作家はあまり読みませんでした」と話し、「当時の北京は実に平和なもんでした。一般的な民衆はそんなに反日的な態度もなし、文芸界のことに対しても関心を持っていませんでした。めしが食えて、平和であれば、それでいい。［新進作家の］影響力は学生に対してだけでした」と述べている。佐藤は「印象に残るものはとくにないね。［レベルが］高いほうじゃないね。みんなまだ若いんだもの」と前置きしてから、「高いとか低いとかいうことじゃなくて、袁犀に大東亜文学賞をくれたということの意味は、この新人たち全体にくれたということなんですよ。無名作家に賞をあげたのでみんなびっくりしたんですが、そこにこそ新進作家受賞の意味があるんじゃないか。実際上優れているかどうか、それはのちのことだ。宮澤賢治もそうだよ。若くて天才的な人もいるでしょうが、受賞がきっかけになって作家になる人も多いのですから。絶対の才能なんてないのです」とコメントをしている。ちなみに、佐藤は宮澤賢治と同郷で、亡くなった賢治を世に出した仲間たちのことをよく知っている。(5) インタビューで佐藤はまた当時のことについて、「みんな顔を二つ持っていました。彼らの心の中にはすごく葛藤があるわけだよ。いまそれを思うと涙が出るほどかわいそうに感じています」と語っている。佐藤は自宅で新進作家の袁犀、蕭艾、雷妍、李景慈らといっしょにとった写真を見せてくれた。後に北京の李景慈の自宅でも同じものを見た。

新進作家たちはまた大東亜文学者大会にかかわっている。袁犀は第二回大東亜文学者大会を傍聴した。梅娘は第三回大東亜文学者大会に出席した。袁犀が書いた長篇小説『貝殻』は東京で開かれた第二回大東亜文学者大会で、梅娘の中短篇小説集『蟹』は南京で開かれた第三回大東亜文学者大会でそれぞれ「大東亜文学賞」を受賞した。梅娘の中短篇小説集『魚』はまた第二次大東亜文学者大会の三ヶ月後の十一月に「大東亜文学賞副賞」を受賞している。(6)

「大東亜文学者大会」は「大東亜戦争」勃発の翌年結成された日本文学報国会より主催され、第一回目は一九四二年十一月三日から十日まで東京と大阪で、第二回目は一九四三年八月二十五日から三日間東京で、第三回目は一九四四年十一月十二日より三日間南京で開かれた。(7)「大東亜文学者大会」について「中国文学研究会」の竹内好は、次のような意見を述べている。

絶対の立場として云えば、つまり今日の文学を信ずるか信じないかということになるのである。僕は、少くとも公的には、今度の会合が、他の面は知らず、日支の面だけでは、日本文学の代表と支那文学の代表との会同であることを、日本文学の栄誉のために、また支那文学の栄誉のために、承服しないのである。承服しないのは全く会同を未来に待つ確信があるからである。[8]

インタビューで中薗英助は自分たち『燕京文学』[9]の同人たちは「中国文学研究会」グループの影響を受け、大東亜文学者大会に対しては、「日本人であるくせに、心の中で、なんとなく反対」していたと言い、また「大会に協力する人たちとつきあうのは複雑だった。柳龍光は大会に協力しようという形を取ったが、本当はわからない。袁犀は批判的だったのに、賞をもらった」と述べている。インタビューで志智は大東亜文学者大会について言下に「いやだね」と言い、「一九四四年第三回大東亜文学者大会のときには、すでに日本は戦争がだめだとわかっていました。その年の七月、私は北京においた家族を日本へ送り返しました」とも話した。志智の著書『弐人の漢奸』には、「日本側の代表であった某漢学者が宴席で自作の漢詩を披露したが、その中に『請看日本大精神』という句があった。何が日本大精神だ、無神経もいいかげんにしてくれ。私は恥ずかしくなってその席を逃げ出した」[10]と書いている。

中薗英助は「北京の貝殻」というフィクションの中で『貝殻』が授賞されるにいたる選考過程および当時のそれに対する評価について、中本〔中薗英助〕と左藤〔佐藤源三〕の対話を交えて次のように書いている。

〔中本：〕「横光利一の推薦と聞いていたものですから、なにかそれを裏付けられる事実を知っておられやしないかと」

［左藤：］「そんなものありゃしませんよ」

［中本：］「あの小説に、大東亜共栄圏精神など爪の垢ほどもないとしても、横光さんは『上海』で、北伐当時の中国の強烈なナショナリズムにふれていますからね。かえって、そっちの方を認めてやるという可能性が、ないとはいえないと思いますが」

［左藤：］「いや、ショクザイイシキですよ……贖罪意識」

［中本：］「贖罪意識……？」

［中略］

［左藤：］「なに、文学報国会の連中ですが、みな一応も二応もインテリですからな。自分たちのやってること、ちゃんと知ってるんですね。ぼくは、袁犀がどんな抗日運動してきたかも話してやってるんですから。だから、贖罪意識というんですよ」

どうやら、袁犀を守ろうとしているのは、彼自身もそうらしい左翼運動からの転向者としての、隠微な贖罪意識に駆られてのことだといいたがっているように聞こえた。

［中本：］「しかし、どういう風にして授賞を決定したのか？ どなたが原文を読んだのか、と？」

［左藤：］「だからさ。どういう風もこういう風も、ありゃしない。どっちも、あんな大東亜文学賞なんかに推すつもりは、毛頭ありませんでしたからな」

大東亜文学賞だけでなく、作品そのものさえ否定しているような、アナーキーな口吻だった。

［中本：］「じゃ、どこで、誰が決めたんです？」

〔左藤：〕「座談で決めたんですよ、彼らの座談で。東京へ持って帰る前に。何しろ当時の北方中国の首都、北京で生まれた唯一の創作長篇ですからな」

老人は、断定的にいい放った。

わたしは半信半疑だった。

座談は予選のようなものだ。左藤の助手であり、袁犀の僚友である日本語の堪能な蔣義方のような人物があらまし翻訳して聞かせ、東京で有力な詮衡委員の横光が正式に指名したというように考えたかった。また、もう一人の推薦者には、第二回大東亜文学者大会へ出席し授賞式に臨んだ彼を、他の誰にもまして厚遇してくれたという阿部知二がいたのかもしれないなどと。

『貝殻』はあのころ、わたしたち同人雑誌仲間の間では、あまり評判がよくなかった。満州事変がともかく終熄し、盧溝橋事変による日中戦争が本格的に拡大する直前の昭和十年ごろ、どこか嵐の前の静けさといった趣のある北京、青島を舞台にして、中国の若い知識層男女の頽廃的な生活を綴った風俗小説という評価である。(11)

中薗英助はまた、「銭糧胡同の日本人」というフィクションの中で、人物の対話を通じて以下のような見方を示している。

「袁犀がなぜ、腐敗堕落を正面にすえて、反道徳的な小説を書いたかは、たいへんデリケートな問題だと思うんですよ」〔中略〕

「そうか。借古諷今じゃなくて借西諷今かもしれませんな。歴史上の事件じゃなくて、西洋侵略史を借りて日本を諷刺するというやつ」［中略］

「なるほど。ぼくはその『貝殻』を読んでいないから何ともいえないけれど、青年知識層男女を頽廃させた元凶は、欧米自由主義、個人主義というんじゃなくて、そもそも日本軍によって後押しされた……中国語では何といいましたか、この淪陥区にはびこった悪徳そのものがそうだ、という批判をこめてるんじゃないですか」［中略］

「じつは、ぼくもそう考えてたとこなんですよ。つまり、これは占領下に生まれた最も頑強な抗日文学作品だったと」(12)

フィクションではあるが、大東亜文学賞選考の楽屋話としても読み取れよう。

## 三　平行線の「交流」

訪問中に筆者が受け取った手稿の中で、李景慈は一九四三年を例にとって交流の状況を次のようにまとめている。

一月に日本文学報国会が林房雄を北京に派遣した。二十七日華北作家協会が宴席を設けて林を招待した。十六人が参加した。林房雄は文学は政治とは関係がないといい、新人作家を養成すること、翻訳部門を設立することが、互いに留学生を派遣すること、雑誌の出版を援助すること、原稿料を増額することなどを提案した。二月八日、袁犀と李景慈が林房雄を訪れ、雑誌を出版することについて話し合った。三月、林房雄が再び北京に来て、「芸文社」の設立を手伝った。四月に中日合弁新民印書館株式会社が中国語図書の編集と出版を強化するため、編集科を設立し、佐藤源三が課長に任命され、袁犀、李景慈らが編集者となった。また四月に武者小路実篤と河上徹太郎、六月に小林秀雄が来て、中国の作家たちと個人的に交流したほか、両国間文化交流の役割も果たした。つまり、中国の文芸界も日本と同じように、統一的に組織され、出版や翻訳など具体的な共同作業をすることを願っていたのだった。八月に「第二回大東亜文学者大会」が東京で開催され、「大東亜文学賞」の授賞をするほかに、「中日交換作家」についても決めた。日本側は阿部知二、小田嶽夫、小林秀雄、吉屋信子らを派遣し、中国側は陶亢徳《タオ・カンデァ》、徐白林《シュ・バイリン》を派遣する。十一月に文化使者の阿部知二と「日本文学報国会」事務局長の久米正雄が来た。

このような「交流」について上官筝《シャングァン・ジョン》は当時以下のように書いている。

林〔房雄〕氏は北京での交際と宴会に際し、当然数少なくない中国の「文化人」に会ったはずだが、しかし、中国の文学者はまさに彼らの同胞と同じように最低限の生命しか維持できない暮らしをしているのである。どうしてごちそうをしたり酒を飲んだり、または北京飯店で座談したりすることができようか。それが原因で、おそらく一時的に作品を出したり印刷したりするのも難しくなるだろう。〔中略〕

現在文学に「奔走」している人には、もとより本格的に文学活動に努力する人もいるが、多くの人は個人の勢力を培い、官位を高め、金を儲けようとし、または「職業親日家」になろうとしているのである。彼らの「無文」から彼らは実際のところただの偽文学者にすぎないことがわかる。われわれは鄭重に声明する。これらの人たちは彼ら自身――または彼の女房――を代表できるだけで、ほかの人の代表にはなれない。彼らがわれわれの替わりにどんな芝居を演じても、どんな呪文を唱えても、われわれ庶民は承知しないのである。(13)

いっぽう、島田政雄は日本人により養成された作家を「大東亜文学者」と呼び、「中学生の格調で探偵小説を書くだけ」と皮肉ったうえで次のように分析している。

「大東亜文学者」の名を高めれば高めるほど、中国の文学者および文学界は日本の文学から遠ざかるのである。彼らは不幸にも、「大東亜文学者」の内部に日本人と日本文学が見えると思うのである。いっぽう日本から来た作家や評論家のすべてが「大東亜文学者」に案内され、中国および中国文学の姿が見えたと考えている。彼が会った中国人作家の大部分は「大東亜文学者」の友人たちであり、本能的にその文学の貧弱を感じ、それから友情を覚え、哀れで低級の彼らを高めようとするのである。彼［日本から来た文学者］と「大東亜文学者」との談話は「大東亜文学者」によりすべての新聞や雑誌に載せられ、それは「大東亜文学者」の名を高めることを目的にしているのである。「出現しない本当の［中国の］文学者」はこのような現象を見て、さらにがっかりし、文学者として「本当の日本の文学者」には同情を表明するものの、彼から離れなければならないとも思うのである。(14)

また、林房雄については次のような志智嘉九郎の回想もある。

林房雄が日本文学報国会の代表として北京に常駐したことである。彼は昭和十八年一月から八月ごろまで北京飯店に泊まり込んで、いわゆる現地工作をしていた。その現地工作なるものがどんな内容のものかは判然としないが、北京の作家たちと会い、その話を聞き、それにアドバイスを与えたり、彼なり日本文学報国会なりで世話できることは世話しようというようなことであろう。彼のところへ、多くの有名無名の若い作家が出入りした。［中略］周作人さんは林房雄をあまり重視していなかった。［中略］林も周さんにあまり好感を持っていなかった。(15)

日本文学報国会のこの「左翼からの転向文学者」、いわゆる『大東亜文学』などという夢幻に本気で熱中していた(16)」林房雄について、佐藤源三がインタビューで「林房雄は嫌われる。なぜかというと、中国人を指導するとか、上の方にあぐらをかいているばかりだから」と語った。林房雄自身は、「毎日現地の文化指導者と喧嘩ばかりして、多少は疲れた。日本に戻って、友人、先輩および責任がある当局者に、現地に優秀な文化指導者を派遣し、中国の新文学運動に新しい局面を開くようにと力説することこそが今の私のやりたいことである。大東亜文学者第二回大会終了後私はまた中国に来る。新中国文学運動の具体的な成果は、三年待っていただきたい(17)」と記しているが、歴史は三年を待たなかった。

『中国文学』のコラムには「中日文学青年交換書簡」があり、行田茂一の「致林榕書」と林榕《リン・ロン》の「覆行田茂一書」を載せている。これは一見民間の交流のように見えるが、実は華北作家協会の幹事長の柳龍光が企画したものである。行田の手紙に、「近々私は引越しする。引越したら、袁犀君、上官箏君、それに王真夫君を加え、われわれは森鷗外のことを一晩話すのも悪くないだろう。ストーブの側で、夜が更けるのを忘れ、みんなで対談するのは、実に愉快なことである」[18]と書いているのに対し、林榕は、「お手紙に書いていらっしゃる日本文学のことは、私は本当に不案内である。森鷗外を語るのなら、私は一言も喋れないかもしれない。今後はわれわれはさらに自分を厳しく鞭撻すべきではなかろうか」[19]と書いた。このように、官辺の「交流」はほぼ平行線のままであった。

## 四　「わが北京留恋の記」

中薗英助は一九二〇年、福岡県に生まれた。「父親との進路を巡る衝突をきっかけにして、またいわゆる漫然渡支という形で植民地的な自由にあこがれて」、一九三七年に満州に渡り、新京の康和学院（語学学校）に学び、満州国経済部日系下級官吏となった[20]。翌年北京に遊学、当時北京唯一の日本語新聞『東亜新報』の現地採用記者にして、日本語月刊文芸誌『燕京文学』の同人であった。中国在留九年、青春の八年間を北京で過ごした。「ぐうたらな放浪語学生、飲んだくれの同人雑誌作家、現地邦字紙の落第記者」、そして、「寛容な千年の古都と民衆に、深く深くだかれた遁走者[21]」というのは中薗が後に書いた北京時代の自画像である。中薗はまた自分のことについて、「同世代の戦中派の友人が学徒出陣して特攻志願したと聞いて、心にある深い痛みをおぼえることはあっても真の共感は持ち得なかったわたしは、いわば国家と固く結びつくことから免れた遁走者であって、被占領地区である現地民衆への同化志向の持ち主だったのだろう[22]」と述べている。

『燕京文学』同人について行田茂一が『華北作家月報』に載せた「在華北的日本人作家」に以下のように語っている。

われわれは今の華北文壇が五四以来の文学伝統を受け継いでいることを承知し、同様に、われわれは華北にいる日本人作家を見るとき、日本の明治大正以来の文学も無視できない。現代日本文学における近代の超克と〔中国人作家〕諸君の文学再革命の努力の間には、いささか異なる風貌がある。〔中略〕

北京は華北文壇の中心であり、北京ぬきに華北文壇を論じることはできない。同様に、われわれ華北にいる日本人の文学も、その中心は北京に置かれている。現在北京における唯一の、いや、全華北にして唯一残っている同人誌の『燕京文学』は民国二十八年四月に創刊された。「朔風」より半年遅れたけれど、『中国文芸』よりは半年先であり、ちょうど『中国公論』と同時にわれわれは歩みだしたのである。〔中略〕われわれは月給の一部を取り出し、単純な趣味を捨て、真の文学の道に向かって出発したのだった。[23]

「戦火を交えている悪条件の中で中国人の知識人と民衆と日本人のそれとの友情や人間的な交流、青春の共有、人道的な相互理解が可能かと問い続けてきた」[24]中薗英助にとって、北京は一つの心理的葛藤の対象でもある。北京で中薗英助は引田春海、長谷川宏ら『燕京文学』の同人とともに、ほぼ同年齢の袁犀と知り合った。[25]「袁犀の日本人の友人選びはじつに慎重だった」と、インタビューで中薗は語っている。「第一回公演」という演劇青年の陸柏年との交友を綴った小説で、当時天津にあった『北支那』という日本語雑誌社が主宰する「北支那文化賞」を受賞していた[26]中薗にとっては、『貝殻』で「大東亜文学賞」を受賞した袁犀はライバルでもあった。中薗によれば、袁犀は「瀋陽の中学で日本語教育を受けていたにも拘らず、日本語をしゃべらない。日本人をきびしく見つめ、警戒する一面をもっていた」という。袁犀は欧州の小説を日本語訳で読んで、中薗と「ジイドやメリメやバルザックについて、小説と人間について果てしもなく語り合ったこと」[27]もある。その「似た者どうし」のことについて、インタビューで中薗はまたつぎのように語っている。

蔣介石の『中国の運命』も、毛沢東の『新民主主義論』も私は読んだことがあるが、あまり手ごたえがありませんでした。やられたという気持ちもなかった。袁犀と話すことで、私は日本が間違っているということを知ったのです。彼は私に膝を屈したことがありません。かりにやり合うと、彼が怒るわけです。遠く延安から鉄砲が打たれても私は平気。蔣介石が何を言っても平気。毛も蔣も恐くない。しかし袁犀は恐かった。鉄砲で打たれるよりも、言葉で打たれる、同じ文学者として、言葉が恐かったのです。どんな状況にあっても言葉というものが一番強いと今でも思っています。

「遁走者」の中薗英助にはもう一人の中国人の友人——新中国劇社の青年演劇家陸柏年がいた。陸は中薗が北京大学の聴講生だったころに知り合った北京大学の学生だった。終戦直前に憲兵隊に逮捕された陸の死を、中薗は敗戦後に知ったのである。中薗が戦時下の北京を舞台にした長篇小説『夜よ シンバルをうち鳴らせ』[28]もまた、「作者自身の青春彷徨の挽歌であると同時に、北京におけるその彷徨時代の無二の親友への無念の鎮魂曲でもあった」[29]のだ。

中薗は一九四六年の引揚帰国後もジャーナリストとして活動し、一九五〇年雑誌『近代文学』に「烙印」を発表して作家生活に入る。北京について『夜よ　シンバルをうち鳴らせ』、『北京飯店旧館にて』、『彷徨の時』、『わが北京留恋の記』、『北京の貝殻』などを書き、記憶の中の「北京」を検証し、執筆しつづけていた。(30)

## 第二節　彷徨の呉瑛、「面従腹背」の古丁

満州代表として第一回大東亜文学者大会に出席した呉瑛は次のように語っている。

私が文学に膠着してゐるのは、今に至り光栄とするところではあるが、やはり苦痛を忍受してゐるのであり、この苦痛は大東亜文学者大会に出席して後一層強まつたのである。

過去に在つては、私は沈黙に甘んじなかつた、開かれぬ処女地と称された満洲文壇のために、七八年来些か搏闘の筆墨を投擲した。最初は、面白さからであつたか、生活の活力を発揮したのだつたらうか、満洲新文芸建設の途上に、成熟せぬ歩みを運び、満洲に有力な文学を打ち建てた人々の後を追随し、私の決して閑居してゐたのではなかつた生活を表現したのは、まことに汗顔の至りであつた。

この七八年来、私は満洲文学の進展について冥想して来た。過去に対しても未来に対しても回想と期待とで私のこの空虚な物足りなさを埋めようとして来た。

この比較的に短いとは言へぬ文に従つた間に、私はけんめいに私のよく知つてゐる事物を描いた。多くは

女性を対象として描写し始め〔、〕現在私の身辺を囲繞してゐるものの姿をもつて、現代社会に生きてゐる女性群像の生活方式を説明しようとした。〔中略〕

私は生活の豊かな路に対して、分を越した空しさを感ずるやうになつた。文章〔は〕既に私の彷徨を克服し得ない、ましてこの時代の大業をぴつたりと吻合させ処理することもできない。私は何と弱い小さな存在者であらう！[31]

満州の郷土に生長し、生活している満洲族の呉瑛は未来の歴史家が今のこの時代をどのように評するだろうかと迷い、「暴風の海を行く船の如くに、あらゆる不安と無力の矛盾さをいっぱいに感ずる」と訴えている。呉瑛は女性作家たちについて次のように語っている。

私は中国にいる謝冰心、丁玲、蕭紅、謝冰瑩ら知名な女性作家を思い出し、これらの女性作家はすでになくなった蕭紅を除き、今は異なる理念に属して活動している。未来には理念を共有するかもしれないが、今現在は些か期待できないような気がする。

反対に、上海の関露や北京の梅娘は、大陸の時代に献身する女性文学の中堅者になれるのである。梅娘はかつて満州と華北にとっては女性文学の開拓者ともいえ、女性文学に相当な業績をあげた。私たちは長い間の親友でもあるから、梅娘をとても信頼している。[32]

灰色のムードが漂っている中、呉瑛は自分の中にある連帯感を再確認し、虚しさの中でなお努力し続ける。

芸文誌派の代表人物古丁は北京大学の学生であった頃は「北方左連」の活動に参加し、「緊張した左翼文学運動に身を置き、その後、深い傷を負って、生まれ故郷満州へもどってきた[33]」。それからの三年間は「虚脱」状態に陥った。「たっぷりと三年間、文学にかかわる本は一冊も読まず、文学にかかわることは一字も書かなかった。ただ友人に文学の無用および文人の無能を吹聴していた[34]」という。古丁の長篇小説『平沙[35]』の主人公である満州の「余計者[36]」とも言える白今虚には古丁自身の影も潜んでいる。

李欧梵は、郁達夫ら五四世代の文人が、激変する時代にあたって伝統的な役割を切断され「余計者」となったことを論じ、「中国の知識人はすでに国家から切り離されていた。高級教育は今や去勢とは同義語。すなわち、政治権力への伝統的な道筋を奪われたため、近代の中国知識人は軍閥の侮辱に、また後には蔣介石南京政府の高圧的な措置に自分の身を委ねない限り、政治的に不能になるしかなかった」と語っている[37]。満洲国において異民族の支配に直面している古丁ら知識人は軍閥や蔣介石政府に身を委ねることさえ考えられず、まさに二重の去勢を余儀なくされたのである。

こうした複雑な状況下で古丁ら芸文誌派は生活と保身のためか、「面従腹背」を続けた。北村謙次郎は『北辺慕情記』の中で古丁の「面従腹背」の様子を記録している[38]。現在の研究者は「異民族の侵略を受け、その反発のなかから生まれた民族的な抵抗体の多様性と重層性を明らかにするには、古丁がもっともふさわしい」とも認識しているが[39]、当の古丁は「自分および自分と似ている人々を嫌い[40]」、自己批判もしている。尾崎秀樹は古丁について、「批判を外へ向けて放とうとはしない。彼の批判の刃は、そのまま彼自身の内部に食いこみ、そこで被虐的な対話をくりかえす。彼の作風がしめすシニカルな歪みや、ユーモラスな味わいも、それとのはげしいきしみのなかから生み出されたといえよう。この傾向は古丁にかぎったことではなく、満系作家の共通した精神構造でもあった」[41]と指摘している。

文人であるかぎり文筆活動をしなければならないし、「二度と戻らない生命」も無駄にはできない、しかも「占領下にあって日本の権力という現実を容認することは、抗日戦争勝利の日まで生き残るため一時的に必要だとみなされた」[42]こともあり、一九三五年ごろ古丁はようやく「虚脱」状態から脱出し、創作活動を再開し、芸文誌派同人とともに日本文化人との結びつきを強め、新文学の発展をはかるようになったのだった。

## 第三節　苦悩の袁犀

占領下の複雑な様相について中薗英助は「日中両国文学者の戦時下における複雑な内面、抵抗と保身とが微妙に交錯し、ときには抵抗そのもののための変身といったような動きは、いまだ説き明かされたとはいえまい」[43]と振り返って言う。

満州から北京に来た袁犀は生計を立てるため、一九四一年武徳報社編集長の柳龍光の紹介で、同社編集部の整理課員として勤めるようになった。同時に、小説を書く。袁犀はアパートの隣に住んでいた共産党員に説得され、秘密革命家への憧れを抱いてコミンテルンの組織に参加し、鉄道、工場、倉庫、空港などのダイナマイト爆破に参与したことがあるという。[44]太平洋戦争勃発後、一九四二年一月、袁犀は抗日地下活動のため憲兵隊に逮捕され、半年間投獄され、苛酷な拷問と厳重な取り調べをうけた。七月に袁犀は武徳報社の編集長柳龍光を保証人にして釈放された[45]。釈放後袁犀は整理課から同じ武徳報社に属する『時事画報』編集部に替えられ、この年九月に成立した「華北作家協会」にも参加させられた。その後袁犀は肺病を理由に武徳報社を休み、一九四三年から佐藤源三が編集課長を務める新民印書館で李景慈といっしょに文学叢書「新進作家集」を編集するようになった。

袁犀は昼間は編集の仕事をし（「新進作家集」を十冊編集した）、夜は『貝殻』を書いていた。『貝殻』は「新進作家集」の第一冊として出版され、読者の好評を博し半年で再版され、合わせて四回重版された。袁犀は新作を続々と発表し、書くことを自分の存在理由にしていた。「私は当時一番勤勉に書いた一人であり、しかもいかなる派にも参加しようとは思わず、ただ単に書く、書く、書くと思っていた。だから、『芸文』に誘われても書くし、『文芸［学］集刊』に誘われても書く、『中国文学』に誘われてもまた書く。三派のいわゆる『機関誌』のどれにも私は作品を発表した。［中略］これもあの三年間（四二年から四五年まで）に百万字を書いた理由である[46]」と袁犀は回想する。

袁犀はまた一九四二年十月華北作家協会より派遣され、「治安強化運動」の視察をした。その時の演説が「華北作家協会」の機関誌『華北作家月報』に発表されたさい、袁犀は「郝慶松」という名前を用い、作家袁犀と政治活動に参加する「郝慶松」とをはっきりと区別している[47]。「『貝殻』が受賞して北京に戻った後、ある晩一人で公園を散歩していた。私は突然我に返った――私は深い苦痛の中に陥り、恥じたり後悔したりしている。さまざまなことを一時にすべて思い出した。とくに自分もかつて敵と戦い、命さえ惜しまなかったことを思い出し、水辺に座って深夜に涙を流した[48]」と、袁犀は受賞後の苦悩を述べている。

一九四三年八月第二回大東亜文学者大会が開催されるさい、袁犀は華北作家協会より派遣された「満日文学視察団」に参加し、東京で大会を傍聴した。東京で袁犀は横光利一、久米正雄、阿部知二に会い、阿部知二から『旅人』をもらった。袁犀は後に、日本に行ってよかったこととして阿部知二に会ったことと、改造社から出版された『魯迅全集』を買ったことの二つをあげた。この年の十一月、袁犀はふたたび北京で阿部知二を迎え、[49]「阿部知二在北京」という随筆を書いた。

小説の取材について、彼は貴重な意見を述べた――「文学者は絶対に嘘をつかない。嘘をつかない信念で書いたものはいい作品である。〔中略〕人間は善の意志を持っている。今日の文学者が書くべきなのはこの「善」であり、「善」の存在はとうぜん嘘ではない。〔中略〕日本の文学と知性とにおいて最高峰のこの作家に対し、私は彼のことを理解したと言っても良いと思う。〔中略〕

私は彼の文章が好きで、彼の人柄が好きで、彼の顔にあるどうしようもない、しかも少し皮肉っぽい表情も好きである。[50]

戦時下に阿部知二から受けた感銘が、苦悩する袁犀にとっていささかの慰めにもなったのだろう。一九四四年、袁犀は青島に行き、「華北決戦文学者大会」を避けた。後に第三回大東亜文学者大会を避けようとし、その招待状を返却した。[51]憲兵隊にその理由を求められたさい袁犀は「体調がよくない」と答え、佐藤源三もそれを証明してくれた。[52]一九四五年十一月、袁犀は日本占領区を離れ、解放区（共産党支配区）に赴いた。

## 第四節　狂気の徐祖正

論陥区の北京には文人を「売春婦」と「乞食」に喩える作家がいた。

文人の生活苦は論陥区でも深刻だった。一九四四年、関永吉は「千字十五元は今では最低の報酬だ。なぜなら、三斤の米しか買えないからだ。三年前、千字は三元だったけれど、六斤の米を買えた(53)」と書き、原稿料未払いへの怒りをこめてさらに、「売春婦が客を泊めるときも、まず『花代』を払わせるのであり、付けにして半年後に『受け取り』に行くようなことはしない。信じないのなら前門外に行って聞いてみるがよい(54)」と、文人を「売春婦」に喩えている。

生活状況が悪化していくだけではなく、自由文人はそもそもその存在自体が難しかった。山丁は、「現在中国の文学者は自由主義者でもなく、自由職業者でもない。実際は物乞いだ」という。「文学団体の経営は政治家たちの仕事、文学刊行物の発行は出版業者たちの仕事、両方とも文学者とは無関係なのである。文学者は左手で政治家としっかりと握手し、右手で出版業者に乞い願わなければならない」と、山丁が説明している(55)。

経済的にも、精神的にも自由になれない文人たちの中でも、知日派の苦悩はいっそう深刻だった。「日本滞在の短い日々は私に鋭い刺激とホームシックを感じさせた。私は今日の中国により重いノイローゼ患者にさせられたのである(56)」と述べたのは日本文学翻訳者の王真夫《ワン・ジェンフー》である。ここでは徐祖正《シュ・ズージョン》の悲劇を取り上げたい。

李健吾《リー・ジェンウー》は「轡枝梅花和瘋子」という随筆の中で、徐祖正の発狂を書いた友人からの手紙を引用し、その話を敷衍している。

「蘭生弟は突然狂気を生じ、はなはだ凶暴になり、室内の物品や衣服をぶち壊し、神経病院に連れて行かれた。この人は一年来宗教に没頭し、それを篤く信仰していた。今回の狂気はもしかすると一昨年受けた衝撃が潜伏し発作を起こしたためかもしれない。」

この狂人とは有名な『蘭生弟〔的日記〕』の作者の徐祖正先生である。私は二回会ったことがあり、すべて友人が招待した宴会においてである。背が低く、顔が端正で、容貌がおっとりしており、謙虚で穏やかなクリスチャンという印象を人々に与えた。北京と天津が占領されると、彼は南に行くつもりだったが、聞くところによると、彼は聖書で占おうと随意に開いてみたら、ちょうど「我が城は壊滅せざるべし」だったので、出発を止めたという。友人の手紙に書かれている「一昨年受けた刺激」とは、彼は一時的に物分かりが悪くなり、日本と偽政府に騙されて、北平師範大学の学長になり、一ヶ月たらずで辞任したことを指している。それから彼は書斎に身を隠し、われわれは「よりいっそう宗教を信仰している」とたまに聞くだけだった。

彼は一人の小人物であり、われわれと同じ普通の人間である。一度危険を冒し、良心の呵責に耐えられず、ついに誰も気づかぬうちに正常な感覚を失った。心の中が煮え返り、この可哀相な書生は血の気のない手を挙げ、「室内の物品や衣服をぶち壊し」た。多分彼はすべて彼に関連があるものを嫌っているのだろう。しかし、最も嫌いでしかも「ぶち壊せない」のは彼自身の不幸かつ微弱な存在である。彼には自殺する力がなく、すべての力を精神的苦闘に使った。力を消耗しつくすと、彼は発狂してしまった。(57)

徐祖正（シュ・ズージォン、じょそせい、一八九七―一九七八）は字が耀辰、江蘇出身。東京高等師範学校を卒業後京都帝国大学に学んだ。帰国後、国立清華大学外国語文系講師、国立北京大学東方文学系教授を務めた。作品には長篇自伝小説『蘭生弟的日記』(58)、翻訳には島崎藤村の『新生』(59)などがある。詩、随筆、評論などを『創造季刊』、『語絲』、『駱駝』および『駱駝草』(60)に載せている。方紀生《ファン・ジーション》は「駱駝草合訂本」のために書いた序文の中で、徐祖正について次のように紹介している。

> 徐先生は創造社最初のメンバーの一人で、日本の京都大学で勉強している時にすでに同社に入り、郭沫若が書いた創造社史でも彼のことに触れている。京都大学にいた時河上肇と厨川白村両教授を敬慕し、彼らの影響を受けた。日本近代文学に関しては、周先生以外彼に勝る人はおるまい。後にイギリスに留学し、イギリス・ロマン派詩の研究には造詣がとくに深い。彼は北京大学日本語科の教授となり、前後三、四十年にわたり、周先生のよい助手だった。彼は日本の三代文豪〔ママ〕の島崎藤村に敬服し、藤村の生涯と似たような境遇にあったので、その長篇名著『新生』を翻訳した。彼は自伝小説『蘭生弟的日記』を書いて、二十年代に出版し、周先生と郁達夫に称賛された。しかし先生は再版を拒絶した。これもその人生のため芸術を重んじる風格の表れである。当時多くの読者はこの本をゲーテの『若きヴェルテルの悩み』の中国版と誉めた。このように才能ある学者兼作家に対し、中国近代文学史の編纂者（とくに歴史的な遠見をもっている、唐弢《タン・タオ》先生のような人）たちは彼について一字さえ触れなかった。本当に理解に苦しむ。(61)

自伝小説『蘭生弟的日記』より、徐祖正の成長の軌跡も覗かれる。蘭生弟が京都帝国大学に進学する理由は二つある。一つは「数千年の伝統思想の惰性から脱却しよう」として、「現実の祖国に帰るのを恐れている」ことである。もう一つは家族との確執で、蘭生弟の話を借りれば、「私は彼ら一族の人たちのために存在しているかのようで、私はまだ勉強を続けたいと言うのを聞くと、みんな中国ではそんな高級な学問はいらないとか、家族が私を必要とするなどと言って反対する。家から手紙を受け取るたびに、一日中または何日間もなんとなく心の鈍痛を覚えた」[62]とのことである。留学生の蘭生弟は郁達夫「沈淪」の主人公のように祖国への複雑な気持ちに悩んでいるのと同時に、自分を近代的な個人として扱うのではなく、家の一員としてコントロールしようとする家族に激しい反発を覚えていた。日本人の少女杉崎智恵子との恋愛の失敗も加わり、蘭生弟は東京での十年近くの生活に区切りをつけようとした。しかし、東京時代すでに現れはじめたノイローゼは、古都京都の静けさの中で進み、蘭生弟は人に会うことも話すことも好まぬ陰気な人に変わった。帰国後の蘭生弟が大学の教師になり、教えることに興味を覚えてくるところで小説は終了する。

これを個人と家、留学先の日本と祖国中国との間でさまよっている繊細な青年の成長物語として読むのなら、論陥区で起こった徐祖正の悲劇は若き蘭生弟の後日談となる。新進作家の袁犀らの苦悩に比べ、「老作家」の列に属していた徐祖正の「協力」〔一時北平師範大学の学長になったこと〕に感じた抵抗や葛藤、苦悩はいっそう深刻なものだったのだろう。異民族の支配下で協力の姿勢をとった満州にいた古丁らの自己嫌悪の程度をさらに超えて、徐祖正は自らを発狂の境地にまで追いつめたのだった。

張泉は『論陥時期北京文学八年』の「第十章　結論及び幾つかの説明」の中で、十分に展開されていない内容として、「文壇で活躍している人および各タイプの作家の心理状態に対する分析」[63]などを挙げている。本章は戦時下における文人たちの心理状態に重点を置き、論陥区文壇を考え直す試みでもあった。

（1）楚天闊（李景慈）「三十二年的北方文芸界」（『中国公論』一九四三年第一〇巻第四期）によると、『東亜新報』は文芸を重視し、現代作家の伝記、新しい作品に対する批評、新しい作品の翻訳などを掲載していたという。

（2）新民印書館について『下中弥三郎事典』は次のように記録している。

中華民国における排日運動なるものは、日本の侵略主義の投影ともいえるものだ。排日から侮日、反日から抗日と、内容的にも一時的から恒久的な運動になっていくのだが、その代表的なものとしては、小・中学校の教科書の内容にこれを見出すことができる。下中が北京に新民印書館の設立を企図したのも、その発想の根本にはこれらに対する信念があったものと考えられる。したがって、新民印書館によって印刷、配給された教科書は、その内容から排日的な部分を削除したものではあったが、殊さらに「親日」的な点を強調するようなことはなく、「善隣・友好」がその基調となっていて、内容については教育部が独自の立場で編纂したものだった。下中がこの会社設立のため北京に入ったのは昭和十三年（一九三八年）の春、盧溝橋事件の翌年である。完成後の新民印書館は華北三省、すなわち山東、河北、山西省のほか河南省や蒙彊地区にまで小・中学校の教科書を配給する目的で、昭和十三年の八月に日支合弁で設立されたもので、中国の呼称は新民印書館股分有限公司といい、資本金は五〇〇万円だったから、そのころとしては大資本の会社であったといえる。（『下中弥三郎事典』平凡社、一九六五年（昭和四十年）十二月、一八〇頁）

（3）武徳報社は北支派遣軍報道部の山家亨（後に上海勤務中に本国送還、通敵罪などで軍法会議にかけられ服罪。新人物往来社戦史室『満州国と関東軍』新人物往来社、一九九四年十二月初版、九五頁を参照）が担当し、華北政務委員会情報局長の管翼賢をパートナーにして創設した中文の謀略ジャーナリズムで、新聞、雑誌、出版などの総合活字メディアを出していた。二代目の社長は亀谷利一。

雲超の「武徳報社和日本的侵略宣伝」は武徳報社を次のように紹介している。

武徳報社は王府井大街南口にある元『華北日報』の跡地に開設され、興亜院「嘱託」の亀谷一郎［利一の誤り］が社長を兼任する。組織機構は比較的に大規模であり、営業部や印刷場のほかに、編集長の下は五つの専業編集部と一つの二十人以上の編訳者を有する資料室を設立し、それぞれ主任編輯者一人を配置し、二種類の日報――『武徳報』、『民衆報』および三種類の大型定期刊行物――『国民雑誌』、『婦女雑誌』、『漫画』を編集し出版している。

［中略］

日報と定期刊行物が多いので、広く言論自由の道を開き、新機軸を打ち出し、内容を豊富にする為、資料室は同盟社の原稿を編集し翻訳するほかに、西側からも新聞や雑誌を発注し、トップニュースや内幕の消息を選んで訳した。そしてそれらを用いて『フランスの失敗』、『奇襲真珠湾』、『枢軸国の内幕』および『ムッソリーニ伝』などの単行本を編集し印刷した。これは一般の新聞社とは明らかに異なるところである。（中国人民政治協商会議北京市委員会文史資料研究委員会編『日偽統治下的北平』、北京出版社、一九八七年七月第一版、一九一頁。）

（4）志智嘉九郎『弐人の漢奸』多聞印刷KK、一九八八年（昭和六十三年）七月一日、一五五頁。

（5）佐藤獏（佐藤源三）「みちのくの、賢治の仲間たち」（『ユリイカ』青土社、一九九四年四月）を参照。

（6）エドワード・M・ガンは梅娘の『蟹』の授賞を次のように見ている。

この小説ははっきりとした日本の政策のための宣伝価値を示していないが、文学としてもあまりお勧めできない。まばらにいい表現、生き生きとした対話、それに時々の風刺があるが、物語は散漫かつスケッチ風であり、ヒロインの性格は小説の統一性を支えあるいは一定の深さを与えるにはあまりに実体を欠いている。この作品が文学賞に選ばれたのはたぶん梅娘が柳龍光の妻で、しかも久米正雄の小説を翻訳したことがあるからだろう。（Gunn, Edward M. *Unwelcome Muse: Chinese Literature in Shanghai and peking 1937–1945*, Columbia University press, 1980, p. 42）

（7）尾崎秀樹「大東亜文学者大会について」（『旧植民地文学研究』勁草書房、一九七一年六月）を参照。「大東亜文学者大会」については また以下の文献を挙げられる。木山英雄「大東亜文学者大会」『北京苦住庵記——日中戦争時代の周作人』（筑摩書房、一九七八年三月）、岡田英樹「『大東亜』の虚と実——第三回大東亜文学者大会の分析から」（『季刊中国』一九九五年十二月、四十三号）、張泉「関於『大東亜文学者大会』」（『新文学史料』一九九四年二月）、岸陽子「夜に鳴く鳥——大東亜文学者大会と一人の中国女性作家」（早稲田大学法学会『人文論集』一九九七年二月、三十五号）、川村湊「我等は皇国臣民なり——朝鮮の親日派群像」（『文学界』一九九五年三月）、銭理群「走向深淵——在北平」『周作人伝』（北京十月文芸出版社、一九九〇年九月）等。

（8）竹内好「大東亜文学者大会について」『中国文学』第八十九号、一九四二年十一月。『竹内好全集』（第十四巻）筑摩書房、一九八一年十二月、四三五頁より引用。なお「中国文学研究会」は一九三四年三月に竹内好、武田泰淳、岡崎俊夫、増田渉らにより結成された中国文学研究団体。

（9）『燕京文学』は一九三九年四月一日に日本人文学青年により北京で創刊された文学同人誌、北京市米市大街青年会、燕京文学社発行、編集兼発行人は引田春海（本名木田春夫）。

（10）前掲『弐人の漢奸』、一六六頁。

（11）中薗英助「北京の貝殻」『文学界』一九九二年第十期、五五—五六頁。

（12）中薗英助「銭糧胡同の日本人」『北京飯店旧館にて』筑摩書房、一九九二年十月、一九二—一九三頁。

（13）上官筝（関永吉）「所望於日本文学代表者——応東亜新報社問」『中国公論』一九四三年第十巻第三期、六一頁。

なお雲超「武徳報社与日本的侵略宣伝」（前掲『日偽統治下的北平』、一九三頁）は柳龍光のことを「日籍華人」と呼んだ。

また、中薗英助が書いた『北京飯店旧館にて』という「感傷旅行風の日録、胡同の空気にふれ得た肌のぬくもりを小説化した」（後記）フィクションの中に次のような内容がある。

　柳龍光は盧溝橋事変後、日本人といっしょに満州からやってきて、文芸界の中心的な存在となった東北出身の作家だった。華北作家協会の会長をしていたが、作品を読んだことはなかった。むしろ夫人の梅娘の方が、小説家としてゆるぎのない作品を書いていたし、著名でもあった。（中薗英助『北京飯店旧館にて』、筑摩書房、一九九三年二月、六八頁。）

(14) 島田政雄「民族文学的『隘路』」『東亜聯盟』一九四四年六月、三五頁。
(15) 前掲『弐人の漢奸』、一五六―一五八頁。
(16) 前掲『北京苦住庵記』、二一一頁。
(17) 林房雄「新中国文学運動」『中国文芸』一九四三年九月第九巻第一期、四三頁。
(18) 行田茂一「致林榕書」「中日文学青年交換書簡」『中国文学』一九四四年二月号、一七頁。
(19) 林榕（李景慈）「覆行田茂一書」、同上「中日文学青年交換書簡」、一七頁。
(20) 立石伯『北京の光芒・中薗英助の世界』オリジン出版センター、一九九八年三月、一七―一八頁を参照。
(21) 中薗英助「胡同は生きている」『わが北京留恋の記』岩波書店、一九九四年二月、六四―六五頁。
(22) 同上、七〇頁。
(23) 行田茂一「在華北的日本人作家」『華北作家月報』一九四三年第六期革新号、一三頁。行田茂一は『華北作家月報』に「在華北的日本人作家」を書くようにと頼まれたさい、「中日文学における互いの理解はなお本当に一般社会に深入りしていない今現在、このような人名を並べるような紹介を勝手にするのが適切だろうか」と言い、躊躇いも見せた。
なお、『朔風』は一九三八年十一月に創刊された純文学月刊誌、第十一期から半月刊に変わり、一九四〇年四月廃刊。『朔風』の出現は、「北方文芸界にいい作品を貢献しただけではなく、それからの刊行物の発展にも役に立てた」（楚天闊「一九三九年北方文芸界論略」、『中国公論』一九四〇年第二巻第四期、一三八頁）という。
(24) 前掲『北京の光芒・中薗英助の世界』、七五頁。
(25) 「李克異年譜」、李士非ほか編『李克異研究資料』広州・花城出版社、一九九一年五月、二八頁。

（26）中薗英助「第一回公演」（『北支那』第十一期第一号）の受賞は一九四四年一月。この受賞をめぐって、立石伯は前掲『北京の光芒・中薗英助の世界』でこのように指摘する。

林房雄が北支那文化賞の選者としてその選評で述べていたような卑屈な中央権威主義は、若年の覇気のある中薗英助には稀薄である。「此栄誉を一つのはげみとして、中央の文壇に船出する日の近からんことを祈る。」と林房雄はいう。それに対して、氏は受賞の言葉として次のようにいう。「少年期のひと頃と、大人になつて文学をやり始めてからも大陸で育てられた僕には、所謂現地文学とか、東京中心主義文学とか云ふ言葉がぴんと来ないのです。［中略］かうした激しい時代、そして此処で文学をやることは、僕たちにとつて素晴らしいことに思ひます。ですから、激しく揺れ動きやまない大きな現実に、敗れてもいいから力を尽して取つ組んでみたいと何時も考えています。」率直にして明快な表明である。そして、「燕京文学」の多くの同人たちもこれに近い考え方であったはずだと推定できる。（八五頁）

（27）中薗英助「李克異・即ち袁犀、その人と作品」、李克異（袁犀）『大地の谺』（徳間書店、一九九一年七月）の「解説」。

（28）中薗英助『夜よ　シンバルをうち鳴らせ』現文社、一九六七年七月初版、福武書店、一九八六年九月再版。

（29）同上、桧山久雄「再版解説」。

（30）中薗英助『彷徨の時』批評社、一九九三年一月。『北京の貝殻』筑摩書房、一九九五年三月。なお、中薗英助について前掲『北京の光芒・中薗英助の世界』は次のように書いている。

旧制中学卒業後中国大陸に脱出したため学閥もなく、一九二〇年生まれという戦中派世代に生まれながら、青年時代を北京で過ごし、またその戦後文学者的な文学的志向と精神のため拠るべき文壇閥もなく、またそれらに頼ろうとすることもなかった。長男でありながらその生き方と考え方の故に故郷をすて、祖父や父親の築いてきた財産や生家を失い、敗戦後の引揚者のために安定した職業も家産もなく、またしたがって生活の余裕もなかった。ないないづくしで生涯の

大半の日々を生き凌がなければならなかったのである。(五―六頁)

(31) 呉瑛「文学の栄凋　序にかえて」『現代満洲女流作家短篇選集』(大内隆雄訳)大連・女性満州社、一九四四年(昭和十九年)三月。田中益三「満洲のアンソロジー(二)」『朱夏』第二号より引用、一五―一六頁。
(32) 呉瑛「給亜細亜的女作家」『華文毎日』一九四四年二月第十二巻第二期、一一頁。
(33) 岡田英樹「『満州国』の中国人作家――古丁」、岩波講座『近代日本と植民地七・文化の中の植民地』岩波書店、一九九三年一月、二六二頁。また、浦三千代「作家古丁の経歴紹介」(『中国文芸研究会会報』一九八七年二月第六十四号)および岡田英樹「古丁転向問題始末」(『中国文芸研究会会報』一九八七年七月第六十八号)を参照。
(34) 古丁「自序」(一九三八年二月作)『奮飛』月刊満州社、一九三八年五月。李春燕編『古丁作品選』瀋陽・春風文芸出版社、一九九五年六月、所収、一五三頁。
(35) 古丁の長篇小説『平沙』『芸文誌』一九三九年第二輯。一九四〇年日満文化協会より出版。一九四〇年八月には大内隆雄により日本語に訳され中央公論社より出版。
(36) 十九世紀ロシア文学における「余計者」を描いたツルゲーネフの『余計者の日記』や『ルージン』、レールモントフの『現代の英雄』ら代表作は中国近代の文学青年によく知られている。
(37) Leo Ou-fan Lee, *The Romantic Generation of Modern Chinese writers*. Cambridge, Massachusetts: Harvard University press, 1973, p. 250.
(38) 北村謙次郎『北辺慕情記』大学書房、一九六〇年九月、一三三―一三四頁。また紀剛「面従腹背一古丁」(『中華日報』(台湾)一九八一年十月二十一日)などを参照。
(39) 前掲「『満州国』の中国人作家――古丁」、二七二頁。
(40) 前掲古丁「自序」、一五五頁。
(41) 前掲『旧植民地文学の研究』、一二〇―一二一頁。この本にはまた、『芸文誌』派作家の王則が日本文化人の「満洲視察」

を皮肉ったことを以下のように記録している。「やって来ては、茶菓子も取る。会談をやる。会談の内容は言葉が通ぜぬため一人二人の外国語をあやつる者が満洲文学の近況といったものを述べるだけで、あとは『視察』を行った作家が先輩らしく感想を述べ指示する。そして『歓を尽くして散会』する」。(一一〇頁)

(42) 前掲 *Unwelcome Muse*, p. 6.

(43) 中薗英助「戦時下に揺れた文学者たち」『東京新聞』一九九三年九月一日。なお、本章のタイトルはそこから借用した。

(44) 前掲「李克異年譜」一一一―一三頁。

(45) 梅娘「一個岔曲」(馮為群・王建中・李春燕・李樹権編『東北淪陥時期文学国際学術研討会論文集』瀋陽出版社、一九九二年六月、所収)を参照。

(46) 前掲「李克異年譜」、一二七頁。なお、『芸文雑誌』、『文学集刊』および『中国文学』の主な編集者はそれぞれ周作人、沈啓無および柳龍光である。

(47)「華北作家協会派遣満日文学視察団旅行日記」『中国文学』一九四四年一月創刊号、六四―六五頁を参照。

(48) 前掲「李克異年譜」、一三〇頁。

(49) 前掲「李克異年譜」、一二八―一二九頁。

(50) 袁犀「阿部知二在北京」「文学十日」『民衆報』第一号一九四三年一月十日。
なお、『民衆報』の副刊「文学十日」の主宰者は梁山丁である。この副刊は原稿料の代わりに、十日ごとに作家たちのために夕食会を行っていた。(王慶華「関永吉訪問記――関永吉一九四〇―一九四四年在北平的文学活動」『新文学史料』一九九八年第二期、一〇三頁を参照)。

(51) 前掲「李克異年譜」、一三三頁。

(52) 中華人民共和国が建国した後、袁犀は「李克異」と改名した。李克異という筆名には以下の意味があるという。
昔の筆名はよく誤解されるから、名字と名前を「李克異」に直した。厳しく自分を律し、異端を克服するという意味であり、党と革命への「帰心」を示している。建国後は報道文、シナリオおよび長篇小説はすべてこの名前で署名し、それは逝去するまで続いた。(「筆名箋注」、前掲『李克異研究資料』、四八四頁。)

この名前に見えるように、建国後の袁犀＝李克異は社会主義中国に忠誠を尽くした。一九四九年一月三十日、李克異は中国共産党の党員候補となり、この日を自分が「新生を得た一日」と日記に記している。

(53) 呉公汗(関永吉)「活命第二」『中国文学』一九四四年二月号、七頁。
(54) 同上。
(55) 山丁「文学雑感」『中国文学』一九四四年二月号、八頁。
(56) 王真夫「旅日随想」『中国文学』一九四四年一月創刊号、六五頁。
(57) 李健吾「彎枝梅花和瘋子」『切夢刀』文化生活出版社、一九四八年(中華民国三十七年)十一月初版、三八―三九頁。
(58) 徐祖正『蘭生弟的日記』北新書局、一九二六年七月。
(59) 島崎藤村『新生』(徐祖正訳)北新書局、一九二七年十二月。
(60) 『駱駝』雑誌(創刊号を出して停刊)と『駱駝草』週刊は周作人、徐祖正らにより創刊。代田智明が「解題――『駱駝草』をめぐって」で、「中国の近代文学を渺茫とした砂漠にたとえ、人と荷駄を背負って忍耐強く砂漠を歩みゆく駱駝に、自らの姿を重ねあわせた、というところであろうか」と解説している。
(60) 方紀生「駱駝草合訂本序」、伊藤虎丸編『駱駝草附駱駝』アジア出版(汲古書院制作)、一九八二年一月、一八―一九頁。
(62) 前掲『蘭生弟的日記』、二一頁。
(63) 張泉『淪陥時期北京文学八年』北京和平出版社、一九九四年十月、三六六頁。

# 第六章　張愛玲の異域想像と離散[1]への「怨」

## 第一節　異域への想像

### 一　「青空の下の小さな赤い家」

文学には想像が付き物だ。張愛玲文学も想像の寄与するところが大きい。異域、つまりここではない他郷を想像するには、言うまでもなく本土にいるのが条件だ。

張愛玲は台湾には一週間、日本には三ヶ月間旅行したことがある。また香港には三年間留学し、三年間亡命し、さらに後に五ヶ月間滞在した。これらを除けば、張愛玲の約七五年間の生涯のすべては中国大陸とアメリカで費やされている。かつて「世界を周遊したい[2]」と語った一人の現代人・張愛玲だが、足を運んだところは実際には限られていると言えよう。しかし、彼女の異域に対する想像は豊富かつ多彩であり、それを課題にするのもまた面白い。

異域は人類の永遠の誘惑だ。自国が盛世なら、人々は異郷にエキゾチズムを求め、ノスタルジアを感じる。自国が乱世だと、異郷に安らぎと理想を求める。清末に家と国の二重の危機を感じた魯迅は、「異域に赴き、異なった人々を探しに行った(3)」。張愛玲が世に知られたとき、中国の危機は進行する一方であり、上海は「アイデンティティの危機の場(4)」とすらなっていた。結局戦争のために張愛玲はイギリス留学の機会を失くし、魯迅、銭鍾書《チェン・ジョンシュ》、徐志摩、冰心らのように異郷に赴くことはできなかった。彼女はただ香港、上海のような植民地、半植民地の都市において、ときどき異域を想像するだけだった。

張愛玲の異域に対する最初の想像は、おそらく母親からヒントを得たことだろう。彼女の母親は不幸な結婚生活から逃れ、ヨーロッパに留学している頃、子どもだった張愛玲とその弟にとって「もっとも楽しかったことは母がイギリスから服を送ってくれたことだった(5)」という。イギリスとフランスを想像しつつ、張愛玲は「英格蘭(イングランド)の三文字は青空の下の小さな赤い家を思い出させ、法蘭西(フランス)は小雨の青色、浴室のタイルのようで、髪油の香りがしみついている(6)」と書いた。異郷から帰った母親の家は張愛玲の憧れの的となり、「私が知っている最もいいもののすべてが、精神的なものにせよ物質的なものにせよ、みんなそこにあった」と、張は母親の家を絶賛している。一方、中国的な父親の家については「ずるずるだらだらしていて」、「永遠の昼下がりで、そこに長いこと座っていると沈みこんでいくような気がした(7)」と書いて、複雑なまなざしを注いでいる。

「私たちは不幸にして中国人の中に暮らしており、華僑が一生涯ほどよい距離を保ちつつ安全に神聖なる祖国を崇拝するわけにはいかない(8)」と、二十三歳の張愛玲は言う。しかし中国に暮らした張愛玲はちょうど「ほどよい距離を保ちつつ」異域を想像できたのである。スペインについては、「この大げさかつ残酷で、黒地に金の模様が舞うような民族は、当初金持ちになったのがあまりにも突然だったので、悲惨で突飛な悪夢のようだった。

今の貧乏もわけがわからず、ことのほか絶望的だ」[9]と語り、一方的に結論を導いた。マラヤについては、「蒸し暑く野蛮な基礎に築いたこせこせした文明は、小さすぎる花柄の綿布団のよう、頭をかけたら、足がでてしまう」[10]と語り、東南アジアへのまなざしには古い文明の奢りも感じさせられる。ドイツについては「ドイツの道はつややかで広く、整然としていてまっすぐで、道路沿いに大樹が高くそびえているが、たくさん歩くと気違いになりそうだ」[11]と語り、またイギリス人の特徴を「淡泊と満足」[12]として、スコットランド民謡の「ロッホ・ローモンド」は『詩経』を彷彿させるという[13]、独英の持ち味には妙に合致している。

張愛玲の想像は様々な土地に及んでいたが、ここでは主として張愛玲の文学の生涯において頂点に達した時期の代表作の二篇、「傾城之恋」と「紅玫瑰與白玫瑰」（赤薔薇と白薔薇）[14]の登場人物を例に、張がいかに異郷から来た、または帰った華僑と海帰（留学して帰国する人）を描き、いかにこれらの人物を通して異域を想像したかを見てみたい。

## 二　華僑の范柳原

「蒼涼」を基調とした張愛玲の文学世界においては、「傾城之恋」がもっとも明るさのある小説であろう。男性主人公の范柳原《ファン・リウユエン》はイギリスで育ち、成年になってから中国に帰った華僑という設定である。彼における異郷色は西洋式の立ち居振る舞い以外、主に中国本土の人たちとは異なった女性への審美眼として現れている。周りの人から見れば「しおれた落ち葉」（一九九頁）同然、せいぜい「五人の子どもの継母になる」（二〇二頁）離婚経験者の白流蘇は、范柳原の目には「世界でもっとも美しく、永遠に時代遅れにならない」「正真正銘の中国女性」

(二〇六頁)に見えた。范柳原が見た白流蘇は「たくさんの小さな仕草はロマンチックな雰囲気があり、京劇の演出みたい」(二一二頁)、しかも「この世の人間ではないよう」な女性であり、お見合い相手の宝絡《バオルオ》ら若い女の子がとうてい及ばない存在だ。かくして范柳原は運命の人を見つけたと思い、「傾城の恋」を仕掛けることになる。范柳原が東西文明の狭間でアイデンティティの危機にさらされているので、白流蘇にひかれたという解釈がある[15]が、ここでは角度を変え、張愛玲がいかにこの人物を構想したかを考えたい。

「傾城之恋」の構想について張愛玲は、「どうしても表現したかった蒼涼たる人生の情け以外、豪華なロマンス、せりふ、色合い、詩情などを、読者の欲しいままに与え[16]」、必ず読者を喜ばせることを構想したと語っている。『紅楼夢』を幼いときから愛読する張愛玲は、作中の主人公・賈宝玉が特にお気に入りだろう。范柳原が『詩経』の「子の手を執りて、子と偕に老いん」を吟じる場面(二一六頁)を書いたとき、張愛玲の脳裏には賈宝玉と林黛玉がともに『西廂記』を読んでいる場面が浮かんだかもしれない。范柳原と白流蘇のせりふもまるで賈宝玉と林黛玉の口から出たようなものだ。例えば「安心して。僕は君に相応しい態度をとります、かならず」(二〇七頁)、「人にひどいことをされてもおとなしくしていると、ばか者あつかいされて、かならずいじめられるんですもの」(二一二頁)等々。張愛玲が十三歳のときに書いた習作の『摩登紅楼夢』(モダン紅楼夢)[17]では、賈宝玉は結局海外に留学することになった。『紅楼夢』の賈宝玉にある程度の異郷色を加えた人物が「傾城之恋」の范柳原になるだろう。小説では、范柳原は「美男子と呼ぶにはおおづくりだが、やはりそれなりの風格があった」(二〇三―二〇四頁)とされ、映画になった『傾城之恋』では周潤発《チョウ・ユンファ》の演技で范柳原は「白馬の王子様」に進化したようだ。

張愛玲は華僑の范柳原に正真正銘の中国女性を探させ、アイデンティティの危機も解決させようとする。しかし、范柳原が見初めた中国美人の白流蘇は、「頼りになる身内がいない」（二〇〇頁）というところは『紅楼夢』の中の林黛玉と同じだが、林黛玉ほどの才媛ではなく、范柳原との間には賈宝玉と林黛玉のような心の通じ合う交流が少ない。経済的な保障を得るため精一杯の白流蘇は、范柳原の風采を楽しむ余裕がなく、范柳原の心の中を理解するのも無理がある。張愛玲は自分のことを「流蘇の視点から柳原を見る」と言い、流蘇が「終始柳原の人となりを完全には理解していないので、私も彼を十分に理解する必要がない[18]」と言っている。いわばこの話は、張愛玲における、異郷から来た范柳原への理解の限界としても読み取れよう。張愛玲が「男女主人公の個性は十分に表現していない[19]」と言ったのも、理解の限界としてとらえることができるはずだ。理解が限界にいたったところで想像の出番が来る。中国女性に対する賛美も、『詩経』の詠唱も見事な想像で、「非現実的」と言えばそうではあるが。

『詩経』を引用する范柳原はその華僑の身分に相応しくないという指摘があるが[20]、范柳原にはむしろ非現実的な要素が必要だった。張愛玲は、范柳原のことを「思想には伝統の背景がない……［それは］現在の中国においてはかなり普遍的で、必ずしも華僑でなくてもよい[21]」と語ったが、華僑であることはやはり肝心だ。華僑でなかったらあれほど切にアイデンティティを求めることもなく、「傾城之恋」も演出できなくなるのではないか。

## 三　海帰の佟振保と華僑の王嬌蕊

「傾城之恋」以外に、同年に発表された「沈香屑——第一炉香」や「金鎖記」などからも多かれ少なかれ『紅楼夢』の影響を読み取れる。傅雷が「文学遺産をはっきり記憶しすぎ[22]」と言ったのもこういうことであろう。

「紅玫瑰與白玫瑰」の完成において、張愛玲はついに彼女にして最高の域に達している。張愛玲は『紅楼夢』の書き直しのプロセスから天才といわれた曹雪芹《ツァオ・シュエチン》の成長の軌跡を読み取ったが、(23)私たちも「沉香屑――第一炉香」から「紅玫瑰與白玫瑰」までの移り変わりにより張愛玲の成長を感じることができよう。

魯迅が書いた「にせ毛唐」(『阿Q正伝』)から郁達夫が書いた于質夫《ユー・ジーフー》(『沉淪』)、それに銭鍾書《チェン・ジョンシュ》が書いた方鴻漸《ファン・ホンジエン》(『囲城』)まで、近代中国文学には留学生または海帰を描いた小説は少なくない。「紅玫瑰與白玫瑰」の男性主人公佟振保《トン・ジェンバオ》もまた海帰の一人だ。この小説で張愛玲は海帰を描き出し、海帰と「華僑」の差異も見せてくれた。

佟振保にある異郷色は「努力して学んだ」「紳士風」(八三頁)および「文学青年や進歩的な青年」に受け入れられた「西洋式の俗っぽさ」(五三頁)が見られるが、パリの売春婦、そしてイギリスで出会った混血児のローズや上海で出会った華僑の王嬌蕊といった女性たちの洗礼を受けた後の、心の中の混乱ぶりとしても現れている。水晶は佟振保を郁達夫が書いた于質夫らと比べ、張愛玲が男性の性心理を最も成功裡に描いたものだと指摘している。(24)

佟振保は「前に向かって、上に向かって進む」「善人」(七九頁)として登場した。「誰よりも周到に母親に尽くし、誰よりも気を配って兄弟を世に出し、その仕事ぶりときたら、これまた誰にも負けないほど熱心かつ真面目で、友人に対する親身さ、義侠心、克己心といい、並ぶ者もなかった」(五三頁)という。かりにイギリスに留学することなく、上海で地味に結婚して暮らしていたら、「顔立ちがおっとりと整っていた」(八三頁)妻の煙鸝《イエンリー》で満足したかもしれない。しかし「赤薔薇」たちの洗礼を経て、彼は感性的に「色黒で太り気味の」(八四頁)、「情熱的で、気儘で、結婚には向かない女」(六〇頁)を好む一方、理性的にはあいう女を娶ったら「骨折り損のくたびれ儲けになる」(五七頁)、「お荷物だ」(六三頁) と思ってしまい、両者の矛盾に悩まされるようになる。彼は据え膳食わぬ紳士という評判を得てはいたが、「心のすみには後悔が残った」(五八頁)。彼は王嬌蕊を裏切り、同時にもう一人の真実の自分をも裏切った。ゆえに母親の命令に従い結婚して以来、彼は「人生を無駄にしてしまった」(九四頁) と感じ、「[皆が] 彼に敬意を払い、思いやりを示すべきだ」(九〇頁) と思うようになる。このような分裂型の人物を、張愛玲は「最も理想的な現代人」(五二頁) と皮肉り、また王嬌蕊の口を借りて、「あなたみたいな善人を見ていると、女は誰かいい人を紹介してあげようと思うんだけれど、あなたを自分のために取っておこうとは思わない」(七九頁) とからかう。

優れた作家は自分の得意を生かして不得意を避け、どこを多く、どこを少なく書くか、何を書かないか、いかに書くかをよく知っている。パリの売春婦について張愛玲はごく簡略に書いただけだった。混血児のローズについてもあまり紙幅を割かず、しかも漫画風に処理している。例えばローズの脚のことを「ショーウィンドウの中の木製のマネキンの脚のように精緻で、色合いもちょうど光油を塗った木そのものだ」(五七頁) と書いているにすぎない。しかし、小説の中の女性主人公王嬌蕊に対しては張愛玲は言葉を惜しまない。

自然で自在な人生の状態を代表している王嬌蕊はおそらく張愛玲小説のすべての登場人物の中でも、著者が最も気に入る人物であろう。張愛玲は中国人の女性について、「広々とした国土なのに、喜びの雰囲気がない。千万年の静止は想像するだけでもぞっとする。ゆえに中国人の女はお尻がとても低く、後ろから見ると、座っていても立っているように見えてしまう」[25]と語り、また中国の標準的美女を「なで肩、細腰、平胸、薄くて小さい」[26]とし、「肉体美」を有する楊貴妃を例外とする。[27]言わばこのような標準的美女から張愛玲は重苦しい印象を得、生きる喜びを感じられないようである。張愛玲が憧れている女性像はオニールが書いた「地母」であった。

「強くて静かで肉感的で黄色い髪の女、齢は二十歳前後、肌が艶やかで胸が豊か、寛骨が大きい。その仕草は遅く、気だるそうな獣みたい。大きな目は夢見ているようにその深い天性のざわめきを映している」[28]という。王嬌蕊はまさにこの「地母」像の華人版だと言えよう。

王嬌蕊はもともとシンガポールの華僑で、ロンドンに留学したことがある。小説では、彼女の「小麦色の顔は張りがあり、艶やかで、目は京劇役者のように切れ上がっていた」、体の「線の一本一本のすべてが生気に溢れていた」（五九頁）。着ている服となると、緑色のロングドレスは「触れたものすべてを染めそうなほど鮮やかな緑色をしていて」（六五頁）、内側の真紅のスリップは「長く見ていると色盲症になりそうな刺激の強い色調だった」（六五頁）。しかもパジャマの模様は「蛇か草木かが絡んでいる様子が黒と金色にオレンジと翠を交えて描き出されていた」（六九頁）という。このように張愛玲が描いた王嬌蕊は当時の中国に実在する女とは一味違った形で造型され、まるで「地母」のような、文明にその活力を傷つけられていない大昔の人のようだ。彼女は金銭感覚もなく、ゴシップも気にせず、祥林嫂《シアンリンサオ》たちを落胆させた来世の応報にもかまわず、翠遠《ツイユェン》[29]たちを悩ました「真」と「善」のジレンマも感じず、「やみくもに前に進んで、行き当たったものは何でも摑もうとする」（八七頁）自由奔放な女性である。愛を感じたら愛して、裏切られて、「屈辱のうちにも、彼女にはある種の力を感じさせる」（八一頁）ところがある。

王嬌蕊が始終自分に忠実に生きているのに対し、佟振保はよく損得にくよくよし、理性と感性の矛盾に悩まされながら自分を抑制するタイプである。ゆえに再び王嬌蕊に会ったとき彼が感じたのは「堪えきれぬ嫉妬」であり、「彼女の老いすら、彼には妬ましかった」（八七頁）のである。結局のところ、王嬌蕊は自分のために生きて、精神上は西洋よりであったが、佟振保は他人のために生きて、精神上は中国より。張愛玲が書いた華僑と海帰の区別もそこにあるだろう。

古い中国内部の苦痛について張愛玲は身にしみてわかっていたが、異郷に暮らす華僑の辛酸にはおそらくいささか隔たりがあるだろう。大家族暮らしの白流蘇の苦痛は張愛玲自身の苦痛に通じ、佟振保の「無数の憂いと責任」(九七頁)も張愛玲が知りつくしているものだが、王嬌蕊や范柳原にあるユートピア色の多くは想像に負うところだろう。范柳原は金銭も時間も詩情もあり、王嬌蕊は節烈も気にせず功利も顧みない。「生粋の中国人にはそもそもこの類の人は少ない」(六三頁)し、華僑として彼らがどの程度一般性があるかも言いにくいが、張愛玲はとにかく彼らに華僑の身分を与えた。華僑の中国人と外国人の間にある曖昧な身分は、張愛玲の異域に対する想像を託する格好な材料となった。

もし一九三九年に予定通り張愛玲がロンドンに留学に行き、早くも林語堂《リン・ユータン》の道を実践していたとしたら、「林語堂よりもっと売れっ子になる」(30)とは限らないが、占領区上海の彼女に属する表現の場を失い、異域を想像するための距離をもなくしただろう。近代小説の人物には海帰や華僑は少なくないが、最も成功裡に書かれた海帰はおそらく佟振保であり、最も魅力的に描かれた華僑も彼女の生み出した王嬌蕊と范柳原を挙げることができよう。

張愛玲は人生の後半を米国で過ごし、異域への想像も故国への思いに変わった。張愛玲は十年にわたって『紅楼夢』を研究し続け、『紅楼夢魘』を完成し、自分の方式で曹雪芹に敬意を表した。『摩登紅楼夢』から『紅楼夢魘』まで、張愛玲の文学の生涯は一つの循環を果たしている。

## 第二節　オリエンタリズムへの抵抗

一九五五年一月、張愛玲の *The Rice-Sprout Song*（後の『秧歌』）はニューヨークにあるチャールズ・スクリブナーズ・サンズ出版社より出版され、好評を博した。[31] 自信を得た張愛玲は、同年十一月にアメリカに渡り、一九九五年九月に逝去するまでの約四十年間をアメリカで過ごしたが、輝かしかった上海時代に比べて渡米後の人生はあまりにも色褪せて見えている。

夏志清《シア・ジーチン》はアメリカ滞在の中国系若手作家について次のように述べている。

彼らは中国語で創作したいという情熱を持っているが、目下の安全と将来の生活保障のため、彼らは出国前のスケジュールを変えないわけにはいかない――博士論文を完成したら、その後の生活は問題にならない。さらに二篇の学術論文を書くと、すぐに昇給してもらえるし、あるいはもっといいポストにつくことだってできるのだ。まして最も無味乾燥な論文でも、真面目に読む人はしばしば居るものだが、心血を注いだ小説は出版後いったいどれくらいの人が読むか、読後どのような反応があるかについて、作者はぜんぜん把握できない。[32]

年齢的に不利だったこともあるが、書くことを天職と感じていた張愛玲は上述のコースには乗らなかった。筆一本で生計を立てることは難しい。英語を用いるのはなおさらだ。渡米後、彼女は六〇年代末までずっと英語で創作し続けたが、この世を去るまで *The Rouge of the North* など主な英語作品はいずれもアメリカで出版できなかった。七〇年代に入り、張愛玲は英語での創作を諦め、中国語の世界に回帰し、とりわけ心の拠り所である『紅楼夢』の研究に多大な労力を傾けた。それは逃避でもあり、抵抗でもある。同時に台湾など中国語地域で徐々に張愛玲ブームが起こり、晩年の病弱だった張愛玲の隠居生活を経済的にある程度支えてきた。

なぜ、張愛玲はアメリカで売れなかったのか。張愛玲が一九六五年に書いた英文小伝が重要な手掛かりとなる。その一部は以下の通りである。

この十年アメリカで私は共産主義体制以前の中国を描いた未刊の小説二篇に力を尽くした。三篇目は執筆中、同時に翻訳および中国語での映画やラジオドラマの脚本の執筆をしている。その二篇の中の人物はあまりに不快で、貧乏な人たちでさえ不快だという意見にここの出版社はそろって賛成しているようだ。クノップフ出版社のある編集者は、もし以前の中国でものごとがこれほど酷かったのだとしたら、共産党は救世主になったのではないかと書き送ってきた。中国を警句や格言を吐く儒教の哲学者の国、近代文学の中の変異とみなす奇妙な文学観念に対して、私はここで異議を唱えるに到った。〔中略〕

中国は東南アジア、インドおよびアフリカよりずっと早く家族制度が政府腐敗の源だと認識している。現在のトレンドにおいては西洋は寛容ないし尊敬の態度を取り、その制度内部の苦痛を追究しようとしない。しかし中国の新文学は長期にわたって〔魯迅のいわゆる〕「食人の礼教」を絶えず攻撃し、死んだ馬まで撃つほどだ。〔中略〕私自身は古典小説の影響を深く受けている。言語の障壁と同じように明らかな障壁にぶつかり、自分を理論化し、説明せざるをえなくなったとき初めて、中国の新文学が自分の心理背景に深く入っていたことに気づいた。(33)

英文小伝は張愛玲のオリエンタリズムへの抵抗、新文学伝統に対する自己発見を示している。夏志清宛の手紙では張愛玲の鬱憤を読み取れる。

「私はかねてから感じることがあります。東洋を特別に好きな人、彼らのお気に入りはしばしば私が暴きたいところです。[34]」

「韓素英《ハン・スーイン》は共産党びいき以外に、sentimentalでもあり、白人との恋愛を書いて読者に自分をidentifyさせられます。また古体詩も引用したりするので、風流人ぶるsuburbanitesに好まれるだけではなく、〔中略〕中国のことをよく知っている人もそれが好きでしかも感心します。[35]」

「彼〔ワシントン大学教授フランズ・マイケル〕はおそらく私には反共精神が足りないと思っているのでしょう。その主な理由は、私は大陸を研究することにあまり興味がありすぎ、しかも昔の中国に対してはあまりにも否定的に見えるからです（魯迅も昔の中国を否定しすぎだといいます）。[36]」

異文化の障壁を超えるのは難しい。自分のことを「両脚、東西の文化を踏み、一心、宇宙の文章を評す[37]」、「一東の矛盾[38]」と言う林語堂はアメリカで大きな成功を収めたが、アジア系学者や作家の批判の対象にもなり、「林語堂の人気の土台は支配的なステレオタイプを犯さずに中国人の『人間性』を説明するところにある。彼が描いた時代遅れで、子どもっぽくしかも迷信的な〔中略〕中国人は西洋殖民主義の彼らに対する見方に見事に迎合している[39]」と言われている。もし林語堂の「迎合」を「妥協」だと見たら、そこに反映されるのは彼の「矛盾」であろう。

張愛玲が大陸を離れた前後に書いた『小艾』と『赤地之恋』などには「妥協」も見られたが、渡米後は次第に「stubborn」(頑固)[40]になり、根本的なところでは妥協しなかった。宋淇は以下のように証言している。

まずベスト・セラーを一冊書いて文学界での地位を定めたらいかがと昔愛玲に助言したことがあり、しかも私は自惚れから、受け入れられやすい題材まで薦め、書くだけでいいと言ったが、彼女は「いいえ。書きたくない人物と物語は絶対書かないから」と、きっぱりと答えてくれた。[41]

二十代の時「大衆は実は一番愛すべき雇い主だ」と誇らしげに宣言した[42]張愛玲は中国語圏の大衆を魅了したが、アメリカの読者を摑むことができなかった。冷戦期の中産階級の読者は陳若曦の文化大革命など共産圏の内幕を暴く小説、韓素音(韓素英)のエキゾティックな恋愛メロドラマおよび米国の「ゴースト」による人種差別と中国の「ゴースト」による性差別に宣戦するキングストンの「女武者」の物語には惹かれたが、張愛玲の、普遍的な人間性を描いた「登場人物がわれわれ[アメリカ人]と変わらない」[43]小説には興味がなかった。

張愛玲はアメリカ社会に存在するオリエンタリズムに鬱憤を感じながら、自分の文学理念に基づき「妥協」せずに努力したが、受容される場がなく、読者や出版会社から期待されない存在となった。

## 第三節　「欠点」のある小説

張愛玲の没後九年目にあたる二〇〇四年、彼女の遺作を含む文集、『同学少年都不賎』が台湾と大陸でほぼ同時に出版された。[44] 同書のもっとも重要な部分で、しかも唯一の張愛玲オリジナルの小説は、一九七〇年代半ばに書かれた中篇小説の「同学少年都不賎」である。死後九年を経ての遺作発表という意外なことに喜びを感じながらそれを一読し、満足感を得たと同時に少しばかりの物足りなさも覚えた。

一九七八年八月二十日付けの夏志清宛の手紙に張愛玲は、「『同学少年都不賎』という小説は外部からの妨害を除いても、送り出してすぐに作品自体に大きな欠点があると気付き、もう放り出してしまった」と書いている。[45] この手紙からは、この小説が完成し送り出されてから出版されるまでおよそ二十六年もの歳月を要したことと、張愛玲自身が作品の出来自体に対して多少の不満を覚えていたことがわかる。いわゆる「外部からの妨害」については具体的な背景を裏付ける資料がなく推測しにくいので、ここではひとまず論考を擱くとして、作品に内在する問題としての「大きな欠点」という言い方に注目したい。

「同学少年都不賎」は、張愛玲が渡米後に書いた中でも重要な作品である。かつて『小艾』が非常に嫌い」[46]、『赤地之恋』は「非常に不満だ」[47] といい、自ら『創世記』や『連環套』の連載を中途で打ち切ったように、張愛玲は自作には厳しい面がある。そんな張愛玲の自作への評価をそのままに受け取るべきではないのだろうが、「同学少年都不賎」執筆時の張愛玲の心境等を考えるうえで、それを参考にしてみたい。

## 一　自伝性および叙事の視点

「同学少年都不賤」の主な登場人物は趙珏《チャオ・ジュエ》と恩娟《エンジュエン》という二人の女性。二人は三〇年代上海のある女子ミッションスクールの同級生で、親友だった。物語は主人公の趙珏の視点からの語りで展開される。恩娟は戦前にドイツから追われてきたユダヤ難民のベンジャミンと結婚し、戦時中は重慶に、戦後まもなくはアメリカに赴く。趙珏もその後アメリカに移民。十数年後、パートナーと別れ、生計を立てるのに途方に暮れた趙珏は、タイム誌で恩娟の夫が閣僚になったことを知り、恩娟に助けを求める。恩娟の返信に書かれた「いずれ会わないわけにはいきません」の一文を趙珏は「刺目」（目障り、三六頁）だと感じ、再会を果たしたときも恩娟は趙珏の話を三度も疑い、趙珏は逆に恩娟の態度や話し方に「刺耳」（耳障り、五五頁）で「刺心」（心に障る、五六頁）なものを感じる。久しぶりの再会なのに、ほとんど心が通わないままの状態になってしまい、その後再び会うこともなかった。結びには趙珏が自宅で皿を洗う場面がある。ケネディ大統領暗殺のニュースを聞き、趙珏は漠然と「ざらざらした手に慰められる」ように感じて、「ケネディは死んだ。私はまだ生きている。皿を洗っているにすぎないけれど」（五九頁）と、自分に言い聞かせる。

ところで、この小説のタイトルは実は杜甫の詩の一節に依拠している。杜甫が感懐を叙している「秋興八首」の第三首には「匡衡抗疏功名薄、劉向伝経心事違、同学少年多不賤、五陵衣馬自軽肥」（今匡衡というべき自分は天子に上疏をしたが功名を得ることは薄い。今劉向というべき自分は経書を伝家の業としようとねがったが心事はくいちがった。これに反して同学の少年輩は如何にとみると彼らの多くは高貴の地位にのぼって、自然長安の五陵あたりで軽衣肥馬の姿で得意にやっておる）[48]という四行があり、張愛玲は「同学少年多不賤」の「多」を「都」（みな、すべて）に直したうえで、この句を小説の題目にした（三歳で唐詩を暗誦できたという張には誤用の可能性は低い）。中年以後の張愛玲にはこの詩に現れる杜甫の心境に通じるところがあったのだろう。その境涯に共鳴しながらも、張愛玲は敢えて一字を改めることにより、杜甫の詩に新たな意味を付与し、主人公の趙珏をも「不賤」の列に入れ、その苦い自尊心を癒そうとしたのだろう。

三十数年にわたって、中国とアメリカという二つの大陸に跨る時空の隔たりの中で展開される「同学少年都不賤」は大きく前後二つの部分に分けられる。主に中国を舞台にしたやや叙情的な前半では、エデンの園の如きキャンパスで、同性愛的な交際に夢中になる女学生たちの様子が描かれている。それに比べて、背景をアメリカに移し、主人公の離散経験を描いた後半は雰囲気が重苦しい。四〇年代の作品で頻繁に使われた月、ガラス、鏡などのイメージの使用は少なく、文体は「平淡で自然に近い」[49]。

張愛玲小説の多くは家族、親戚に取材したものといわれるが、[50]七〇年代に書かれた『小団円』、「浮花浪蕊」と「同学少年都不賤」には彼女自身の経験が多く見られる。「浮花浪蕊」と併せて読むと、国を出てからの張愛玲の心の軌跡も推測できよう。「浮花浪蕊」について張愛玲は「中にはたくさんの自伝的材料があり、女性主人公の性格も私に似ている」[51]と言ったが、趙珏はそれ以上に似ている。ミッション・スクールで教育を受け、ピアノを習い、家人に監禁され、粗暴な父親を持ち、叔母と暮らし、洋裁が得意、それにアメリカでの不遇……趙珏と張愛玲との共通項は実に多い。趙珏の感情パターン、心理状態、生活態度などが張愛玲自身のそれと類似性があり、趙珏の暮らしぶりも張愛玲の離散経験の焼き直しのようだ。「同学少年都不賤」は主人公が三人称で表されているにもかかわらず、実際の印象は一人称の場合と近似していて、自伝性が強い。

一九四六年に出版された『伝奇　増訂本』の表紙には、現代風の若い女性のシルエットが窓から中の古い世界を覗く絵が掲げられている。窓の内と外とは異なる世界で、そうとうの隔たりを感じさせられる。この絵は、ある意味で張愛玲の前期小説に見られる語りを図式化しているとも言える。前期小説を始め、張愛玲の多くの小説における叙事（語り）の視点は古典小説の「全知視点」である。覇気に溢れた若き張愛玲は「慈悲」の眼差しで人間を見つめ、「参差対照」の手法（「善と悪、霊と肉のきっぱりと衝突するような古典的な書き方」ではなく、複数の人物の間の差異を対照的に表現する手法）を用いながら、従容として物語を語り、読者もそこから憐憫と余裕を感じられる。[52] [53]

「同学少年都不賤」は、趙珏の目でものを見、趙珏の心理的な動きを通じて物語を展開するので、叙事の視点は「制限視点」になる。「全知視点」と「制限視点」についてここで優劣をつけるつもりはなく、それぞれの視点を選び取ったときの張愛玲の心境に注目したい。同じく女性の親友同士の再会を描いた短篇小説の「相見歓」では「全知視点」からの語りを用いていて、そのため人物の性格もより豊かに描かれている。「相見歓」の背景は中国であり、張愛玲は余裕をもって距離を置いて書くことができた。ところが類似のテーマを描いても「同学少年都不賤」の場合では、異国の背景と離散経験が張愛玲を主人公に近づけさせ、「制限視点」を採らせたのであろう。女性同士のライバル関係や理不尽な運命を描く以上、趙珏の包容力、理解力および想像力が問われるが、己の不運や不遇にこだわり、「怨」に囚われた趙珏には世の中を包容的に見ようとする余裕がない。本来平民も閣僚の生活を羨む必要がなく、違う階級の人も友達になれるはずだが、復讐一筋の人には復讐によって自己壊滅の道に導かれる恐れがあるように、「怨」に囚われた人にも視野が狭いという落とし穴がある。視野が狭いため、趙珏から見た恩娟および恩娟の結婚生活も曖昧なものとなり、本来そうとう魅力的であるはずの人物や物語も中途半端になってしまう。つまり張愛玲は自ら設定した叙事の視点に絡め取られて、従来の人間観察を生かしきれなかったのである。

## 二　人物と構成

趙珏と恩娟は学生時代から親友でありながらライバルでもあった。美しいアルトの声とバイオリンの才能に恵まれた、明るくて人気者の恩娟は、張愛玲が「すべての源」[54]とまで評価する『紅楼夢』の人物に喩えれば「薛宝釵型」であろう。趙珏は恩娟の歌声に強い嫉妬を感じ、恩娟の結婚についても愛情による結びつきではなく、「共同経営」と見なしたがっていた。恩娟の夫であるベンジャミンという人物は一回しか登場していないが、初対面の握手後、いきなり趙珏の奇妙な自家製英語「intellectual passion」の意味を尋ねる場面が面白く個性的である。（出世作「沈香屑――第一炉香」から後の「談看書」および生前最後の一冊である『対照記――看老照相簿』にいたるまで、張愛玲は漢民族以外の人々にも興味を示し、しかも単なる異国趣味ではなく、異人種を対等に理解しようとしていた様子がみられる）。小説に記されたことから判断すると、恩娟が幸せではないとは断定しにくい。夫を「歯を磨く時」も「探偵小説を読んでいる」（三〇頁）と貶したのはのろけと理解してもよいし、「フランスに住みたい」というのも必ずしも「別居したい」（五二頁）という意味で捉えなくていい。趙珏の「恩娟は従来恋愛したことがないのではないか。そうだ。彼女は夫に忠実でない人ではない」（五九頁）という自問自答も憶測にすぎない。薛宝釵《シュエ・バオチャイ》の愛情のありかについては、従来多岐にわたる議論がなされてきたように、「薛宝釵型」の恩娟のケースももう少し複雑に考え得よう。張愛玲は複雑な人物を複雑なままに描くことを得意としていたが、趙珏の狭くて病的な視点からでは表現力が弱く、曖昧な印象を読者に与えてしまう。

　しかし、「同学少年都不賤」についての評論の多くは「共同経営」説を借りて、恩娟にあるのは「富貴の裏の貧賤」、恩娟は「愛のない結婚で物質的満足を得て、現代版『金鎖記』を演じた」[55]、趙珏は「少なくとも甘い愛情を得たが、恩娟は精神的にいつまでも空虚だ」[56]というような単純な対比をする。確かに張愛玲の小説には幸福な家庭、幸福な夫婦がほとんど出てこないし、[57]張愛玲は婚姻制度そのものに対しても悲観的（例えば一九四四年に「現代人の多くは疲れていて、現代婚姻制度はまた不合理である」と書いたことがある）[58]だが、これまで多くの作品では「参差対照」の手法を好んで用いてきた張愛玲が、この作品でのみ二項対立のパターンを採るとは考えにくい。

一方、「同学少年都不賎」は鬱憤晴らしの色が濃く、弁解したい気持ちが強いので、人物の対話ないし小説の構成をアンバランスにしたきらいがないとは言えない。以下に引用する二箇所は、前者は張愛玲が実生活での解雇の経験を語ったもの、後者は小説の中で趙珏が仕事を失った経緯である。

全文を書き直しても、世驤は相変わらず分からないという。「要点と結論も付け加えて、同じことを何度も繰り返しているのに分からないなんて、本当に信じられないです」と私が笑いながら言うと、彼は怒って「分からないのは僕だと言いたいのか？」と言った。「先生がわからないなんて想像もできませんという意味です」と私が言うと、彼はやっと笑って「君は知らないだろうが、同じ文を何度も繰り返すとかえって人を混乱させるのだよ」と言った。あの原稿を他の人に見せていなかったと分かり、「誰かに読んでもらうのなら、やはりJohnson［主任］がいいでしょうね。センターでただ一人の専門家ですから」と言った。すると彼は怒り半分笑い半分に「僕がいるじゃないか」と言う。「人に見てもらうとなると、Jack Serviceは中国共産党に漠然と好感を持っているだけで、二、三回なにかを尋ねても、何も知りませんでした」と私が言ったら、「多分話したくなかったのじゃないかな」と彼は言った。私が「Johnsonが文革に関して書いた文章は読んだことがあるけど、Serviceの文章は読んだことがないし、話を聞いたこともないですが」と言うと、彼はしばらく黙って、彼が中国共産党に関するものを書いたことはないと私が言っていると思ったらしく、すぐさまそそくさと話を終わらせた。私は実はそんなことは思いもよらなかった。あまりにも焦って言葉を選べなかったのだ。［中略］その後すぐ解雇された。(59)

趙珏は笑って言った。「知らなかったかな。本当に可笑しかったわ。国務省が中国と韓国の代表団を招待したことがあったの、一度にね。韓国側の演説は私が通訳したの。中国側の番になると、その代表者は江西訛りの国語を喋っていて、わかりにくかったわ。でも彼、英語は聞けばわかるので、司徒華が自分の話をあまりにも簡略にしか通訳していなくて、しかもところどころ間違えているのを聞いて、焦って江西方言を喋り出したの。そうすると司徒華は口を閉じてそこに突っ立っているしかなくなってしまって。［中略］私は彼に代わって通訳を終わるまで続けたわ。［中略］旧暦大晦日の夜、司徒華から電話が掛かって来て、韓国人の韓国語通訳が見つかったって。とんだ目に遭ったわ。」［中略］

その大晦日の夜、趙珏は電話口で笑って言った。「それはもちろんよ。——中国語のできる外国人を見てよ、とんでもないところで間違えるの。」

彼は意表を突かれたようだった。少なくともこればかりは彼女自身の慰めになったと言える。（五三—五四頁）

この二つの例から張愛玲が解雇されたことにいかにこだわっているかがわかる（「同学少年都不賤」には二回「侮辱性」という言葉が見られるが、それは張愛玲の人間関係および「貴」と「賤」の別に対する敏感さを示しているのだろう）が、小説としての後者は、いつもの簡潔ながら含みのある張愛玲独自のスタイルからは少しずれているようだ。その他、薬局に行く途中の見聞もやや冗長だと言えよう。

くりかえすが、この小説は張愛玲の数十年の鬱憤を晴らすものでもあろう。張愛玲の離散の怨念が小説に影を落とし、その「欠点」を形成したのである。強い「自伝性」もプライバシーを極めて重視する張愛玲にとっては厄介になり、彼女はそれを人物や構成にある問題とともに小説の「欠点」とみなし、小説を投げ出したのかもしれない。

## 第四節　「怨」に囚われて

二十三歳の張愛玲は次のように夢を語っていた。「将来については、私は途方もなく遠大な計画をもっていた。中学を卒業したらイギリスに渡り向こうの大学で勉強する。〔中略〕私は林語堂よりもっと売れっ子になりたかった。とびっきりお洒落な服を着て、世界を周遊し、上海に自分の家をもって、すっきりさっぱりした生活を送りたかった」(60)。上海に居られなくなったら香港へ、後にアメリカに辿り着き、そこより先は逃げる道がない。社会主義体制の中国大陸にも戻りたがらなかったし、戒厳令下の白色テロの台湾にも行きたがらなかった。一九六八年に出版された『半生縁』の結びには「私たち、あのころには戻れないのね」(61)という新しい台詞が書き入れられた。それはまさに張愛玲自身の心の声であり、アメリカもある意味では彼女の避難所になった。

しかし、アメリカでの四十年にわたる移民生活は思わしくないことが多かった。英語での創作は失敗に終わり、私生活も円満とはいえない。二十九歳年上のフェルディナンド・ライアー（Ferdinand Reyher）との結婚生活は十一年続いたが、最後の四年間、夫の介護が旺盛な創作意欲を持っていた張愛玲の過大な負担にもなった。結婚当初、張愛玲はまだ未来を夢見て、ファッションに熱中したときもあったが、すぐに挫折した。「もし愛玲が健康で安定した収入のある人と結婚できるなら、暮らしに幸福感も生まれ、再び広い世界（アメリカは当然含まれる）に飛び込んで、興味津々にまた創作し始めるかもしれない」[62]と当時の彼女を振り返って、夏志清は言う。一九五七年、*Pink Tears* はチャールズ・スクリブナーズ・サンズ社に拒絶され、張愛玲はこの打撃に耐えきれず病気で倒れた。翌年のある夜、夢の中である有名な中国人作家が大きな成功を収めたのを見て、自分のことを恥じ、翌朝大泣きをした。[63]一九六七年にライアーが亡くなると、張愛玲はさらに自閉的になり、一九七一年には彼女は自分の挫折を「話ができる相手が見つからないから」[64]だと言った。故国とも、過去とも切り離された離散生活では、孤独とも戦わなければならない。

書くことで生計を立てられなかった張愛玲は翻訳、香港映画の脚本の執筆およびVOA（Voice of America）にラジオドラマを書くなどの仕事に手を染めたが、収入は安定せず、生活はずっと軌道に乗っていない。四十年間もの年月の中で、米国で比較的安定した収入を得られたのは一九六六年から一九七一年の間だけだった。[65]

一九三九年、張愛玲はロンドン大学の入学試験に合格したが、戦争のため進路は香港大学に変更された。また太平洋戦争の勃発のためあと一年のところで香港大学を卒業できなかった。戦争に触発されて「傾城之恋」などの名作を書いた張愛玲は優れた成績を取ったにもかかわらず学位には無縁だ。「『祖師奶奶』（女性の創始者）に足りなかったのはエキスパートのいわゆる『労組証書』（the union card）――博士学位だ」[66]と言われている。英文創作が失敗し、学位も持たない張愛玲にとっては就職が困難であり、抽象的な「大衆」ではなく具体的な人間を頼らなくてはならないときもあった。夏志清宛の手紙には以下のような箇所がある。「〔翻訳について〕向こう〔研究機関〕は学位によって支払いますが、私は大学さえ卒業していません」。「教えることは資格や経歴が足りないにしても試してみたいです」。「私が副業を探すのはいつまでもvicious circleです。筆一本で生計を立てられるなら副業を探さなくても良いのですが。このvicious circleを壊すことを手伝ってくれる数人の人たちにはたいへん感謝したいです。この問題の難しさを分かってくれるからです」。「数年来自分を大事にしてくれる人だけには慙愧し、すまなく思います」。「気分が優れず、体を大事にしていても一ポンド一ポンド痩せていきます」[67]。……vicious circle（悪循環）はなかなか断ち切れず、心理状態も健康状態も一向によくならない。

こうした生活の中から、張愛玲は中国で言うところの「怨嗟」或いは「怨」の情念が芽生え始めたのだろう。『論語・陽貨』には「詩は以て興すべく、以て観るべく、以て群すべく、以て怨むべし」がある。「興」、「観」、「群」、「怨」は伝統的文芸批評の大原則でもあり、鬱憤を晴らし、不平を言うという意味の「怨」の伝統は綿々と続いてきた。古代詩には「怨婦詩」があり、作者は往々にして自分の不遇や不運を女性に託する男性詩人であり、その長い系譜には屈原、李白、杜甫などが載せられている。張愛玲がその出世作の「金鎖記」より書き直した長篇小説の中国語タイトルは『怨女』であり、この「怨女」物語を一九四三年から一九六七年までの間、中国語と英語で五回ほど書き直した[68]ことからも張愛玲のこだわりが窺える。「金鎖記」―『怨女』物語が彼女の心境を表している「怨婦詩」であるとしたら、[69]「同学少年都不賤」はそれ以上の「怨婦詩」であろう。『怨女』の主人公銀娣《インディ》は晩年「怨」を嘗めながら自分とはほとんど無関係の世界で孤独に暮らし、結びで「三爺」の訃報を聞き、「時間は永遠に彼女の味方で、彼女の正しさを証明する」[70]と思った。それは「同学少年都不賤」の趙珏がケネディの死から得た「原始的慰安」（五一頁）とは同工異曲で、ともに蒼涼たる離散経験を経た張愛玲の心の声に聞こえ、かつての「慈悲」から「怨」までの長い道のりを示している。

張愛玲は「中国に生まれ、台湾に生き、アメリカに死す」[71]と言われる。若き張愛玲は「蒼涼」、「荒涼」、「凄涼」などの言葉を好んで使っていたが、正真正銘の「蒼涼」を感じたのは三十年後のアメリカの月を見たときだろう。「怨」は「慈悲」の対極にある感情だ。嘆息、皮肉、自己憐憫、訴えや弁解などネガティブな気持ちが「慈悲」の心を蝕んでいる。張愛玲にとっては、「怨」に囚われ、心に地獄があると自覚していてもどうにもならなかったのかもしれない。「同学少年都不賤」に「欠点」があると自らわかっていても、書き直すよりとりあえず放り出しておきたかったのだろう。

アメリカにいた四十年間、張愛玲は自伝的長篇小説『小団円』や *The Fall of the Pagoda, The Story of the Change*[72] を書き、旧作を書き直し（『十八春』を『惘然記』と『半生縁』に、「金鎖記」を『怨女』、*Pink Tears* および *The Rouge of the North* に）、「色、戒」、「相見歓」と「浮花浪蕊」などの短篇小説に加え数少ないエッセイなどを書いたが、本格的にアメリカでの生活を描いたのは「同学少年都不賤」である。人気の高い「傾城之恋」や「金鎖記」などの小説が『紅楼夢』を連想させると言うなら、「同学少年都不賤」は『海上花列伝』[73]を思い出させる。「同学少年都不賤」は張愛玲自身の頂点である「紅玫瑰與白玫瑰」、「金鎖記」を超えることはなかったが、後期張愛玲を代表する重要な作品である。『海上花列伝』の愛読者数が『紅楼夢』の愛読者数に遙かに及ばないように、「同学少年都不賤」の読者も「金鎖記」などの名作より少ないだろう。しかし、この異郷の「怨婦詩」は隠遁生活を送ろうとした張愛玲が生の社会に別れの手を振った作品としてこれからも読者を惹き付けるであろう。

「中国への執念」（Obsession with China）から抜け出せず、人間性を深く掘り下げられない同時代の多くの華人作家とは違い、張愛玲は人間性を描くのが得意だった。その心理状態がもっと従容としていたら、さらに完成度の高い作品を期待できたはずだ。

九〇年代に入り、アメリカもいわゆる多元文化社会になりつつある。「私がアメリカに暮らした三十年間に、文学の地平が変化し、こんなたくさんの挑戦的で開放的な方向へと変化し分かれるのは本当に考えもしなかった(74)」と、初めて米国の大手主流出版社より出したアジア系アメリカ人作家のアンソロジー——*Charlie Chan Is Dead* の編者が嘆いている。張愛玲の死後の一九九八年三月、カリフォルニア大学出版局が張愛玲の *The Rice-Sprout Song* と *The Rouge of the North* を再版し、張愛玲はマイノリティの華人作家の列に入れられた。二〇〇五年五月、散文集『流言』の英語訳も出版された(75)。

張愛玲は台湾出身ではないにもかかわらず台湾現代文学とくに女性文学の「祖師奶奶」と呼ばれ、中国現代文学史においても数人しか数えられない一流作家の列に属している。目下「華文文学」や「華人文学」作家ともみなされているが、「中国への執念」が強い前者およびアイデンティティ問題に悩める作品が多い後者とは一線を引き、張愛玲文学のスタイルの変遷に注目しながら離散の角度からその後期の作品を考察してゆくのもよかろう。

(1)「離散」はしばしば「ディアスポラ」(Diaspora、本来「離散」を意味するギリシア語、パレスチナ以外の地に離散して暮らすユダヤ人とその社会を指し、転じて、原住地を離れた移住者とその社会を言う。またはそのように離散すること自体を指す)と表現されるが、本書では「離散」を用いたい。

(2) 張愛玲「私語」『流言』『張愛玲全集』(三)香港・皇冠出版社、一九九四年二月、一六二頁。

(3) 魯迅「吶喊・自序」『魯迅全集』(第一巻)北京・人民文学出版社、二〇〇五年十一月、四三七頁。

（4）邵迎建『伝記文学与流言人生』北京・生活・読書・新知三聯書店、一九九八年六月、三頁。
（5）張子静「我的姐姐」、季季・関鴻編『永遠的張愛玲』上海・学林出版社、一九九六年一月、一〇頁。
（6）前掲「私語」、一六〇頁。
（7）同上、一六二頁。
（8）張愛玲「洋人看京戯及其他」、前掲『流言』、一〇七頁。
（9）張愛玲「談跳舞」、前掲『流言』、一八三頁。
（10）同上、一八七頁。
（11）張愛玲「詩与胡説」、前掲『流言』、一四九頁。
（12）張愛玲「公寓生活記趣」、前掲『流言』、三〇頁。
（13）張愛玲「談音楽」、前掲『流言』、二一八―二一九頁。
（14）「傾城之恋」と「紅玫瑰與白玫瑰」はそれぞれ一九四三年と一九四四年に『雑誌』に連載、ともに『傾城之恋』（『張愛玲全集』（五）、香港・皇冠出版社、一九九一年八月）所収。本節中の引用箇所に付した頁数は引用元『傾城之恋』の頁数である。なお、訳文はそれぞれ池上貞子訳『傾城の恋』（平凡社、一九九五年三月）および垂水千恵訳「赤薔薇・白薔薇」（今福龍太ほか編『世界文学のフロンティア4・ノスタルジア』岩波書店、一九九六年十一月、所収）を参考にした。
（15）藤井省三「解説」（張愛玲・楊絳『浪漫都市物語　上海・香港'40s』ＪＩＣＣ出版局、一九九一年十二月）を参照。
（16）張愛玲「写『傾城之恋』的老実話」『対照記――看老照像簿』『張愛玲全集』（十五）香港・皇冠出版社、一九九四年七月、一〇三頁。
（17）張愛玲はエッセーの「存稿」（前掲『流言』所収）でこの習作に言及した。
（18）前掲「写『傾城之恋』的老実話」、一〇三頁。
（19）同上。
（20）李欧梵「不了情――張愛玲和電影」（楊澤編『閲読張愛玲――張愛玲国際研討会論文集』台北・麥田出版、一九九九年十月）を参照。
（21）前掲「写『傾城之恋』的老実話」、一〇三頁。
（22）迅雨（傅雷）「論張愛玲的小説」、『万象』一九四四年五月第三巻第十一期。唐文標『張愛玲雑碎』（台北・聯経出版事業公司、一九七六年五月、一三四頁）より引用。
（23）張愛玲「『紅楼夢魘』自序」（『紅楼夢魘』台北・皇冠出版社、一九七七年八月）を参照。
（24）水晶「潜望鏡下一男性」（『張愛玲的小説芸術』台北・大地出版社、一九七三年九月）を参照。
（25）前掲「談跳舞」、一八一―一八二頁。
（26）張愛玲「更衣記」、前掲『流言』、六八頁。
（27）張愛玲「我看蘇青」『余韻』『張愛玲全集』（十四）香港・皇冠出版社、一九九三年八月、九三頁。
（28）張愛玲「談女人」、前掲『流言』、八八頁。
（29）張愛玲「封鎖」（『第一炉香』『張愛玲全集』（六）香港・皇冠出版社、一九九三年三月）の主人公。
（30）前掲「私語」、一六二頁。林語堂（一八九六―一九七六）は、作家、言語学者。代表作に、英文で中国文化を紹介する *My Country and My People*（わが国土・わが国民）などがある。
（31）宋淇（筆名は林以亮）「私語張愛玲」（『華麗與蒼涼――張愛玲記念文集』香港・皇冠出版社、一九九六年四月）および高全之「林以亮　私語張愛玲　補遺」（『聯副電子報』二〇〇三年九月八日）を参照。
（32）夏志清「『又見棕櫚、又見棕櫚』序」『文学的前途』北京・生活・読書・新知三聯書店、二〇〇二年十二月、一一六頁。
（33）John Wakeman, ed., *World Authors1950–1970. A Companion Volume to Twentieth Century Authors*. New York: Wilson, 1975. pp. 297–298.
（34）夏志清「張愛玲給我的信件（五）」『聯合文学』（台北）一九九七年九月第十三巻第十一期、七〇頁。
（35）夏志清「張愛玲給我的信件」『聯合文学』（台北）一九九七年四月第十三巻第六期、五二頁。
（36）同上、五六頁。

(37) 林語堂「雑説」『我的話・行素集』上海・時代図書公司、一九三四年八月、四二頁。
(38) 林語堂「一捆矛盾」『八十自叙』台北・遠景出版社、一九八〇年六月。
(39) Elaine H. Kim, *Asian American Literature, an Introduction to the Writings and Their Social Context*. Philadelphia: Temple University Press, 1982. p. 28.
(40) 水晶「蟬——夜訪張愛玲」、前掲『張愛玲的小説芸術』、三一頁。
(41) 前掲「私語張愛玲」、一二四頁。
(42) 張愛玲「童言無忌」、前掲『流言』、九頁。
(43) 前掲「『紅楼夢魘』自序」、一〇頁。
(44) 張愛玲『同学少年都不賤』台北・皇冠出版社、二〇〇四年二月（繁体字版）、天津人民出版社、二〇〇四年三月（簡体字版）。第三節と第四節の引用箇所に付した頁数は皇冠版『同学少年都不賤』の頁数である。
(45) 夏志清「張愛玲給我的信件（十）」台北『聯合文学』一九九八年七月第十四巻第九期、一四〇頁。
(46) 張愛玲「代序」、前掲『余韻』、五頁。
(47) 水晶「蟬」、前掲『張愛玲的小説芸術』、二七頁。
(48) 鈴木虎雄・黒川洋一訳注『杜詩』（第六冊）、岩波書店、一九六六年二月、一八三頁。
(49) 張愛玲「憶胡適之」（『張看』『張愛玲全集』（八）、香港・皇冠出版社、一九九二年三月、一四二頁）を参照。「平淡而近自然」はもともと魯迅が『中国小説史略』の中で『海上花列伝』に与えた評語であるが、胡適はそれを用いて張愛玲の『秧歌』を評価した。
(50) 前掲「我的姐姐」を参照。
(51) 前掲「張愛玲給我的信件（十）」、一四〇頁。
(52) 本書では大まかに渡米の前後をもって創作の前期と後期を分ける。
(53) 張愛玲「自己的文章」、前掲『流言』、二一頁。

(54)前掲「『紅楼夢魘』自序」、一一頁。

(55)風芩「貧亦不賎——読『同学少年都不賎』」、http://bbs2.netease.com/culture 網易・大師論壇・張迷客庁。二〇〇五年二月二十日引用。

(56)流蘇「同学少年都不賎、後世読者総是迷」、同上より引用。

(57)『秧歌』と『小艾』の中で、労農階級の金根と月香および金槐と小艾は仲のいい夫婦として描かれている。しかし、張愛玲はその間柄をある程度理想化し、しかも小説の力点もそこに置いていない。

(58)前掲「自己的文章」、二二頁。

(59)夏志清「張愛玲給我的信件(六)」『聯合文学』(台北)一九九七年十二月第十四巻第二期、九九—一〇〇頁。張愛玲は一九六九年七月よりカリフォルニア大学バークレー校中国研究センター研究員の職に就いたが、上司であった陳世驤と意見が合わず、一九七一年五月に解雇された。

(60)張愛玲「私語」『流言』、清水賢一郎訳「囁き」『浪漫都市物語　上海・香港'40s』(藤井省三監修)JICC出版局、一九九一年、一三三頁。

(61)張愛玲『半生縁』、方蘭訳『半生縁　上海の恋』勉誠出版、二〇〇四年十月、三四一頁。

(62)夏志清「序」、司馬新『張愛玲在美国——婚姻和晩年』上海訳文出版社、一九九六年七月、一三頁。

(63)前掲『張愛玲在美国——婚姻和晩年』、九四—九五頁。

(64)James K Lyon「善隠世的張愛玲與不知情的美国客」(葉美瑶訳)『聯合文学』(台北)一九九七年四月第十三巻第六期、六五頁。

(65)一九六六年九月—一九六七年四月マイアミ大学の滞在作家、一九六七年七月—一九六九年六月マサチューセッツ州Radcliffe College、Bunting Institute研究員、一九六九年七月—一九七一年五月カリフォルニア大学バークリー校中国研究センター研究員。

(66)劉紹明「落難才女張愛玲」『情到濃時』上海・三聯書店、二〇〇〇年三月、三七七頁。

(67) 前掲「張愛玲給我的信件」、四七―五八頁。

(68) 高全之「『怨女』的芸術距離及其調適」(『張愛玲学――批評・考証・鉤沈』台北・一方出版有限公司、二〇〇三年三月)を参照。

(69) 『怨女』については、王徳威「此怨綿綿無絶期」(『如何現代、怎様文学――十九、二十世紀中文小説新論』台北麦田、一九九八年十月)および前注高全之も同じ理解を示している。高全之は移民の視点から『怨女』を解読している。

(70) 張愛玲『怨女』『張愛玲全集』(四)香港・皇冠出版社、二〇〇四年一月、一九〇頁。

(71) 陳芳明「毀滅與永恒」、前掲『華麗與蒼涼――張愛玲記念文集』、二二七頁。

(72) 張愛玲『小団円』台北・皇冠出版社、二〇〇九年三月。*The Fall of the Pagoda* および *The Story of the Change* はともにHong Kong University Press, 2010. 趙丕慧訳『雷峰塔』『易経』はともに香港・皇冠出版社、二〇一〇年九月出版。

(73) 『海上花列伝』、清末の長篇小説、作者は韓邦慶。

(74) Jessica Hagedorn, ed., Introduction, *Charlie Chan Is Dead: An Anthology of Contemporary Asian American Fiction*. Penguin Books, 1993.

(75) Eileen Chang, *Written on Water*. Translated by Andrew F. Jones, Columbia University Press, 2005.

# 第三部　異郷・灰色・ポストメモリー

# 第七章　北京の台湾文人三銃士

## 第一節　越境してきた台湾文人

日本占領下の北京では台湾から越境してきた文人たちも活躍していた。最も目立っていたのは洪炎秋（ホン・イエンチウ、こうえんしゅう、一八九九―一九八〇）、張我軍（チャン・ウォジュン、ちょうがぐん、一九〇二―一九五五）、張深切（チャン・シェンチエ、ちょうしんせつ、一九〇四―一九六五）の三人で、台湾の文学史家秦賢次《チン・シエンツー》はこの三人のことを「台湾文人三銃士」(1)と称している。

年齢が近く、ともに長い歳月異郷の北京に滞在した（洪炎秋は二十五年、張我軍は二十年、張深切は九年）三人は経歴等共通した部分が多く、性格も合い、助け合いながらともに異郷北京の時空を共有し、深い友情で結ばれていた。張我軍は一九二四年北京で羅文淑《ルオ・ウェンシュ》と知り合い、恋人になった。翌年張我軍が台湾にしばらく帰った頃、羅文淑の両親は彼女をほかの人と結婚させようとしたさい、洪炎秋は台湾にいる張我軍に電報を発しそれを告げた。北京に駆けつけた張我軍は彼女を説得し一緒に南へ駆け落ちし、台湾で結婚式を挙げた。張深切が編集長を務めた雑誌の『中国文芸』はしばしば洪炎秋と張我軍の文章を載せ、「編後記」でもその内容を敷衍していた。洪炎秋が経営している「人人書店」はよく張我軍の本を出版していた。(2)三人の友情について張深切は、「北京にいた同郷人はみんなレベルが高く、ほとんどが高等教育を受けており、やくざや『ゴロッキ』の類は少なかった。厦門や福州、上海などに比べ文明度がはるかに洗練されていたので、私はとてもうれしく感じ、私にとってやりがいのある場所だと思った。私は炎秋、我軍とたちまち莫逆の交わりを結んだ。炎秋は秘密裡に偽組織〔不法な組織。日本が占領した地域に作られた組織〕支配下の北京大学、北京師範大学を監視する使命を負っていたから、いかなる大学の専任教授のポストにもつかず、各大学または専門学校の講師のみ兼任して、毎日苦労して電車で東奔西走し、至って忙しかった。我軍は北京大学の専任教授を務め、わりと暇があったので、私と会う時間もわりと多く、いろいろと助けてくれた」(3)と振り返る。

「三銃士」の中で、最初に北京に着いたのは洪炎秋である。洪炎秋、本名洪樵、筆名は芸蘇、一八九九年彰化鹿港に生まれる。生い立ちについて洪炎秋は次のように述べている。

父は清代の秀才であった。日清戦争で〔台湾〕は捨てられた地となった。世の中が日に日に変わって行くのを見て父は功名を諦め、以後大陸にも渡らず、詩文を楽しみとし、隠居の頑民〔旧習に従い、新政を喜ばない民〕暮らしをしていた。当時一部の自重しない日和見主義者たちは、少しでも外国語を習ったら、権門を目指そうとする。虎の威を借る狐のように本来の面目を忘れ、あたかも古人のいわゆる「漢人が胡人の言葉を学んで、お城に君臨して漢人を罵る」の如くである。我が父はそれを骨の髄まで憎んで、我々を学校に入れず、自ら家で我々の「誦経読史」を監督し、教育した。(4)

北京で発表されたこの随筆からは、当時の「日和見主義者たち」を皮肉る含みも読み取れるし、洪炎秋の早期教育が「誦経読史」という儒家の伝統教育であることもわかる。

まもなく少年洪炎秋は父親に押しつけられた「誦経読史」式の教育だけでは満足できなくなった。日本語を勉強しようとする洪炎秋は、父と衝突せざるをえなかった。「当時、私は新しい学問に無限の憧れを抱いた。新しい学問を習うには日本語がわからなければならないが、亡父は徹底的な反日的知識人で、日本人をひどく怨んでいるだけではなく、日本人のすることなすことすべてを厭がり、日本語ももちろん例外ではなかった(5)」と、洪炎秋は振り返る。幸い当時、鹿港公学校の平田丹蔵校長が学校に入らない人のため夜間学校を開いたので、洪炎秋は厳父に内緒で入学して日本語を学び始めた。日本への留学も父親の許可をもらえず、密かに父の銀行貯金から六百元を引き出し、黙って出発したのである。日本体育会荏原中学校で約二年間、資金が尽きるまで勉強したが、父からは延長の学費をもらえず、一九二〇年三月、卒業を待たずに台湾に帰った。

大陸はその頃五四新文化運動の真最中だった。北京または北京大学に憧れ、洪炎秋は北京留学を決意した。「中国の政治革命は、辛亥の年の武漢蜂起により成果を収めたが、文化革命は民国八年の五四運動から始まったのである。五四運動において、影響力が一番大きかったのはおそらく『新青年』雑誌の執筆者たちにほかならない。私が遥か遠くから北京に勉強に行ったのは、実を言うと『新青年』を執筆している北京大学の教授たちに引かれたからだった(6)」と洪炎秋は回想している。おりよく一九一九年九月、北京大学は「華僑学生入学通融辦法」(華僑学生の入学を融通する方法)を公表し、「中学校を卒業したばかり或いは卒業後それほど時を経過せず進学の道を求めてさまよっている志ある台湾人学生に、光輝く大道を示した(7)」のである。なお台湾人大陸留学の背景について秦賢次は、「五四運動初期の台湾人学生にとって、医学校、師範学校、あるいはほかの農林、工業などの職業学校を卒業すると、いずれもいい出世の道があり、卒業してすぐ就職口を見つけられる。しかし一般公学校［台湾人用小学校］出身者、および普通中学校あるいは商業学校の卒業者はよく進学先に迷ってしまう。家庭が裕福な人は大半が日本ないし欧米に行って学問を続けるが、経済状況があまり思わしくない人、または植民地教育に深く不満を感じている人、あるいは強い民族意識を持っている人は、大陸へ行って勉強を続けることを考えた[8]」とまとめたが、洪炎秋の場合は北京への憧れも加えねばならない。父との大陸旅行の後、洪炎秋はついに北京留学の願望が叶った。

一九二三年一月、洪炎秋は台湾から北京に到着し、半年の補習を経て、六月に北京大学の予科に合格した。これは台湾人学生が試験を経て北京大学に正式入学した皮切りだった。一九二九年六月、洪炎秋は北京大学教育学部を卒業、卒業論文のテーマは「日本帝国主義下的台湾教育」。「北大人」である洪炎秋は、「北京大学のいいところは、その万象を網羅する気概と独立で自由な精神にある。そのいいところは、形而上的であり形而下的ではない[9]」と、北京大学を称え続けていた。

張我軍、本名張清栄、原籍地は福建南靖、一九〇二年、台湾台北県板橋市に生まれた。一九一六年三月板橋公学校を卒業後、張我軍は日本人が経営する靴屋で二年間徒弟修業をした後、台北新高銀行の給仕、後に社員になった。張我軍は夜間は成淵学校で中学校の科目を補習し、週末や休日は万華のある老秀才について漢文を勉強していた。一九二三年、新高銀行は不景気でリストラを行い、張我軍が当時勤めていた新高銀行詰門支店は解散された。解散手当てをもらって、張我軍は北京に行って進学することを決めた。

北京では憧れの北京大学を目指したが、一九二四年九月の試験に通らず入学できなかった[10]。一九二六年六月、ふたたび北京に行き、私立中国大学国学科に入学。一年後には国立北京師範大学国文科に転入学。一九二九年六月に国文科を卒業した張我軍は「台湾人で大陸の大学の国文科を卒業した最初の人である」[12]。[11]

張深切は一九〇四年八月、台湾南投に生まれた。筆名には楚女、者也、死光、南翔、紅草、之乎などがある。七歳のとき、地元の「李春盛公館」にある私塾に入り、『三字経』および中国の小学生用教科書を習い始めた。啓蒙の先生は漢民族としての意識が強い鹿港出身の秀才洪月樵。公学校に入ったのは十歳になってからのことである。伝統的な暗誦を主とする読書方法から解放され、読書に興味を感じ始めたのもこの時期だった。

一九一七年、十四歳の張深切は日本に来て、伝通院礫川小学校に編入され、五年生となった。十六歳のとき、剣道の練習中に日本人の先生と衝突し、「清国奴」と言われたことをきっかけに「民族意識」に目覚め始めた。同年、張深切は豊山中学校に入学。一九二〇年、国を救うため科学を勉強しなければならないと思った張深切は、好みではない東京府立化学工業学校に転校、時を同じくして寄宿先も日本人の先生の家から小石川区茗荷谷にある高砂寮[13]に移った。一九二二年、張深切は青山学院中等部に編入学。当時中国大陸は新文化運動の真最中。張深切も洪炎秋や張我軍と同じく中国大陸に憧れ、一九二三年に大陸に渡った。一九二四年から短期間、上海商務印書館付属の国語師範学校で勉強したこともある。一九二七年、張深切は広州にある中山大学法科政治学部に合格した[14]。

洪炎秋、張我軍そして張深切——台湾出身の三銃士のそれぞれの留学、越境の動機は、自発的、外発的な理由が入り混じっていたが、五四運動以後の中国大陸への憧れは三人に共通しているものだと言えよう。

## 第二節　異郷歳月

北京は戦後台湾における雑文の大家である洪炎秋の最初の舞台となった。洪炎秋の雑文や随筆は字句をうまく組み合わせ、伝統的な文人のにおいを匂わせている。文人としての洪炎秋は主に「芸蘇」という筆名でエッセイを書き、本名で翻訳や論説を行った。(15) 洪炎秋は周作人や銭稲孫および自分と両者との関係について、人情味豊かな記録を残している。

北平論陥期間中、偽組織教育界の漢奸のうち、私は偽北京大学学長の銭稲孫と偽教育督弁の周作人の二人とは互いに親しい間柄であった。銭稲孫は日本人が必ず勝利すると信じていた。しかも論陥前はあまり良い境遇ではなかったので、いったん日本人に重視され、大学の学長にまでしてもらったら、とうぜん感激の涙にむせび、甘んじて日本の手先になったのである。周作人は終始日本が必ず失敗すると考えており、しかも戦前はすでに名声が天下に広く知られ、文教界の風雲児であったので、日本文化は好きだとはいえ、日本軍閥が大嫌いで、偽北京大学文学院長になったのはそもそも強制されてうわべだけ追従したにすぎない。はからずもいったん泥沼に陥ると、足を洗いにくくなってしまう。偽文学院では、彼の甥の豊二が庶務を担当し、幼なじみの友人が会計を担当して、二人はぐるになって悪事を働き、公金に大きな穴をあけた。教育総署はそれを清算できず、周作人も彼らに代わって払うことができない。そのまま放っておけば刑事訴訟に至るため、周作人は知っていながら罪を犯すほかなく、生き地獄に飛び込み、教育総署の督弁になって彼らの尻拭いをしたのである。この例を見るとわかるように、同じ漢奸でも、動機は人それぞれだった。北平のこの二人の文化漢奸の頭目と、私が学生の時からすでに親しく往来していたのは、周作人のエッセイに本当に感心させられたからである。銭稲孫の家の中に設けられた寿泉文庫は日本文化に関する書籍があまねく捜し集められていて、非常に豊富であり、いかなる図書館も比べものにはならないほどだった。そういうわけで、私は彼らのところに行くのが楽しみだった。淪陥の八年間、彼らは偽要人になったが、私に学校の先生をやらせた以外は、偽役人になるよう誘ったことは一回もなく、さらに日本人のためのいかなることもさせなかった。つまり、私という国情にもよく通じ、日本語もでき、漢奸になる資格を完全に持っている素材を泥で汚すことなく、いささかの面倒もかけなかったのだった。これについて、彼らに深く感謝の意を表さなければならない。(16)

洪炎秋は「漢奸」の立場に置かれた彼らの境地を思いやり、文化人としての彼らを理解し、さらに知友として感謝の意を表したのである。

洪炎秋は北京大学を卒業後、河北省教育庁課員を経て北平国立農学院で日本語を教え、また私立の中国、民国、華北、郁文各大学で教育学と国文学を教えた。北京が占領された後は、北京大学農学院の財産保管委員となり、生活のため北京大学と師範大学で教える一方、「人人書店」を経営し、語学の専門書を出版していた。劉心皇《リウ・シンホワン》の『抗戦時期論陥区文学史』は論陥区にいた「落水作家」（裏切り者の作家）をほぼ網羅しているが、洪炎秋の名前は挙げていなかった。

張我軍は早くから台湾で名を成した。北京で受けた新文化運動の影響が実り、一九二四年三月二十五日、張我軍は「沈寂」(17)という初めての新詩（白話詩）を書いた。張我軍は一九二四年十月に台北に帰り、約一年間『台湾民報』を編集し、文芸評論を続々と『台湾民報』に発表した。[18] 一九二五年十二月には、「沈寂」を含めた詩集の『乱都之恋』を自費で台湾民報社より出版している。北京という「乱都」での恋愛体験をもとに書かれた『乱都之恋』は台湾の『嘗試集』[19]とも言えよう。『乱都之恋』は台湾初の公式に出版された新詩集となり、新文学を提唱する張我軍も台湾新文学の旗手となった。

「我軍はこの詩集を出版した後、新夫人を連れて北京に戻り、翻訳で生活を支え、前途を開くことを決心した。〔中略〕我軍は師範大学に転校してから、周作人や銭稲孫ら日本文学の大家と知り合った。彼らの紹介を経て、我軍は翻訳作品をだんだん雑誌や〔新聞の〕文芸欄に発表できるようになり、ときには単行本も出した。知名度はますます高くなり、数多くの人が彼について日本語を勉強するようになった」[20]と、洪炎秋は『乱都之恋』出版の後日談を語っている。一九二六年北京に定住してから、張我軍は日本の文学作品や学術書を大量に翻訳し始めた（夏目漱石、有島武郎、武者小路実篤、徳田秋声、山川均など）。大学卒業後、張我軍は北京大学文学院日本文学学部、北京大学工学院で日本語を教え、「国内の大学で日本語を教える初めての台湾人」となった。[21] 張我軍が書いた『日本語基礎読本』は九回再版され、十数校の大学で教科書として採用された。張我軍が編集長を務めた『日文与日語』雑誌は「民国以来中国人によって創刊されたはじめての、そしておそらく唯一の日本語を研究する月刊誌であり」、張我軍は「中国人の日本文学と日本語学習に対し誰よりも大きく貢献した」と称えられた。[22] 橋川時雄も「日本語習得読物に関する著述と日本文学書の訳書とが甚だ多い」[23]と記載している。

被占領下の北京では、張我軍はすでに恋愛中の「T島の青年」から所帯持ちの中年男になっており、おびただしい訳業は五人家族の生活のためでもあった。「お金さえもらえば、いかなる種類の書籍も翻訳する。経験が豊富で、彼に匹敵する者はほとんどいない」[24]と言われたが、「良心に悖るでたらめな翻訳はしたことがない、これはともかく自分の慰めである」[25]と彼は言う。洪炎秋は張我軍の翻訳に関する現実的かつ玄人的な考えを記録した。

ある日彼〔張我軍〕は翻訳する本を捜しに我が家にやって来た。私はちょうど『漱石全集』を買ったばかりだったので、中から『我輩は猫である』を取り出し、「とても面白い小説ですよ」と言って彼に渡した。彼には翻訳する勇気がなく、つぎのことを話した——自分の経験によれば、各種類の書籍のうち、自然科学は最も翻訳しやすく、つぎは社会科学、一番難しいのは人文学であり、その中ではとくに小説が頭を悩ますのである。なぜなら、作者が置かれた歴史的背景や地理環境をよく理解しなければならないし、ユーモアに富んでいるおびただしいシャレやかけことばも知らなければならない。さらに辞書には載っていないたくさんの訛りや方言があり、実に骨折り損の仕事である。結局彼は一冊の分厚い『文学論』を選んで持ち帰り、翻訳した。[26]

張我軍は日本研究者としても優れている。一九三五年十二月『日文与日語』が停刊したさい、張我軍は同誌に『別矣読者』（さらば、読者）を書き、日本を研究しようと呼びかけた。

中日両国の関係は日に日に密接になり、情勢は日に日に緊迫している。〔中略〕最悪の場合、誰も正式な戦争が起こらないとは保証できない。これはなんと不幸なんだろう。教育や文化に従事している人の立場から言えば、ぜひなんとかして両国の戦禍を止めにしたいものだ。ただし国際的な問題は本当に見通しがつかない。中日両国の将来はいったいどうなるかについてわれわれはあらかじめ判断することが難しい。しかし本格的に提携しようが戦おうがいずれにしても、我が国には一つの大きな欠点がある。それは国民の日本についての認識が乏しすぎるということである。[27]

なお被占領期の張我軍を語るのに避けて通れないのは彼が二回にわたって「大東亜文学者大会」に出席したことであり、それについては第三節で取り上げる。

盧溝橋事件後、張深切は「時局柄、台湾で事を成就することが難しいと感じ[28]」、「国のため義務を尽くすべき[29]」と思い、一九三八年三月に北京に到着した。本来抗戦地区に脱出するつもりだったが、家族を犠牲にしたくなく、それは思いとどまった。[30] 北京駅を出たとき、張深切は思いを馳せた。

駅を出ると、目の前に高くそびえ立っている朝陽門が見えた。これは初めて東京駅を出て宮城を見たときの感想とはまったく違う。当時は自分を卑下したのだが、今回は自らの誇りを感じるのだ。以前からよく「大前門」ブランドの煙草の箱でこの城楼を見ていたものの、その雄大さを感じなかったが、今度やっと現地に来てその実際の姿を見上げ、思わずうれしさを覚え長嘆した。〔中略〕私たちはこんなに偉大な文化を持ち、四方の夷族を征服でき、異民族を同化できたのに、今は城郭が変わらないが、人間は変わってしまった。侵略者日本の支配下、古都の人物はみな取るに足らぬ人間になってしまった。[31]

「取るに足らぬ」人間の間で、張深切は北京芸術専科学校の教授および訓育主任、国立新民学院の日文教授を担当し、中国文化振興会の委員にもなったが、[32] 被占領下北京文壇に対する最も大きな貢献はやはり『中国文芸』

を編集したことである。張深切については、木山英雄の『北京苦住庵記——日中戦争時代の周作人』[33]および黄英哲の「張深切における政治と文学」[34]が論及しており、「資料『張深切北京日記』」[35]が公表されたのを受け、岡田英樹の「淪陥時期北京文壇の台湾作家三銃士」[36]も発表されている。台湾で出版された『張深切全集』を加えると、張深切と淪陥時代北京文壇の関係がある程度見通せるようになる。その概要を以下にまとめてみる。

張深切は日本の美術評論家一氏義良の紹介で北支那方面軍参謀堂ノ脇光雄中佐と知り合い、堂ノ脇光雄に支えられ文芸雑誌を出版することになった。『中国文芸』を刊行するに際して張深切が出した四つの条件（一、編集方針と内容に一切干渉しない。二、雑誌にはいかなる宣伝の標語も載せない。三、主義思想の宣伝をしない。四、ほかの新聞雑誌団体に加わって政治活動をしない）はすべて堂ノ脇光雄の同意を得た。雑誌は一九三九年九月に順調に創刊され、一年たったころ、張深切は北支派遣軍司令部報道部宣撫担当の山家亨に雑誌の接収を通告された。その後、『中国文芸』は亀谷利一が主導する戦争の意義を宣伝報道していた武徳報社に組み込まれ、張深切は『中国文芸』を放棄せざるをえなかった。一九四三年「芸文社」の成立、『芸文雑誌』の創刊にさいして、張深切は林房雄および沈啓無と不仲となり、周作人との間にも誤解が生じ、やむをえず身を引いた。張深切はそれ以後北京文壇と縁を切り、商売で生計を立てていた。

『中国文芸』創刊号の「編後記」において張深切は「国破れ、党滅び、〔中略〕それは仕方がないが、文化は滅ぼされてはならない。我々は国が一日なくともかまわぬが、文化は一日としてなくてはいられない。文化は国家の命脈だからだ」[37]と述べている。被占領区で台湾出身の張深切が「文化」ばかり強調するのは苦心のすえの選択であろう。「文芸は、張深切にとって終始政治活動の外衣にとどまったようでもある」[38]という見方もあるが、一九三四年十一月台湾文芸連盟機関誌『台湾文芸』の主編を務めたこともある文人の張深切にとって、文芸はやはりかけがえのないものであり、「政治活動の外衣」とは言い切れないのではあるまいか。

## 第三節　張我軍と「大東亜文学者大会」

張我軍は一九四二年十一月と一九四三年八月、二回にわたり「大東亜文学者大会」に出席した。大会に出席した代表について、陳綿《チェン・ミエン》は「満〔州〕華〔華北、華中、華南〕蒙〔蒙古〕から来た代表のほとんどは後進の青年であるのに対し、日本の作家たちはみな文壇の高名な文人であり、長年の努力を経て今日のような崇高な地位を得た権威である」(39)と、その奇妙なコントラストを語っている。張我軍の出席について、洪炎秋は「彼がこの会議に出席した理由は、半分は周作人や銭稲孫など先輩の要請にあったためであり、半分は彼がずっと日本語を教え、名が一世を風靡したにもかかわらず、日本に行ったことがなく、授業中しばしば不都合を感じざるをえなかったからである。そのため、この招待にかこつけて日本に行き、各名勝地を遊覧することで教鞭をとるときの役に立てようと考えたのである。動機がとても単純であり、罪状として挙げるにはおよばない」(40)と説明している。秦賢次も、「私なりに推測すると、張我軍が東京に行きたがったのには、もう一つ重大な原因があったのだ。つまり、敬慕すること久しい日本の名作家たちに会いたかったのである。一回目に東京に行ったとき、張我軍は武者小路実篤と島崎藤村の二作家と面会した。武者小路は張我軍の恩師周作人のよき友であり、島崎は張我軍がその訳文を『国立華北編訳館館刊』に連載中の長篇小説『夜明け前』の原作者である。二回目に東京に行ったときには、張我軍はまた武者小路と数回面会し、武者小路の近作の長篇小説『黎明』〔原題：『曉』〕を翻訳することの同意を得ている」[41]と述べている。似た考えは張我軍の以下の随筆にも見られる。


去年十一月の初め、私は東京で初めて――しかもまた最後に――藤村先生に会った。

〔中略〕

今年の八月、私はまた用事があって東京に渡った。二十二日の午前中に東京につき、ホテルに入ったとたん、向こうで待っていた友人が教えてくれた――

「知っていますか。藤村先生が亡くなった！」

私の乗った汽車が東京に向かって東海道を走っていた二十二日午前の十二時半頃に彼がなくなったなんて、夢にも思わなかった。

本来、今年の日本に行くチャンスを利用し、有島生馬さんに連れられ藤村先生のお宅にお訪ねして、ついでに幾つかの質問を教えていただくようにと、方紀生さんにアレンジしてもらったのに、藤村先生とはこんなに縁がないとはとうてい思わなかった。[42]

張我軍の心中の藤村は「主義を語らず、空談を好まず、好奇心に任せず、ただ書くことに没頭する」[43]人である。「大東亜文学者大会」は張我軍にとって「用事があって東京に渡った」にすぎず、藤村に会うことこそが大事だった。

一回目の「大東亜文学者大会」の後、『朝日新聞』の「大東亜文学者大会を終りて・各代表が綴る感懐」というコラムで、張我軍は以下のように語っている。

三日間の会で参加した人々の熱弁を拝聴し、全員一せいの意見や感情の一致を見せられて心強く思つた。しかも百名にもあまる日本の文学者と席を同じくして親しく語り合ふことが出来たのは、現代日本文学の講座を北京大学で担当してゐる私にとつては誠に得難い機会であつた。

殊に島崎先生にお目に掛つて「夜明け前」の漢訳を申し上げて先生の快諾を得たことや武者小路実篤先生のお話を目の前で拝聴し得たことも、この大会に出席したお蔭だと、つくづく感謝してゐる。ただ惜しいことは、私の平素から尊敬してゐる幾人かの作家にお目にかゝる機会を得なかつたことである。(44)

「大東亜文学者大会」は張我軍に憧れの日本人作家に会うチャンスを提供したのである。

一回目の「大会」において、張我軍は研究、留学、文学賞の設立など具体的な問題について次のような意見を発表した。

私は文学研究教授及び学生の交換を提案したいと思ひます。一国の民族精神、国民気質、または人情、風俗、習慣等を知るためにはその国の言語や文学から入らなければなりません。文学は人に心と心とを繋ぎ合わせて融合させるものであります。大東亜における各民族が今後永久に亘る団結を図らなければならないこと、最早議論の時期既に過ぎて実行の時期に立ち至つてゐます。従つて、文学者は深く隣国の文芸を研究し、それを自国に紹介し、自国の国民に広く接触させることが、当面焦眉の急務と思ひます。これは今迄［も］

行はれて来はしたが、その指導者があまりにも少く、信用の置ける紹介は余り見られないやうです。この欠陥を補ふために本案を提出した次第である。

実行法については四項目に分け、一、国別、教授及び学生の交換は、当分のうち日満華三国に限るも可なり。二、人数は少なくも各国より毎年教授二名以上、学生十名以上交換を行ふべし。三、期間。教授研究期間は最初半年、学生の留学期間は最初は一個年とす。四、経費、これは先程提案のあつた東亜文化研究院が創立されましたら、そこで負担するものにしたい。[「東亜文化研究院」は華中代表の予且《ユーチエ》の提案である。(45)]

二回目の「大会」において、張我軍は「島崎藤村文学賞」を提案し、そのきっかけを次のように語っている。

この提案といふものは東京へ着きましてから作りましたのです。我々が東京に着きました二十二日、ホテルに着くなり藤村先生がなくなられたといふことを聞きまして、全中華の代表達はがつかりしました。その時から既に何か藤村先生、つまりこの東亜で生まれた最も偉大な文豪たる藤村先生を記念しなければならないといふ感に打たれまして、急にこの案を作った訳であります。(46)

張我軍が提案した「島崎藤村文学賞」は保留されたが、多くの支持を得た。

大会に出したすべての議案がほとんど全部円満に解決されたが、「島崎藤村賞」は保留になった。文学報国会事務局久米正雄先生が示したのは「一個人の名前を冠した賞金の設置については、本会はさらに十分に考慮しなければならない」という理由である。このためこれに対し原提案者の張我軍先生がふたたび発言し、「もし文学報国会側が受け入れにくいのなら、日本の文学者が他に組織を作りそれを行うことを希望する」と主張した。張氏の粘り強い要請は満場の喝采を博した。(47)

同じく二回目の「大東亜文学者大会」において、張我軍は中学生や小学生向けの読み物が足りないことについても心配を見せ、具体的な意見を提出した。(48)「大東亜共栄圏」の「文学版」である「大東亜文学者大会」は、日本語を大会用語とした。従って、日本語ができない代表たちにとって「日本語化」された当の大会は彼らが「失語症」を患った場でもあった。日本語を解さない華南代表の陳璞《チェン・プー》は「私は日本語がわからない。今回東京に来て、唖者のようだった」(50)と述べた。華中代表の周越然《ジョウ・ユェラン》(49)は帰国後「説話難」という随筆を書いた。

［東京にいた］十数日間、人の前で話したのは五十言に足りなかった。［中略］しかし私は決して話すのを嫌う人ではない。南方（上海）にいる時は毎日喋り、毎日友人と冗談を言う。時にはあやふやな話を言うのが厭で、よく正直に物を言うのである。みんなが私を見ると恐がるのは、彼らの不正行為を指摘されるのを深く恐れているからだ。(51)

「失語症」患者たちの間で、張我軍は両国の言葉で自由に自分の意見を述べられ、吉屋信子に「日華の間の橋」といわれた。

代表の中には「万緑叢中紅一点」の関露女史がおり、〔中略〕大会席上私と関露女史とはともに自国の言葉を使えず、互いに敵国の言葉で代用せざるをえなかった。〔中略〕張我軍氏等は本国語で発表した後、自分でまた日本語で翻訳し、実にうらやましい。この点から見てもわかるように、所謂貴重な代表はこの通りである。氏は実は日華の間の橋であるといえよう。(52)

このように、「大東亜文学者大会」で「橋」と称された張我軍は「英米文化撃滅」など付和雷同した発言も行ったが、中日戦争という不幸な時代の中で、彼は「大東亜文学者大会」という機会を精一杯に利用して文化交流をめぐる具体的な意見を出し、小は自己の日本語の翻訳や教授、大は中国における日本研究のいっそうの充実を図っていたのである。

## 第四節　三人のその後

洪炎秋は一九四六年五月に台湾に戻ってから雑文集、随筆集を多数出版し、台湾の著名な雑文家になった。台中師範校長、『国語日報社』社長、台湾大学中文科教授なども務め、北京に留学した台湾人学生の中で知名度が最も高い人だと言われる。(53)

張我軍は一九四六年六月台湾に戻り、台湾省教育会編纂組主任になった。一九四七年「二・二八事件」前後には台中師範校長洪炎秋の家に寄寓したこともある。一九四八年から季刊誌『台湾茶葉』を主編した。一九五〇年から『日華字典』を編纂しはじめたが、一九五五年に亡くなるまでの間に五分の一しか完成しなかった。生涯の最後まで中日文化交流のため尽くしていた。

張深切は一九四六年春に台湾に戻り、九月には台中師範校長洪炎秋に招聘され、同校の教務主任になった。「二・二八事件」後に国民党に指名手配され、南投中寮山に逃げ、数ヶ月身を隠した後、長年にわたって国民党の監視下に置かれた。一九六一年に台中で「古典コーヒー屋」という文芸サロンを開き、著述に専念した。

新文化運動の影響を受けて、民族的、文化的アイデンティティを求めて台湾から大陸にやってきた「三銃士」は、戦後は異郷北京での重い記憶を背負って台湾に帰還し、「アジアの孤児」(54)の宿命をも背負って残りの人生を過ごしていた。

(1)秦賢次「台湾新文学運動的奠基者——張我軍」『中国現代文学研究叢刊』一九九〇年第三期、二三六頁。

(2)人人書店より出版された張我軍の本には以下のものが挙げられる。『日語基礎読本』一九三二年、『高級日文自修叢書』(一—三冊)一九三四年、『現代日本語法大全——分析篇』一九三四年、『日語基礎読本自修教授参考書』一九三五年、『現代日本語法大全——運用篇』一九三五年、『高級日文星期講座』(一—三冊)一九三五年、『標準日文自修講座』(一—五冊)一九三六年、『日語模範読本』(一—二巻)一九三九年。張我軍が編集長を務めた『日文与日語』雑誌(一九三四年一月—一九三五年十二月)も人人書店より発行された。

(3)張深切『里程碑——又名:黒色的太陽』台中・聖工出版社、一九六一年十二月。『張深切全集』(全十二巻、第二巻、台北・文経出版社有限公司、一九九八年一月)より引用、六四三頁。

（4）洪炎秋「我父与我」『中国文芸』一九四〇年一月第二巻第一期、六頁。
（5）洪炎秋「我的自学進修経験談」『常人常談』台中・中央書局、一九七四年（中華民国六十三年）十月初版、二七頁。
（6）洪炎秋「国内名士印象記」『廃人廃話』台中・中央書局、一九七〇年（中華民国五十九年）七月第四版、一六七頁。
（7）秦賢次「張我軍及其同時代的北京台湾留学生」、彭小妍主編『漂泊与郷土――張我軍逝世四十周年記念論文集』台北・行政院文化建設委員会、一九九六年（中華民国八十五年）五月初版、所収、六四頁。
（8）同上、六三頁。
（9）洪炎秋「自伝」『洪炎秋自選集』台北・黎明文化事業股份有限公司、一九七五年（中華民国六十四年）元月初版、一三頁。
（10）『北京大学日刊』第十一分冊一九二四年九月十九日、北京人民出版社、一九八一年複製。
（11）張我軍の学歴について、劉心皇の『抗戦時期論陥区文学史』は「国立北京師範大学卒業、東京高等師範学校、早稲田大学文学部卒業」（二七四頁）と記載している。橋川時雄の『中国文化界人物総鑑』（中華法令編印館、一九四〇年（昭和十五年）十月）も「国立北京師範大学卒業後日本に留学して東京高等師範学校に学び、早稲田大学文学部を卒業」（四〇四頁）と記載している。これについて、洪炎秋は「懐才不遇的張我軍兄」（洪炎秋『老人老話』、台中・中央書局、一九七七年（中華民国六十六年）八月初版）の中で、このように書いている。

張我軍兄の学歴について、「劉心皇が」「東京高等師範学校に学び、早稲田大学文学部を卒業」というのは、単なる噂にすぎず、まったくそのような事実はなかったのだ。これは橋川時雄が編纂した『中国文化界人物総鑑』の誤りから来たのである。橋川のこの本は民国二十九年の十月、民国元年以来同書が出版されるまでの間の健在の四千名あまりの文化界人士を収めた人名辞典である。中日両国で出版された各種の人名録に基づいて、彼が主宰した東方文化総会が調査した資料を参考にして編集したのである。ただし同書はわずか六ヶ月の間に作成されたものであり、資料が多いけれど、せいては事を仕損じることは免れなかった。（一三〇頁）

(12) 前掲「張我軍及其同時代的北京台湾留学生」、五九頁。
(13) 高砂寮とは、一九一二年に台湾総督府が台湾人留学生のため設立した学生寮である。
(14) 広州で学生運動を起こしたため、張深切は一九二八年十二月に懲役三年と判決され、翌年四月二審で二年に減刑された。卒業したかは不明。
(15) 洪炎秋のエッセイには『中国文芸』で発表された「偸書」(一九三九年九月第一巻第一期)、「健忘症礼賛」(一九三九年十月第一巻第二期)、「閑話鮑魚」(一九三九年十一月第一巻第三期)、「関於死」(一九三九年十二月第一巻第四期)、「賦得長生」(一九四〇年一月第一巻第五期)、「就〝河豚〟而言」(一九四〇年二月第一巻第六期)、「我父与我」(一九四〇年三月第二巻第一期)、「駁夫術」(一九四〇年五月第二巻第三期)、「辮髪茶話」(一九四〇年六月第二巻第四期)、「貌美論」(一九四〇年七月第二巻第五期)などがあり、翻訳には『日本研究』で発表された中村孝也の「日本精神的特質」(一九四三年十一月第一巻第二期)、田村剛の「日本庭園的国民性」(一九四三年十二月第一巻第三期)などがあり、論説文には『日本研究』で発表された「何謂大和魂」(一九四四年一月第二巻第一期)などがある。
(16) 前掲「自伝」、四―五頁。
(17) 張我軍「沈寂」『台湾民報』二巻八号一九二四年五月十一日。

この乱世の京城で、
この眩しい春光の中で、
一人のT島の青年は、
ふるさとが恋しく、
恋人を思う!
(以下略)

（18）張我軍がこの時期に『台湾民報』に書いた文芸評論の中では、以下の編目が重要視されている。「糟糕的台湾文学界」（二巻二十四号）、「為台湾文学界一哭」（二巻二十六号）、「請合力拆下這座敗草叢中的破旧殿堂」（三巻一号）。

（19）胡適『嘗試集』（附：去国集）、上海・亜東図書館、一九二〇年三月初版。『嘗試集』は中国近代文学における初の新詩集である。

（20）前掲「懐才不遇的張我軍兄」、一三六―一三七頁。

（21）前掲「台湾新文学運動的奠基者――張我軍」、二三三頁。

（22）同上、二三五頁。

（23）橋川時雄『中国文化界人物総鑑』中華法令編印館一九四〇年（昭和十五年）十月、四〇四頁。

（24）「再談翻訳」、前掲『老人老話』、二〇一頁。

（25）張我軍「日文中訳漫談」『中国留日同学会季刊』一九四二年九月第一号、一三四頁。

（26）前掲「再談翻訳」、二〇一頁。

（27）張我軍「別矣読者」『日文与日語』一九三五年十二月、徐羽冰「日本的『中国熱』與中国的『日語熱』」『中国文芸』一九四〇年三月第二巻第一期、三五―三六頁より引用。

（28）「張深切年譜」、前掲『張深切全集』（第十一巻）、二四頁。

（29）「亡命」、前掲『張深切全集』（第二巻）、五四二頁。

（30）「刺虎」、前掲『張深切全集』（第二巻）を参照。

（31）「陰霾」、前掲『張深切全集』（第二巻）、六四二頁。

（32）中国文化振興会は新民印書館の外郭団体、会長は曹汝霖、委員は周作人、銭稲孫、徐祖正、兪平伯など。

（33）木山英雄『北京苦住庵記――日中戦争時代の周作人』筑摩書房、一九七八年三月初版。

（34）黄英哲「張深切における政治と文学」、中国文芸研究会『野草』一九九〇年第四十六号。

（35）木山英雄解説、黄英哲序文「資料『張深切北京日記』」、中国文芸研究会『野草』一九九五年第五十六号。

(36)岡田英樹「淪陥時期北京文壇の台湾作家三銃士」、下村作次郎・中島利朗・藤井省三・黄英哲編『よみがえる台湾文学――日本統治期の作家と作品』東方書店、一九九五年十月初版、所収。
(37)張深切「編後記」『中国文芸』一九三九年九月創刊号、一〇四頁。
(38)前掲『北京苦住庵記――日中戦争時代の周作人』、一八一頁。
(39)陳綿「偉哉日本文学者之精神」『華文毎日』一九四三年十月一日号第十一巻第七期、九頁。
(40)洪炎秋「懐才不遇的張我軍兄」『老人老話』台中・中央書局、一九七七年(中華民国六六年)八月初版、一三〇頁。
(41)秦賢次「台湾新文学運動的奠基者――張我軍」『中国現代文学研究叢刊』一九九〇年第三期、二三六―二三七頁。《黎明之前》一九四二年十月から一九四三年十月まで《国立華北編約館館刊》に九回にわたり連載された。《黎明》は一九四四年四月上海太平書局より出版された。
(42)張我軍「関於島崎藤村」『日本研究』一九四三年十月第一巻第二期、一一一頁。
(43)同上、一一四頁。
(44)張我軍「力強い意見の一致」「大東亜文学者大会を終りて・各代表が綴る感懐」『朝日新聞』一九四二年十一月六日。
(45)「大東亜文学者大会」『日本学芸新聞』一九四二年十一月十五日。
(46)「藤村賞の設定・慎重審議を期して保留」『文学報国』一九四三年(昭和十八年)九月十日第三号。
(47)柳龍光「大会閉会後的一両点感想」『華文毎日』一九四三年十月一日号第十一巻第七期、五頁。
(48)前掲『文学報国』を参照。
(49)陳璞「出席本届大会後的感想」『華文毎日』一九四三年十月一日号第十一巻第七期、一〇頁。
(50)周越然(一八八五―一九六二)、本名周之彦、越然は字、浙江呉興人。蔵書家。
(51)周越然「説話難」『中国文学』創刊号一九四四年一月第一巻第一期、四八頁。この随筆は「失語」の経過および心理背景を詳しく書いている。
(52)吉屋信子「文学者大会的印象」『華文毎日』一九四三年十月一日号第十一巻第七期、八頁。

(53) 前掲「張我軍及其同時代的北京台湾留学生」および洪炎秋「自伝」を参照。

(54) 台湾の文学、延いては台湾人の精神世界について論じられる場合、「アジアの孤児」という言い方がよく用いられる。この言い方は台湾人作家呉濁流の長篇小説『アジアの孤児』によって一段と有名になった。主人公の胡太明は台湾でも、中国大陸でも、日本でもすべて行き詰まり、精神的に追いつめられた挙げ句、発狂してしまう。

# 第八章　灰色の影に覆われた『日本研究』

世界で最も古くから日本について記録し研究した国は中国である。[1]『中国人の日本研究史』によると、明王朝から今日まで中国では、日本研究のブームが四回起こった。最初は明代の嘉靖―万歴年間、二回目は清末の戊戌政変前後、三回目は一九三一―四五年の中日十五年戦争期、そして四回目はプロレタリア文化大革命が収束した一九七八年以後であるという。[2]論陥期北京の文化状況を考えるさい、上掲書中に言う三回目の日本研究ブームも一つの手がかりになる。当時北京の総合雑誌、文学雑誌や新聞などには日本に関する文章が掲載されており、北京で発行された日本研究専門誌には『中和月刊』（一九四〇年一月―一九四四年十二月）、『留日同学会季刊』（一九四二年九月―一九四五年六月）および『日本研究』（一九四三年九月―一九四五年五月）などが挙げられる。ここでは特に『日本研究』を取り上げ、この雑誌に掲載された主要な論文、論調を整理することにより、淪陥期北京における文化状況の一端を考察したい。

## 第一節 「文化の力」を信じて

盧溝橋事件以後「荒涼」となった北京文化界にも一九四三年頃になると変化が兆してきた。文芸評論家楚天闊は「文芸界にだんだんと中心が生じ、目標が生じ、個人の単独的な活動が集団的な活動に変わった。〔中略〕それぞれが自分の立場に立ち、遊びではなく、真面目に努力していた」(3)という。一方在北京日本大使館調査官を務めた志智嘉九郎も「文芸雑談」の中で「文化界の活動が急速に繁栄の状態」へ向かい、「『芸文雑誌』創刊後、最近では『日本研究』も創刊された。そして一般の新聞界も文化、文芸に対して熱心な姿勢を示している」(4)と述べている。立場を異にする両者とも当時の文化界の「繁栄」を語っている。

中国語による月刊誌『日本研究』は一九四三年九月に北京で創刊され、一九四五年五月まで続き、合計四巻二十一期を刊行した。編集長の張紹昌(5)については、論陥期北京の日常を詳細に語っている『日偽統治下的北平(日本語訳題：北京の日の丸——体験者が綴る占領下の日々)』という本に以下のような記述がある。

「中日親善協会」の張紹昌《チャン・シャオチャン》という人がいつも放送局に来て日本語講座を放送していたが、この人は偽装のうまい文化漢奸で、日本の情報局を後楯にして、一方では旧軍閥の徐雲鵬《シュ・ユンポン》(北洋軍閥時期の国務総理)、もう一方では柯政和《クェア・ジォンホー》(北平師範大学音楽教師、漢奸)と密接な関係を持ち、同時に国家社会党の頭目張君勱と密接な関係を持っていた。張紹昌は東城石雀胡同五号の徐雲鵬の住宅で『日本研究』『青年と読書』等四種類の刊行物を出して日本侵略者の提灯持ちをして青年に害毒を与えた。徐雲鵬は敵支配時期に表面上は漢奸にならなかったが、家を張紹昌に貸して刊行物を出し、各種の便宜を与えた。(6)

淪陥区で刊行された『日本研究』は従来あまり取り上げられてこなかったが、『中国人の日本研究史』には以下のような紹介が収録されている。

一九四三年九月、日本占領下の北京に集まった日本研究者たちも張紹昌を代表者とする日本研究社を創立して、定期雑誌『日本研究』を発刊した。時代環境のせいもあろうか、同誌は濃い灰色の影に覆われていた。創刊の言葉によると、「文化の力」を通じて中日問題を解決するために、「国民の責任感」と「文化の良心」が同誌の創刊を促したのだという。抗日の炎が空に赤々と燃えている時勢に、みだりに「文化の力」を語るのは幻想であるのみでなく、敵を助ける疑いさえ持たれる。事実、同誌は日本帝国主義が崩壊しようとする直前にも愚かしいまでに日本を誉めそやし、日本資本主義の提灯持ちをした。それが雑誌の学術的名誉を損なったことは言うまでもない。それにもかかわらず、学術の面から見れば、すこぶる価値のある文章も発表している。[7]

「私たちはなぜ日本を研究しなければならないか」は張紹昌が書いた「発刊の辞」のタイトルである。「発刊の辞」は三つの部分に分けられている。一、私たちはなぜ日本を研究しなければならないか。張紹昌は「学術の立場」から黄公度《ホアン・ゴンドゥ》、周作人《ジョウ・ズゥオレン》、劉大傑《リウ・ダージェ》、傅仲涛《フー・チョンタオ》、謝六逸《シェ・リウイー》、胡適之《フー・シージー》らの日本論を挙げた後、両国の間の問題を「政治面、軍事面、または経済面、ないし外交面」において解決することを「治標（一時的な解決）」とする一方で、「互いに認識し、理解し、尊敬する」ことを「治本（根本的な解決）」とする。これは「最も遅いやり方」ではあるが、「最も徹底的な、最も根本的な」やり方でもあると言う。二、中国における日本研究の歴史を回顧し、「日本の中国に対する研究と比べると、雲泥の差」と今までの日本研究の不足を指摘する。三、同誌は「応運而生」（時運に応じて現れた）ではなく、数人の個人が「国民の責任感」と「文化の良心」に基づき、自主的に苦心して作り上げたのだと強調。「中日間の問題は、文化の力によってこそ解決できる」と信じ、「中日関係がどんな状態であっても、始終客観的な立場に立ち、『紹介のため紹介、研究のため研究』という態度で努力していく」つもりだとその決意を述べる。

雑誌の「編後記」には以下の記述がある。

創刊号が出版されたあと、意外にも多くの読者からお褒めを、多くの名家より原稿を賜わることになり、我々の恐れは喜びに転じた――この喜びは我々のよりいっそうの努力を促した。（一九四三年十月第一巻第二期、編後記）

近ごろ中日の読者から多くの手紙を受け取り、新聞や雑誌に掲載されている本誌に関する意見も拝読した。一々返事もできないことをお許し願い、ここでまとめてお答えしたい。（一）創刊号は早くも売りきれたものの、紙の値段が高いため再版は難しいだろう。しかし後日同じ性質の文章を選んで、特集を編み、発行する予定である。（二）本誌へのご愛顧とご期待に対し心から感謝の意を表したい。皆さんのご要望にはなるべく答えるように努力したいが、賢明なる読者諸氏には、現実のかぎりある力量と条件とを理解していただき、この方面の専門的、純学術的な執筆者層がわが国では貧弱であるというこの雑誌の現状をご了解いただきたい。（三）われわれは事変の後「書かない」または「あまり書かない」専門家になるべく寄稿をお願いし、読者の熱意に応えたいと思う。北方の専門家にはだいたい執筆の約束を取り付けたが、南方は交渉中である。

最近も多くの寄稿をいただき、当然歓迎の意を表したい。佳作が少なくなく、なるべく発表するつもりだが、提灯持ちのような文章も数点あり、こうしたものについては本誌の性質に合わない個所があるため掲載しがたく、ご了承を請いたい。(一九四三年十一月第一巻第三期、編後記)

「文化の力」を強調する苦心や努力が反響を呼び、この雑誌は当時ある程度読者に受け入れられていたことがうかがえる。

## 第二節　張我軍らの「日本文化の再認識」

傅仲涛《フー・チョンタオ》(8)は「中日文化比較研究之提案」(一九四四年二月第二巻第二期)の中で「今の中国では、研究をうんぬんするどころではなく、中日文化の全面的な比較などなおさら問題にならない」と断言し、また中国における日本研究の現状について次のように語っている。

中国人の日本文化の研究は、従来から紹介や翻訳の範囲を出ていない。独自の立場に立ち、日本文化を客観的に研究し、日本人学者の旧説を踏襲せぬ者は、浅学にして見聞も狭い私には、幾人いるのか見当もつかない。［中略］私は帰国してもう十六、七年になり、この十六、七年の歳月に、まったく研究していないのは、もとより才能がなく、そのうえ怠惰であるためだが、生活が不安定で、専門的研究に専念できないことも、原因の一つである。［中略］日本で学者が輩出する理由は、もとより一般研究者の努力にあるものの、政府および各大学研究機関が、研究者の資料収集、蔵書の豊富な配備に全力をつくし、彼らのすべての能力を発揮させているからでもある。ひるがえって我が国政府および各大学研究機関を見ると、失望せずにはいられない。各大学および研究機関の中国の文学歴史方面の図書は少なくはないが、各専門家の研究に対し、ほとんど援助しないどころか、その生活を安定させて、研究に専念させることを望まない傾向さえあるかのようだ。日本方面の研究に至っては、なおさら失望させられる。

同誌には中国における日本研究の不振に比べ、西洋の日本研究がかなりの成績を収めている点も指摘している。莫東寅《ムオ・ドンイン》[9]は「西洋人の日本研究」（一九四三年十月第一巻第二期）で、オランダの日本研究をはじめ、ドイツ、イギリス、アメリカ、フランス、ソ連などの国における日本研究の現状及び著名な研究者を紹介するとともに、十九世紀までに独立した学科（日本学Japanology）となり、「国ごとに代表者がおり、世代ごとに後継者がいる」西洋の日本研究が盛んな理由を、「西洋の勢力が東に拡張し、科学思想も発達している点にあるが、日本の国勢が日に日に強くなってきていることもその一因であろう」と分析している。

日本研究の厳しい現状を前に、『日本研究』の同人たちはその研究の必要性を繰り返し強調していた。ここで注目したいのは張我軍の日本研究である。台湾新文学創始者の一人である張我軍は日本研究者と日本文学翻訳者を兼ね、文学、政治学、社会学など多分野にわたって翻訳をしていたほか、日本語の教科書も数多く書いた。その日本研究において重要な位置を占める「日本文化的再認識」（一九四四年二月第二巻第二期）の冒頭で、張我軍は中国人の日本文化に対する冷淡さを指摘し、「日本人が中国文化を研究してきた歴史はすでに千年を越えているがゆえに、彼らはわれわれ中国の文化に対し、当然そうとう普遍的かつ深い認識をもっている。しかし、われわれ中国人は、これまで自大思想の過ちを犯し、日本文化に対してばかりでなく、ほかの外国の文化に対しても謙虚に研究しようとしなかった」と述べている。張我軍はまた留学生を例にしてその原因が三つあると分析している。その一、大多数の留学生が「功利主義」を抱いている。その二、「政治上の原因」――「人間は感情を有する動物」なので、両国間の感情が日に日に悪化している間は、留学生たちも「日本研究」という「骨折り損のくたびれもうけ」の学問をしたがらなくなる。その三、「日本文化を軽視する」こと。ゆえに、大勢の冷淡な国民のうち、たとえ比較的冷静に日本文化を知りたいという人がいても、もし日本語ができなければ、「日本文化に触れる方法はほとんどない」という。世界各国が「争って外国の文化を研究している」中、「他人の文化を研究することはわれわれの有する権利であって、責務ではない。他人の文化を研究しないと、損をするのは他人ではなく、自分自身である」という考えを出発点に、張我軍は「日本文化は中国文化のまねをしてきたからそれを研究する必要はない」という一般的な考えに反対し、「日本人がかつて中国文化を受け入れたからこそ、われわれはさらにそれを研究するべきだ」、「日本文化も外国文化として真面目に研究する」べきだと、読者に「日本文化の再認識」を勧めている。さらに「日本文化の再認識」により古代中国語の発音の理解や、失われた学問の手がかりの入手だけでなく、「一、近代の日本文化を理解できる。二、日本人が当時どうやって欧米の文化を消化したかがわかる。三、一般的な近代文化とくに物質文明の知識を得られる」といった「一挙三得」も可能になると言う。

日本文学を二十年近く研究している傅仲涛も、「日本文化は東西の混合であるが、独自の展開を見せており、学術的に日本文化を研究することは、中国文化の改革および建設にも役立てられる」と「日本研究」の必要性を力説し、また、「日本の金融業は極めて繁栄している。そうなる原因は、必ず民族の素質に密接に繋がっている。ゆえに、日本民族を研究し理解することは、中国の産業の成功に対し、実に精神的援助になる」（前掲「中日文化比較研究の提案」）と、張我軍と似たような考えを見せている。

十余年の日本留学経験を持っている傅仲涛は「日本文化と環境との関係」（一九四四年五月第二巻第五期）の中で、地理的環境が日本の民族性に与えた決定的影響を論述し、火山噴火などの自然現象への恐怖がもたらした、中国にはあまり見られないような「熱烈な宗教的な情緒」および「いたるところ、山か海である」島国の地勢がもたらした「狭さとせっかちさ」という特性は「日本文化のあらゆる部分に普遍的な跡を残している」と指摘し、「中国の建築、特に書院式の建築は、日本に輸入されると、精巧で秀麗な日本式建築となり、中国本土の建築に比べると規模が小さくなるのを免れない」と言う。傅仲涛はまた、細部に注意を配る点が「日本人が最も成功する」原因であるとして、「小さいことが出来るからこそ、大きなこともできる。小さなことがうまくやれない人は、大きなこともうまくやれない」と述べ、中国人のおおざっぱなところが欠点だと指摘している。

『日本研究』には日本人学者による日本の国民性に関する著作も翻訳されている。第一巻第一期（一九四三年九月）には和辻哲郎の「日本風土与国民性」が掲載されており、これは訳者の瀾滄子《ランツァンズー》（蘇民生の筆名）が和辻哲郎の名著『風土』第三章「季節風」の第二節「日本」より抄訳したものである。第一巻第三期（一九四三年十二月）には洪炎秋の訳による田村剛の「日本庭園与国民性」が掲載されている。

丁福源《ディン・フーユエン》の「今日日本経済学之通説概観」は第二巻第四期から第四巻第五期最終号まで毎月連載されていた。丁福源にはまた、「関於日本国号的研究」（一九四三年九月第一巻第一期）と「日本社会学概況」（一九四三年一月第一巻第二期）がある。日本美術について、蘇民生《スー・ミンシォン》が「日本美術在世界上的地位」（一九四三年一月第一巻第二期）と「日本美術」（一九四四年三月第二巻第三期と一九四四年四月第二巻第四期に連載）および「美術上的東方之理想」（一九四四年九月第三巻第三期と一九四四年十一月第三巻第五期に連載）を書いている。教育分野について、祁森煥《チー・センファン》が「日本教育学之創建及其体系」（一九四三年一月第一巻第二期）、「日本教育新体制之研究」（一九四三年十二月第一巻第四期）、「日本近代教育学説之発展」（一九四四年二月第二巻第二期）、「最近日本教育改革之動向」（一九四四年三月第二巻第三期）、「日本女子教育之新態勢」（一九四四年六月第二巻第六期）、「戦時下之日本中等教育」（一九四四年八月第三巻第二期）、「近代日本之自然科学及科学教育」（一九四五年一月第四巻第一期）など一連の文章を書いている。日本の体育についても、阮蔚村《ルアン・ウェイツン》の「日本体育概況」（一九四三年九月第一巻第一期）と「日本国民体格進化実況」（一九四三年十二月第一巻第四期）、劉大傑《リウ・ダージェ》の「日本民族的健康」（一九四三年一月第一巻第二期転載）、楊開泰の「日本国民運動発達史」（一九四三年十二月第一巻第四期）などの文章がある。

『日本研究』は「研究」を主体とする雑誌であるがゆえに、文学作品の翻訳は多くない。作品が翻訳された主な作家は島崎藤村、谷崎潤一郎、徳田秋声、夏目漱石、菊池寛、国木田独歩および正宗白鳥などが挙げられる。銭稲孫が[10]『万葉集』について語る随筆「万葉一葉」もこの雑誌に連載されている。一九四三年八月二十二日の島崎藤村の逝去は被占領区の文壇にも大きな波紋を呼んだ。『日本研究』第一巻第二期（一九四三年十月）は「島崎藤村記念特集」を設け、藤村文学の翻訳に最も尽力した張我軍の「島崎藤村について」と尤炳圻の「島崎藤村的一生」のほか、楊燕懐、告邑、以斎（張我軍の筆名）の翻訳による島村藤村の詩や小説も掲載している。

このように、同誌の「日本研究」は歴史、地理、文学、思想、美術、経済、教育、宗教、社会学など多分野にわたって進んでいた。

## 第三節　実藤恵秀らの寄稿

『日本研究』にその名前が最も頻繁に登場する日本人の学者は実藤恵秀である。[11] 一九四四年一月第二巻第一期に実藤恵秀の「特別寄稿」、「所望於日本研究者的――中国遊記之組織的研究」が掲載された。訳者の汪向栄[12]は十数年来始終両国文化関係の研究に没頭する実藤が、日本にあふれる猟奇的または差別的考えを持つ「支那通」および中国事情研究家ほど日本国民に重視されてはいないが、「中国においても日本においても、中日文化関係の研究では、彼に勝る人はまずおるまい。〔中略〕大変恥ずかしいことに、われわれの同僚の中に、こんな人が一人でもいるだろうか」と、本文の前置きでコメントしている。実藤は一九三八年九月に北京に到着してから、中国人が書いた日本旅行記を収集し始め、すでに二百種類以上を集めていた。中国人の日本旅行記は、「中国人の日本観および中国人自身を研究する絶好の資料であり」、「東遊日記の研究は、中国人の性格、風俗、習慣などの研究とも言える」と実藤は主張した。そこで実藤が中国人の日本研究者に望むのは、日本人の中国旅行記を収集、整理し、年代順に詳しく読み、そこから真の日本の姿を見つけることだ。互いに研究し、互いに理解することを真剣に主張していた実藤は、「中日の間にある感情的障害物」、つまり「支那」という国名についても、詳しく論じている。[13]

第一巻第三期に掲載された実藤の「新聞雑誌上的中日関係」は、「新聞と雑誌はパンに次ぐ必需品であり、文化水準を明瞭に現している」という自説を前提として、新聞・雑誌の発生や発展に関する両国の相違を比較することにより「近代日本と近代中国との近代化の程度を推測し」、新聞・雑誌の出版において進んでいる日本像と遅れている中国像とを描いている。実藤は近代的な新聞・雑誌の刊行は中国の方が早かったものの、その経営主体は中国人自身ではなく西洋人であり、この点が積極的に自己経営を営んできた日本人とは異なっていると述べたうえ、中国が遅れたのは、「文化遺産が大きすぎ、自尊思想が深すぎ」たからだと指摘し、「巨大な船は沈みにくいが、方向転換もしにくい」と嘆じている。実藤はこのほか『日本研究』に「留東外史与其日本観」（一九四四年八月第一巻第二期）、「王韜的渡日和日本文人」（一九四四年十二月第三巻第六期）、「日籍漢訳論」（一九四五年三月第四巻第三期）を発表し、「留日学生史話」を第二巻第三期（一九四四年四月）から第三巻第四期（一九四四年一月）まで七回にわたって掲載している。

汪向栄の「留日学生与出版界」（一九四五年五月第四巻第五期）は両国文化交流における留学生の役割を論じている。汪向栄は日本への留学生が近代中国出版界にもたらした大きな貢献を統計数値によって分析し、「近代西洋文化伝来のプロセスには、特別な事実がある。つまり、近代西洋文化を中国民衆の間に普及させたのは、西洋から来た宣教師でもなければ、西洋で学んだ留学生でもなく、日本で学んだ留学生だった」と指摘し、留学生の努力が「中国出版界の基礎を定めた」と結論づけている。この論文には「中国人の留日学生が日本で作った雑誌目録」も付されている。

『日本研究』の「特別寄稿」にはまた当時北京大学文学院教授であった山口察常が書いた「日中文化交流之一

端」（一九四四年三月第二巻第三期）がある。山口察常は、「中国国内には幾多の事件があったため、美点を有する文化的作品が多く埋もれているが、いったん日本に入ると慎重に保存されるので、今日中国文化の遡源的な研究をするには、かえって日本の方が便利なのである」と述べ、中国文化に対する日本の貢献は「改善発達」と「保全維持」だと論じている。

日本人学者による主な文章はこのほかに中村孝也の「日本精神的特質」（一九四三年一月第一巻第二期）、宮崎市定の「江戸時代的中国趣味」（一九四四年三月第二巻第三期）、青野季吉の「要認識中国」（一九四四年三月第二巻第三期）、高須芳次郎の「日本思想概観」（一九四四年八月第三巻第二期）、吉川幸次郎の「中国人的日本観与日本人的中国観」（一九四四年九月第三巻第三期）、岸田日出刀の「鳥居」（一九四四年十二月第三巻第六期）、田村栄太郎の「中国人的明治日本観」（一九四五年一月第四巻第一期）および西田幾多郎の「日本文化之問題」（一九四五年二月—五月第四巻第二期—第五期、四回連載）などが挙げられる。

## 第四節　周作人の「怠業の弁」

中国はその独特の地位上、特別に日本を理解する必要と可能性とを有する。しかるに事実上では全然その事がなされていない。人々はみな日本文化を軽蔑し、日本は古代においては中国を模倣し、現代においては西洋を模倣しているのだから、一瞥にも値しないと考えている。日本の古今の文化はいかにも材料を中国と西洋から取った。しかしひととおりの調剤を経て、これを彼自身のものと成した点は、ローマ文明がギリシアから出て自ら一家を成したのとまさに同一である。ゆえにわれわれは、日本にはおのずから日本の文明があり、哲学思想といったものこそなけれ、芸術と生活との方面においてそれは最も顕著である、と断言することができるのである。

以上は『日本研究・創刊号』の「発刊の辞」に引用されている周作人の「日本与中国」[14]の中の一段落である。周作人の文章は二十年近く前に書いた上掲の引用部分を除いて、『日本研究』には三篇しか掲載されていないが[15]、ほかの文章とは異なる組版である。「中国の知識人のうち、特に日本文化の愛好者・理解者として、先生が類稀なる存在である」[16]ゆえに、「知堂」(周作人の号)の文章を「座右の銘」の如く引用する個所は『日本研究』にしばしば見られる。『創刊号』の「編後記」には、「知堂先生は日本文化を研究する方法について、詳しく指示してお られ、来月号に寄稿することも承諾された」と記しているが、周作人の文章「怠工之辯」(怠業の弁)が掲載されたのは四ヶ月後のことであった。三千字前後のこの文章は、「怠業」の理由を次のように述べている。

文章を書くように命じられ、できるかぎり力を尽くしたいが、それも思うにまかせず、困難もすこぶる多く、たいへん恐縮に思っている。私は盧溝橋事件の前にはっきり述べたとおり、自分が以前歩んだ道はすべて間違いであった。つまり、文学芸術の面から着手して日本国民の精神を理解しようとすることはまったくの徒労であった。ただ宗教という道にはあるいは希望があるかもしれない。この点において中日両国国民は最も異なっていると私には思えるゆえに、私たちが日本国民の宗教感覚を理解できれば、彼らの思想や行為を理解する望みも出てくるだろう。［中略］近頃も文章を書き散らしているが、それらはすべて中国に関するものばかりで、自分のことを全く知らないとは言えないが、日本文化のこととなると、今しばらくはやはり「遠慮」しなければならず、宗教という難関を越えるまで待つしかない。［中略］本来まったく罷業などしているわけではないのだが、しかし怠業しているように思われても仕方がないありさまなので、とりあえずこれらの無駄話をもって弁解とする。（第二巻第一期一九四四年一月）

この文章からは最大級の知日家であり、日本文化のよき理解者であった周作人が一見すると「怠業」のような状態にまで追い込まれ、苦しんでいる姿が窺えよう。

盧溝橋事件直前の一九三七年六月、周作人は「日本管窺之四」[17]を仕上げ、「管窺」シリーズをこれ以上書く必要はないと考えていたが、一九四〇年日本国際文化振興会に要請され「日本の再認識」[18]を書いた。「怠業の弁」の結びに、「日本についてはただあの『日本之再認識』しかなく、事実上閉店の声明でもある」と述べた。

戦時下の民族的な危機の中で、「日本研究」の文章が盛んに書かれ、一つの研究ブームが起こった。重慶でも「二大日本研究誌」の『日本評論』と『戦時日本』が出版された。被占領区の「日本研究」を同時期の「大後方」（国民党支配区）や「解放区」（共産党支配区）の「日本研究」と比べれば、その異同も理解できよう。「大後方」の蔣百里が『日本人――一個外国人的研究』の中で「日本人は国難を口にしながら戦争を督励し、中国侵略を行いながら東アジア諸民族の大団結を呼びかけ、外国人を崇拝しながら英米に嫉妬し、『東洋文化』を自画自賛しながらヨーロッパから習わないものは何一つない[19]」と、日本人の矛盾した「二重の性格」を批判しており、謝南光の『日本主義的没落[20]』が帝国主義やファシズムを分析している。一方淪陥区北京の「日本研究」は「濃い灰色の影に覆われ」、ことさらに「客観的な立場」、「紹介のための紹介、研究のための研究」を強調せざるをえなかったのである。

厳安生は日本留学史を分析し、そこに「黄白競争」や「東亜連帯」などが「プラスに作用する横の軸線」および「被害国対加害国という、古今恩讐の仲と位置関係の変遷」がマイナスに働く縦の軸線が存在すると指摘している[21]。戦争・国家・民族などの概念から一時たりとも自由ではありえなかった特殊な時空である被占領区北京においては、この二本の軸線のうち、「縦の軸線」が空前の規模で膨脹しており、縦横のバランスを取るのが至難の業となっていた。

被占領下というこのような苦境における屈折した研究ではあったが、「学術の面から見れば、すこぶる価値のある文章も発表している[22]」という点だけは評価すべきであろう。翻訳や紹介の範囲を超えて日本文化を研究すること、先入観を払拭して日本文化を再認識すること、西洋の日本研究を参考にすることなど、『日本研究』が提示したこれらの方法論は、時代を超えて今もなおその意味を失っていないと言えよう。

（1）厳紹璗『日本中国学史・第一巻』（江西人民出版社、一九九一年五月第一版）、汪向栄『中日関係史文献論考』（岳麓書社、一九八五年二月第一版第一刷）、梁容若『中日文化交流史論』（商務印書館、一九八五年七月北京第一版第一刷）などを参照。

（2）武安隆・熊達雲『東南アジアの中の日本歴史一二・中国人の日本研究史』六興出版、一九八九年八月第一版、一四頁。

(3) 楚天闊(李景慈)「三十二年的北方文芸界」『中国公論』一九四三年第一〇巻第四期、五一頁。

(4) 志智嘉(志智嘉九郎)「文芸雑談」『芸文雑誌』一九四四年第二巻第一期新年特大号、二〇頁。

(5) 張紹昌、当時北平師範大学講師。翻訳者の大内隆雄が書いた「遊華北的感想」(新京『大同報』一九四二年九月二十九日)によると、張紹昌は満州から北京に入ったそうだ。また、王慶華が書いた「関永吉訪問記──関永吉一九四〇──一九四四年在北平的文学活動」には、「張紹昌のその後はわからない。山西で共産党のため秘密活動をし、閻錫山に銃殺されたと聞いたが、残念ながら確認できなかった」と記している(『新文学史料』一九九八年第二期、一〇五頁)。

(6) 中国人民政治協商会議北京市委員会文史資料研究委員会編『日偽統治下的北平』、北京出版社、一九八七年七月第一版、三七頁。同書の日本語訳、北京市政協文史資料研究会編、大沼正博訳『北京の日の丸──体験者が綴る占領下の日々』、岩波書店、一九九一年十二月第一刷、一四七頁より引用。

(7) 前掲『東南アジアの中の日本歴史一二・中国人の日本研究史』、二〇六頁。

(8) 傅仲涛、一九二五年日本に留学し、京都帝国大学工学部の工業化学科卒業、一九二八年同大学文学部で日本文学科を卒業、引き続き大学院に入り日本文学を研究した。「淪陥区」で国立北京大学文学院教授、私立燕京大学文学院講師および国立北平大学法商学院経済学部講師として日本文学を講じた。「北京大学で講じたところ『近松文学』が異彩を放っている」と言う(橋川時雄『中国文化界人物総鑑』、中華法令編印館、一九四〇年(昭和十五年)十月、五三三頁)。梁容若『中日文化交流史論』(前掲、四一頁)には、「傅仲涛曾訳出『古事記』和『伊勢物語』而久未刊行」と記載。傅仲涛は『日本研究』に「日本国名之商討」(一九四三年十二月第一巻第四期)、「中日文化比較研究之提議」(一九四四年二月第二巻第二期)、「日本民族来源之考察」(一九四四年四月第二巻第四期)、「日本文化与環境之関係」(一九四四年五月第二巻第五期)、「日本語底特質及其文法的商討」(上、下)(一九四四年七月第三巻第一期および一九四四年十月第三巻第四期)を掲載している。

(9) 莫東寅、東京帝国大学東洋史学科卒、当時北京大学、北京師範大学講師。『日本研究』に「日本之東洋史学」(一九四三年九月第一巻第一期)、「西洋人之日本研究」(一九四三年十月第一巻第二期)、「鎌倉時代之文化」(一九四四年三月第二巻第三期)、「日本古代文化」(一九四四年四月第二巻第四期)、「江戸時代之文化」(一九四四年五月第二巻第五期)を掲載している。

語』などがある。

(10) 銭稲孫（一八八七―一九六六）、浙江省呉興出身。当時北京師範学院、女子師範学院教授。訳著には『万葉集』、『源氏物語』などがある。

(11) 当時外務省文化事業部在中国特別研究員として北京に滞在していた早稲田大学教授の実藤恵秀は、すでに『漢文基準・支那現代文捷徑』（一九三三年、尚文堂）、『中国現代文選』（一九三七年、文求堂）、『中国人日本留学史稿』（一九三九年、日華学会・非売品）、『日本文化の支那への影響』（一九四〇年、蛍雪書院）、『近代日支文化論』（一九四〇年、大東出版社）などの編著書を出版している。

(12) 汪向栄（一九二〇―二〇〇六）、江蘇省青浦県（現・上海市）出身。第二次大戦中日本に留学。当時ほかの雑誌にも日本研究関連の論文を寄稿。たとえば西洋宣教師が中国で蒔いた種が日本で花を咲かせるという興味深い現象を研究し、「漢訳西洋文化之日本伝入」を『華文毎日』に二回にわたって発表した（『華文毎日』一九四三年十一月第一一巻第一〇期と一九四三年十二月第一一巻第一一期）。主な著作に『中日交渉年表』（北京中国公論社、一九四四年）、『邪馬台国』（中国社会科学出版社、一九八二年）、『中日関係史文献論考』（岳麓書社、一九八五年）、『中国的近代化与日本』（湖南人民出版社、一九八七年）、『日本教習』（北京三聯書店、一九八八年）、『古代日本与中国』（北京三聯書店、一九八九年）などがある。

(13) 実藤が『日本研究』第三巻第五期（一九四四年十一月）に発表した「支那＝中国」は、「支那」の「印度起源説」をはじめ、「支那」の変遷の順序を「(一) Sina（印度）(二) 支那（中国）(三) China（西洋）(四) 支那（日本）」と定め、「もし〝支那〟が悪いなら、罪悪の根元は印度にあり、第二は中国、第三は西洋、日本は第四にすぎない」と判断し、「多くの中国人は以上のような簡単な歴史を知らずに、ただ反対だけなのだ。日本人が中国を〝支那〟というのは、中国人が日本を〝Jap〟、日本人を〝東洋鬼〟というのと本質上完全に違う」と説明している。従って、「中国人の心理を、率直に言えば、支那と呼ばれることに反対するというより、むしろ中国を侮辱することに反対していると言ったほうがいい」と、言葉の裏側に隠れているものを指摘している。実藤恵秀はまた、日本人が「中国」ということばの「尊大ぶり」を受け入れにくい理由を、「誤って固有名詞を普通名詞とみなす」と理解している。結びに、「これは単純な言語の問題ではなく、底に流れているものが言語を通じて現れたにすぎない」と結論を下した。

（14）周作人「日本与中国」は周作人「日本文化を語る書」『瓜豆集』松枝茂夫訳、創元社、一九四〇年（昭和十五年）九月、一〇八頁より引用。

（15）『日本研究』に掲載された周作人の文章は「怠工之辯」（怠業の弁、署名周作人、一九四四年一月第二巻第一期）、「草囤与茅屋」（署名知堂、一九四四年二月第二巻第二期）および「明治文学之追憶」（署名十堂、一九四五年一月第四巻第一期）の三篇である。ちなみに、『周作人年譜』（張菊香・張鉄栄編、南開大学出版社、一九八五年九月）および『中国現代作家作品研究資料叢書・周作人研究資料』（上・下）（張菊香・張鉄栄編、天津人民出版社、一九八六年十一月）にはこの三篇の初出を記載していない。

（16）松枝茂夫「訳者のことば」周作人『結縁豆』、松枝茂夫訳、実業之日本社、一九四四年（昭和十九年）四月、三八四頁。

（17）周作人（署名知堂）「日本管窺之四」、『国聞週報』一九三七年六月二十八日第十四巻第二十五期。

（18）周作人（署名知堂）「日本之再認識」、一九四〇年十二月十七日の作で、『中和月刊』一九四二年一月第三巻第一期に掲載。ちなみに同名の本が国際文化振興会より一九四一年出版。

（19）蔣百里『日本人——一個外国人的研究』、前掲『東南アジアの中の日本歴史一二・中国人の日本研究史』より引用、二二三頁。

（20）謝南光『日本主義的没落』重慶・国民図書出版社、一九四四年。

（21）厳安生『日本留学精神史——近代中国知識人の軌跡』岩波書店、一九九一年十二月、三七八—三七九頁。

（22）前掲『東南アジアの中の日本歴史一二・中国人の日本研究史』、二〇六頁。

# 第九章　龍應台における離散とポストメモリー

龍應台は中国語圏において最も知名度の高い知識人の一人である。初期の『龍應台評小説』や『野火集』から近著『目送』『大江大海一九四九』までベストセラーを次から次へと世に送り出してきた人気作家であると同時に、文化スターであり、台湾政府の元閣僚でもある龍應台は、中国語圏の「伝奇」を演出し続けている。

本章は作家としての龍應台を取り上げ、『在海徳堡墜入情網』（ハイデルベルクで恋に落ちて）と『大江大海一九四九』を中心に、龍應台作品における離散とポストメモリー、およびそれらと関連する逃避、追放、救い、感傷などのテーマを考える試みである。

## 第一節　「いくら流離《さすら》っても、存在からは逃げられない」[1]

### 一　難民の娘

『大江大海一九四九』[2]の見返しには次のプロフィールが書かれている。「龍應台、高雄県大寮郷生まれ、通った小学校は新竹東門国小、高雄塩埕国小、苗栗苑裏国小。幼年時代は台湾中南部農村で過ごし、少女時代は高雄茄萣の浜辺の漁村で過ごした。『龍應台』はペンネームではなく本名である。父親の苗字は龍、母親の苗字は応、彼女は離散中の台湾で生まれた一人目の子だ。米国での留学は九年、欧州での滞在は十三年、台北で四年間公務員をし、香港を創作の拠点として六年以上。しかし、いったいどこに大輪の黄色い花を咲かせる糸瓜を植えるのか、彼女は今日も考え中だ」。

龍家の離散は国共内戦後、両親が難民として台湾にやって来た時から始まった。「自分がほかの人と少し違うことは知っていた。同級生六十人のうち、私は唯一の『よそ者っこ――外省人』だった。ほかの五十九人は『台湾人』[3]」だと龍應台が述べたように、その疎外感は幼少期から根付いていた。五十代の龍應台が成年になった息子に、「難民の娘」だった自分のことを、「郷土を捨て、家族は分裂し、財産も失い、頼れる身分や地位を離れ、言葉や文化の自信と自尊を奪い取られ、『難』と『難』の間を逃げ続ける。君の母親は、二十世紀の、歴史により離散の流れに放り投げられた娘だった。典型的な[4]」と紹介している。

帰れない難民は離散の民となる。不安、頼りなさ、絶望を身に沁みて感じた難民の家庭にとっては教育が命綱であった。「すべて失ってしまったから、難民家庭の父母は、次の世代に希望を託し、その教育にすべてを賭けた。彼らには教育が、真っ暗な井戸の底へ垂れてきた一本の縄に見えたのだろう。この縄さえしっかり握っていれば、この苦境からきっと這い上がれると、彼らはそう信じていた」[5]。教育の「縄」を握って留学で台湾を去った龍應台のそれからの生活の場はアメリカ、台湾、スイス、ドイツ、台湾、香港へと転々と移り、孤独な魂の漂泊の旅は続く。「もしあなたが先祖代々伝わる薄暗い屋敷に生まれた人なら、最初から留学などしないだろう。たとえ国を出て留学していても長らく滞在しないだろう。たとえ長く滞在していても国際結婚などしないだろう。たとえ国際結婚していても永遠の異邦人になることはないだろう」[6]と、龍應台は嘆いている。

## 二　「海外から帰って来た女英雄」

「私はカンザス州立大学英文学科でエリオットらの現代詩を博士論文のテーマにした。〔中略〕英文学科で博士号を取るのは惨めな経験で、研究全体の辛いプロセスに私は強く反応し、もう詩に触れない、つまり詩の研究に触れないと決心をした」[7]と、一九九九年にインタビューを受けたさい龍應台は自分の留学時代を語っている。彼女はアメリカに居残る多くの留学生と違い、学位を取得した後台湾に戻り、書評集『龍應台評小説』で台湾文壇にデビューすることになる。

「私は黙々と、真面目に、あなたのためにある仕事をしているが、あなたは知らない」、（当時の台湾の書評のわかりにくさを指摘した後）「あなた、わかりましたか？　わからないだろう。当然わからない！　あなたにはわからない権利がある！」[8]という風に、龍應台は読者を強く意識し、活発な、やや説教風な、ときどき扇動的、挑発的な口調で語り、読者をひきつける。「その『強い読者への意識』は過去の文学または社会批評分野においては稀で、その扇動力もまた格別であり防御できない」[9]と評されるほどである。そもそもこのような大衆的批評は非常に珍しかったので、龍應台は独断的に「台湾には文学批評がない」[10]と言い切ってみせた。そしてその文学批評のスタイルは受けがよく、同類の書籍が売れない台湾で『龍應台評小説』はベストセラーになり、一九八五年の出版業界「十大ニュース」の一つに数えられることになった。

王徳威は「考蒂莉亞公主傳奇――評『龍應台評小説』」という論文で、『龍應台評小説』を、「海外から帰って来た女英雄が、愛する文学作品がごまかされ、濫用されるのを座視するに忍びなく、陳腐迂闊な古い批評陣に孤軍奮闘を惜しまない」という粗筋の「一つの『文学』創作」と見なした。[11]そして、似たような方法で現代小説を批評する人は少なくとも夏済安、夏志清、劉紹銘、顔元叔、姚一葦、欧陽子などがいたのに、龍應台は自分の批評を歴史的流れの外に置いたと述べ、「新批評（New Criticism）」だけを理論的基礎とする『龍應台評小説』は「文学および文学批評に対する歴史的な考察が足りない」と指摘した。[12]龍應台はこの本が再版されるとき、王徳威の論文を「付録」に入れ、それによって自分自身の文学評論に句点を付けたようにも見える。『龍應台評小説』の出版後、龍應台は社会評論の「戦場」に力を入れ、社会評論集『野火集』で一世を風靡することになった。

## 三 「荒野の中の一匹の狼」

台湾という舞台を離れた「女英雄」はヨーロッパで暮らした十三年間について、東洋と西洋、男性と女性の間の緊張関係に苦しみ続ける「十三年間の追放」だったと振り返る。インタビューを受けたさい龍應台は「ドイツという保守的社会は男女同権においてはやはり男性中心であり、私は圧迫をいやというほど受けた」[13]と話している。また小説の中でも、「二十世紀末の文化解釈権は十九世紀と同じく、やはり西洋人の手に握られている。彼らの言葉、彼らの思考様式で、どうやって彼らと論争できるのか？[14]」というセリフを設け、作中人物の口を借りて欧州滞在中のある意味での「失語」体験を語っている。欧州と中国語圏とを比べて、龍應台は「私ははっきりと知っている。ここで私は周縁だ。ベルリンの壁が倒れ、ソ連帝国が崩れても、私は徹底的な傍観者だ。しかし、はるか遠いところで私は中心だ――事件が私を刺激し、私は群衆を刺激する。群衆は私に影響を及ぼし、私は群衆に影響を与える[15]」と語っている。龍應台にとって書くことは離散の救いとなり、彼女は書くことによって中国語圏とのつながりを持っていたのである。

龍應台の息子は母親について「ドイツは母にとって馴染めない『異国文化』だった。この『異国文化』――僕にとっての本国［ドイツ］文化において、僕は母より上だ。十歳のとき僕は気づいた。抽象思惟、大きい視野、大問題においては母の方がたくさん知っているようだが、ドイツ生活の細かいところは僕の方がよりわかっている[16]」と語っている。息子の目には龍應台の異国生活における疎外感が映っているが、その一方で、子どもとのつながりは龍應台にとって離散の救いでもあった。「私の胸元に張りつくように眠る子の、真ん丸の体に手を回せば、世界がどれほど広大だろうと、幸せとはほんの、腕のなかにある小さなあたたかさのことなのだと実感できた[17]」と龍應台は書いている。母親としての役割を享受する龍應台は子どもへの深い愛情を惜しまず表現し、『孩子你慢慢来』（わが子よ、ゆっくり歩け）、『親愛的安徳烈』（親愛なるアンドレ）などのベストセラーを生み出していった。

「私は荒野の中の一匹の狼だ。単独で夜にさまようのが好きだ。とくに月の光に覆われる夜に、口笛の声が聞こえるとき[18]」と、龍應台は自分のことを狼に喩える。「われわれが最終的に責任を負う対象は、アンドレ、幾山河を超え渡った後、やはり『自分』の二文字だ[19]」と認識するこの「狼」は、使命感に燃えていたのか、あるいは「自分の野望に塩漬けにされていた[20]」のか、台湾の政界で大いに活躍した[21]。しかし、大陸との統一を掲げる「青」と台湾の独立を掲げる「緑」に分かれた台湾社会からは、龍應台に対して様々な意見があった。たとえば「流浪者の救いはあちこちで宣教し、先覚者を演じることではない、［中略］流浪者は救いを探さず、自分に忠実になるという選択もある。彼［女］は偏屈で傲慢な自尊心を持って流離い続け、自分の血液の中の流浪の本質を受け入れ、［中略］野生狼の本質を持ってしぶとく生存する。それこそ龍應台の選択かもしれない[22]」という意見や、龍應台は「永遠にわれわれ台湾生活の深いところに入れない[23]」という意見があった。後に暮らした香港でも「龍應台の論述は香港の個性を無視している[24]」というように指摘されている。「大輪の黄色い花を咲かせる糸瓜」をどこに植えるかを、龍應台は考え続けたのかもしれない。

## 第二節　「中国語は私のパスポートだ」

### 一　「貧血の向日葵」

龍應台は文章の中でよく「貧血」、「追放」、「離散」などの言葉を使う。

「ラジオが鳴り、アナログレコードが回っていた時代、美君は周璇の『月円花好』［いつまでも円満に］や『夜の上海』を聴いていた。槐生と言えば『四郎探母』だけを繰り返し聴いていた」[25]。両親が聞いた曲は龍應台の啓蒙の曲になったが、両親の湖南と浙江の訛りは伝わらなかった。自分が話しているきれいな国語は「尊そうな木に見えるが、本当は真っすぐな電柱だ。線路が複雑な電流に接続しているが、土地に属せず、根もない。［中略］極めて貧血の状態だ」[26]と龍應台は言う。

「乾杯吧、托馬斯・曼！」（乾杯、トーマス・マン）というエッセーで龍應台は次のように「追放」を語る。「異郷に移動することは追放とは限らない。追放は身体の移動ではなく、一種の心理的状態だ。［中略］追放というのは、やむを得ず中心を遠く離れることと自分自身の存在する意味を周縁化することでなければならない」。彼女は、自分自身も含めた追放中の人を「貧血の向日葵」と喩え、「貧血の顔を仰ぎ、太陽の方向に――はるか遠いところにある客観的に存在する、またはすでに存在していないその中心に向けている。その中心にはたくさんの名前がある――民族の記憶、古代の天子、血縁と文化、母語と故郷」と描く。[27]「向日葵」であるトーマス・マンは「自分の小説の英語版をちっとも気にしないが、ドイツ語版を出すとき、一文字一文字にこだわる」[28]と龍應台は言うが、それがまるで自分自身に引き比べているようにも聞こえよう。

一九九五年上海『文匯報』が学芸欄「筆会」に「龍應台コラム」を設け、龍應台に新しい世界を開いた。「私は磁石の山に出会ったようで、注意力はすべて吸い寄せられた。特別な自己感覚を持ち始め、つまり私はもうただ単に台湾の作家ではなく、中国語の作家だ」[29]と龍應台は振り返っている。

## 二 「文化中国」にあこがれて

同じくヨーロッパでさまよっていた台湾出身の女性作家に三毛（サンマオ、さんもう、一九四三―一九九一）がいた。三毛が書いた、異国を背景にしたロマンチックな愛情物語は台湾をはじめ、広い中国語圏で読まれ続けた。その作品の主人公の一人である三毛のスペイン人の亡夫の墓には、いつもアジアの愛読者が捧げた花がある。[30] 流浪者三毛の救いは愛情であり、愛する力が尽きたとき、四十七歳の三毛は台北で自殺を遂げた。三毛が一九七六年に出版した、夫とのサハラ砂漠での日常を描いたエッセー集『撒哈拉的故事』（サハラの物語）は、四十年後の二〇一六年十月にスペイン語版が出版され、中国とスペインの「ハネムーン」を飾っている。[31]

三毛は愛に救いを求めたが、龍應台は「文化中国」に救いを求めたのであろう。[32]「私は中国政治の統一を気にしないが、統一された文化中国にあこがれている」[33]と、龍應台は文化的理想を語っている。龍應台が求めている「文化中国」は、トーテミズムに近い詩と詞、老子と荘子に代表される優雅な古典中国であろう。現実世界では、「党は、国に等しくない。国は、文化に等しくない。中共は、中国に等しくない。中国は、中華人民共和国に等しくない」と主張し、その文化的理想をある程度代表できる社会として台湾を挙げ、「本当の中国文化は台湾にある。中国伝統文化再生の唯一の可能性は台湾にある。漢語文化の現代『ルネサンス』を起こす潜在力が最も強いのは台湾である」と言う。「より純粋な、より繊細な、より自由活発な、より文明的な、より人間性のある中国文化」は台湾にあり、「台湾は今日中国文化の暗黒の夜の灯台である」と主張している。[34] ゆえに龍應台は蔣介石には寛容的であるが、李登輝と胡錦涛に対しては批判的だった。[35]

文化的ハイブリッドの台湾社会からは、龍應台の論述に対する疑問や反対の声も聞こえた。たとえば、「台湾民間の視点から台湾における中国文化の運命を観察するなら、このような判断は楽観的すぎだ[36]」。「やはり『天真爛漫』、素直に怒るレベルを超えていない[37]」。「天真」の、「カンフーのわからない」「女侠客」だ[38]。「超現実的論述だ[39]」。「ただヨーロッパから来た旅客だ[40]」。「彼女には、自分に否応なく完膚なきまで批判された台湾国族論者たちを理解するような気持ちもなければ、興味もない、能力はなおさらない[41]」。歴史的に中国文化が台湾で覇権を得た過去をみない「虚無的『文化主義』だ[42]」などが挙げられる。左派知識人は特に批判的で、趙剛は（龍應台が）「中国人民の近代におけるいろんな努力、想像、理想および実践に対して少しも同情せず、したがってそれらの理想と実践の失敗に対してもまったく共感できない。〔中略〕二十年前の戒厳体制に反対する『野火』はすでに中華民国号『ボイラーの火』になった[43]」と述べている。

台湾海峡両側の歴史の発展過程には時差があり、異なる社会が異なる理由で龍應台を受容していった。批判されてもなお龍應台の存在感は大きく、「大陸、台湾、香港において、龍應台は代えられない存在になり、この三ヶ所のメディア従事者と学者の思想感情の極めて重要な紐帯になった[44]」とまで認識されるにいたる。一九九〇年代に入って以来、龍應台の文章はしばしば大陸、台湾、香港、マレーシア、シンガポールおよび米国の華人コミュニティでほぼ同時に発表され、龍應台は中国語圏で知名度が最も高い作家になった[45]。「私はすでに国本位の考えを脱出し、自分がただ単に台湾人とは思わず、比較的強く華文世界の人間だと感じている。中国語は私のパスポートだ[46]」と龍應台は述べている。「文化中国」の未来について龍應台は、「華人の駐在作家は北京からシンガポール、成都から台北におり、中国語世界全体は作家、作曲家、画家、思想家の国土になり、中国語は彼らの唯一のパスポートだ[47]」と想像している。

## 第三節　海徳堡（ハイデルベルク）には愛がない

### 一　荒涼なる情愛の場

龍應台は自分の創作の動機を振り返って次のように語っている。「心の最も奥深く、最も隠れているところに、ある種の不均衡がある。あるいは苦悶とも言うが、私はそれを不安と言う。その不安は行き先がなければならない。ある人は酒を飲む。ある人は二十四時間仕事をする。ある人は自殺する。私のような人は書く。なぜ書くかと聞かれたら、正直に言うと、生存のためだ。自分の存在の問題を解決するためだ。〔中略〕最も本質的なところは自分のために書くのだ。〔中略〕基本的に、私には強い幻滅感があり、仏教のいわゆる無常観も極めて深い。〔中略〕自分の不安が書くことにより解消されるなら、最も重要な書くことの目的はすでに達成されているだろう(48)」、と。文学評論集『龍應台評小説』でデビューし、社会評論集『野火集』で一世を風靡した龍應台が「最も気にかけている」という一冊は、中・短篇小説集の『在海徳堡墜入情網』である(49)。

三毛のロマンチックな愛情物語とは反対に、龍應台が書いたハイデルベルクは荒涼とした情愛の世界だ。中篇小説の「在海徳堡墜入情網」は恋愛小説のように思わせるが、そこに在るのは愛の欠如、愛の不可能性、愛の罠を語り、逃避、中絶、浮気、不倫、謀殺、虐殺、躁鬱病、神経症などが描かれている暗黒の殺伐とした風景だ。西洋と東洋の狭間で、男性と女性の駆け引きの暗闇の中で、小説の人物がもがいている。

王徳威は「在海徳堡墜入情網」を「情欲」を書いた小説だと見なし、「この小説はセクシーでもなければ、エロスもまったくない」(50)と述べている。呉燕君《ウー・イエンジェン》はフェミニズムの視点から、ハイデルベルクを背景にした「三篇の小説の女性主人公はいずれも『他者』の位置に置かれ、みな男性支配下の自我のない存在である。〔中略〕彼女たちは飛ぶ能力を失った」(51)と言い、三篇の小説は女性が男性の支配より逃避する物語だと評する。また張雪媃《チャン・シュエロウ》は、三篇の小説全てに登場する余佩宣《ユー・ペイシュエン》という人物を龍應台の化身だと考え、余佩宣こそ「龍應台が自ら脚本を書き、監督をする舞台の唯一の主人公だ。他のすべての人、東洋人にせよ西洋人にせよみな脇役だ」(52)と指摘する。「唯一の主人公」とは言いすぎだが、三篇を合わせて一つの小説として読む発想は啓発的である。

　ハイデルベルクを背景にした「在海徳堡墜入情網」、「找不到左腿的男人」（左足が見つからない男）と「堕」の三篇の小説は確かに情欲を語った小説であり、男性支配下の社会から逃げる物語でもあるが、荒涼たる生存の場、不条理な存在、離散の宿命から逃避するテキストでもある。

　余佩宣という「唯一の主人公」以外、小説には「天使」のような人物が二人いる。一人は余佩宣の小学生時代のクラスメート、牧師の娘の素貞《スージェン》である。余佩宣ら社会の底辺に編入させられた離散者の子どもたちの目には、同級生たちにも先生にも好かれる純潔で淑やかで礼儀正しい素貞は天使のように見えたが、余佩宣は彼女の「天使の性格」に嫉妬し、軽蔑する。「天使を見下すことができるから、自分は天使などではないという事実を大きな遺憾と思わなくてすむ」（一五頁）。そんな風に、余佩宣は阿Qの「精神勝利法」で自分を正当化するのが精いっぱいだった。しかしこの「天使」は後に伝統的かつ保守的な家庭に嫁いでから孤独に追い込まれ、ついに「躁鬱病」と診断され、「旅行」を処方されることになる。ハイデルベルクにやってきた素貞は心を病んでいるピアニストに惚れ、「何がborn freeかやっとわかった。生まれながら自由だ！　自由に生き、自由に死に、自由に暮らす、自由だ！」（三六頁）と叫ぶ。しかし「自由」の代価はあまりにも大きく、禁断の果実を舐めた素貞は虐殺される。小説の冒頭に書かれているように、速度制限のない国に来て、無理にスピードアップしたら、車も人もダメになる。「いかなる人の一部になるのも拒み、いかなる人をも有したくない」という「絶縁体」(三二頁)のような余佩宣は、「虚無以外、この世に何か他のものがあるかもしれない」(四三頁)と思い、「自由」に身を投げた素貞にひそかに救いを求めていたが、当の素貞は自分自身をも救えなかった。

もう一人の天使は余佩宣の夫だったドイツ人のミーシャである。清潔で純潔、誠実で信頼に足る、優しさに満ちた目をした彼には「世の中には疑いに値するものはみじんも存在しないようだった」(一八頁)。天使のような彼を目の前にして、助教を務めていた二十二歳の余佩宣は戸惑い、「あなたの信任に値するか? ミーシャ! 私は自分自身さえ信じられないの」(一八頁)と語る。余佩宣は天使に救いを求めたが、素直になれない自分に焦り、何を恐れているかもはっきり分からない。そのもやもやの感覚を「寝台の下のネズミ」と喩え、見えず聞こえずなお不気味に感じられる存在のように描く。ネズミに関する描写は、一人称独白の地の文をさえぎる形で挿入されており、やや唐突だが、それをヒントに余佩宣の内面、余佩宣の潜在意識にある不安と虚無を考えることができよう。主人公の運命はその性格に左右されるが、離散のトラウマもまた世代を超えて、「身体、心理、感情へと影響し、トラウマを思い出したり、再現したりすることによって他のトラウマを引き起こし」[53]、離散二世の特殊な記憶——ポストメモリーとなる(第四節を参照)。「精神勝利法」を用い、自分以外信じる者がいない余佩宣は離散の宿命と心の中の虚無を怖がり、ミーシャとの関係を安定した幸せな形へと導く自信がないのであろう。二人はハイデルベルクで数年間過ごした後、ミーシャが死者も同然のように行方不明となる。二人の物語のため龍應台はそれ以上小説のプロットを組み立てられなくなったのだろうか、ハイデルベルク物語の唯一の明るい部分は無理に終わらせられたのだった。

天使は死ななければならない。余佩宣は天使に救いを求めたが、結局変わらないものを信じる能力も愛を信じる能力も育てられず、「傷つけられたハリネズミ」(四九頁)のように人を避け、心の中の「ネズミ」に苦しむことになる。「情欲」説でも「フェミニズム」理論でも離散の群れの終わりなき逃避、存在の不条理は解説しきれないのである。

背景をハイデルベルクよりナミビアの砂漠に変えよう。小説集の『在海徳堡墜入情網』に、「銀色仙人掌」という、ある中年女性(余佩宣?)によるナミビアの砂漠への逃避行を描いた短篇小説が入っている。ナミビアの砂漠は三毛が書いたエキゾチックでロマンチックなサハラ砂漠とは違い、絶望的な砂漠として描かれている。結婚生活に行き詰まった主人公は人生を振り返りながら回り道をして車を走らせ、絶体絶命の境地に陥る。「ぐるぐる回っている。もし天のような大きな目があり、私を見下ろすなら、私はきっと意味のない蟻のように見える」(二〇六頁)と主人公がつぶやく。荒涼なる情愛の場で、余佩宣たちの試練と葛藤は続く。

## 二 「子宮思考」

張雪媃は、余佩宣がハイデルベルクシリーズの唯一の主人公で、他の人はみな脇役だと述べているが、考えを変えれば、「找不到左腿的男人」の中の江力廉《ジアン・リーリエン》は結婚している余佩宣であり、「堕」の中の李英は若き余佩宣だと言え、三篇の小説は一つの「流離う余佩宣の物語」と読むことができよう。

一九八八年十月、龍應台は台湾初の女性新聞記者としてソ連を十日間訪問している。一九九〇年二月には解体前のソ連に再度入り、冷戦終結の現場に足を運んで歴史的場面を記録し、表現した。「社会に対するとき、私は丸きり一つの大脳になる」(54)と自ら解説したように、龍應台はルポルタージュにおいて、社会主義ソ連における婚姻制度の危機、喫茶店文化の欠如、官僚主義などを報道したが(55)、人間の内面の観察は小説において結実させた。「堕」の主人公の李英は台湾からハイデルベルクに来た留学生。「来たよ、ハイデルベルク、私が来た。〔中略〕あなたは開かれた門だ。門を跨ぐということは、中に入ることではなく、私の後ろのびっしりと囲まれた空間を出ることだ。跨いだら、私は外に出るの、果てしない外に」（九一頁）と言う李英のセリフで注目したいのは、「入る」ではなく、「出る」ということだ。李英の「出る」は余佩宜の逃避と似ており、その意味で四十代の余佩宜から李英の未来の姿が想像できもしよう。

李英はモスクワの政治関係研究所を出たイバンというソ連からの留学生に出会い、二人は恋人同士になる。『『信じる』という言葉を言える人に、モスクワで会ったことはない」（八〇頁）と言うイバンは、共産主義イデオロギーが作り出したシニカルで無責任な人であった。身ごもった李英は行き詰まり、「なぜ私は人より孤独でなければならないの？　子宮があるだけで？　私は子宮を注文していないし、体に植えてもいない」（六八頁）と呻き、「愛はいったいなにかもわからなくなり、今は子宮でしか考えられない」（七一頁）と思うようになり、自ら堕胎を決めた。いわばこの「子宮思考」の小説全体が「堕」（堕胎）の完成から始まり、後ろから前へと倒叙し、二十数枚のスケッチのように、「堕」の過程を描いている。

龍應台の小説はときどき「知性過剰、感性不足」(56)のところがあり、男女がむつみあう場面でもレーニングラード包囲戦とか南京大虐殺とかを語る。李英とイバンの物語は、余佩宜の通り過ぎた人生の陥穽、生命の罠を表現し、上述のルポルタージュと併せて読むと興味深い。

文学創作はある程度作者の生命体験にもつながっている。後に成功した女性の辿った道を語るとき、龍應台は「彼女たちがいまや十分『成功』しているのだとしても、みんな暗黒時代を辿って来た」[57]と語る。『在海徳堡墜入情網』は龍應台の事実上唯一の小説集[58]として、心の暗黒時代の記念のように思われる。愛に救いを求めた三毛は四十七歳で世に別れを告げたが、「文化中国」に救いを求めた龍應台は書くことによって暗闇を乗り越え、四十七歳にして欧州に別れを告げ、台湾の政界に身を投じた。

## 第四節　揺れるポストメモリー

### 一　記憶・文学・歴史

『在海徳堡墜入情網』が、龍應台が「最も気にかけている」一冊だというなら、『大江大海一九四九』は龍應台が最も力を入れた一冊だと言えよう。後者は「あれほど悲痛な別れ、あれほどの理不尽と不正義、あれほど深い傷、あれほど長い忘却、そしてあれほど静かな苦しみ」[59]がこれまであったかという大離散の過去を追究する意欲を見せている。

『大江大海一九四九』の扉のページには「時代に踏みつけにされ、汚され、傷つけられたすべての人に敬意をこめて」という文章が書かれ、次のページは「『敗北者』の子供として生まれて、私は誇りに思う」と締めくくられる。「失敗者の子孫」は失敗者（離散者）にアイデンティファイし、離散のトラウマも継承する。『大江大海一九四九』を語るさい、歴史学者マリアンヌ・ハーシュ（Marianne Hirsch）によるポストメモリー（postmemory）についての論述は有用である。「ポストメモリー」はホロコースト生存者の後裔の記憶を描くため提起された概念で、個人の記憶と集団の歴史の間に存在する「力強い、特殊な記憶形態であり、その対象となる出来事とは思い出すことを通じてつながられるのではなく、想像と創造を通して結び付けられるのである」[60]。この概念は、「他の文化または集団のトラウマ事件と経験についての二世の記憶を有効に描く」[61]こともでき、龍應台作品を考える一つの視点を提供する。『大江大海一九四九』はまさに子の世代が自分の努力で親の世代の経験を再構築し、ポストメモリーを追究する一冊だと言えよう。

ポストメモリーは「世代間の距離を超えているので記憶とは違うし、個人に深くつながっているので歴史とも違い」[62]、その本質は間接性、非連続性、そして想像性である。『大江大海一九四九』は一人の母親（龍應台）が、兵役によりまもなく入営しなければならない十九歳の息子に向かって語った家族と時代の話である。そこで母親はポストメモリーの、記憶や歴史との錯綜した関係について次のように語っていた。

どんな物事であろうと、その全貌を伝えることなど私にはできない。フィリップ、わかってくれるだろうか？　誰も全貌など知ることはできない。ましてや、あれほど大きな国土とあれほど入り組んだ歴史を持ち、好き勝手な解釈と錯綜した真相が溢れ、そしてあまりのスピードに再現もおぼつかない記憶に頼って、何をもって「全貌」といえるのか、私にはひどく疑わしい。［中略］だから私が伝えられるのは、「ある主観でざっくり摑んだ」歴史の印象だけだ。[63]

龍應台はまた自分のことについて、「歴史に対して私は非常に愚かな、非常に遅れた学生だ。四十歳を過ぎてからやっと自分の足りなさに気づいた」(64)、「『弱き者』が自分の能力を超えた課題に取り組んでいる」(65)と認識している。書く過程にあった戸惑いについて龍應台は、「こんな膨大な史料を目の前に、『木々深くして、処を知らず』さながら、私は歴史を学ぶ小学生であった。それでも大興安嶺の山の中へ花摘みに出かけた赤頭巾ちゃんのように、深い小径に差しかかるたびに思わずその奥をのぞき込んでしまう。分かれ道に差しかかれば思いあぐねてしまう。どちらの道も私は歩きたい。どちらの道も私は知りたい」(66)と嘆いている。ここからは、歴史と記憶と文学的な表現との間で悪戦苦闘し続けた龍應台の姿が見えよう。トラウマの影響の連続性をたち切り、ポストメモリーの重荷より解放されるため、龍應台は親の離散前の大陸に戻ってあちこち取材し、個人の家族史を遙かに超えた集団記憶を再構築するため努力を惜しまなかった。

『龍應台評小説』の中で龍應台が「台湾には文学批評がなかった」と主張し、『大江大海一九四九』に関するインタビューを受けたときも「私がこの探索をはじめたのは、あの時代が本当はいったいどのような時代だったかを知りたかったからだ。努力しなければ、ブラックボックスは開けられない」(67)と話しているが、『大江大海一九四九』刊行の一ヶ月前、離散を振り返り、「最も含蓄のある方式でセンチメンタルな素材を扱う」(68)斉邦媛の回想録『巨流河』(69)が出版された。

## 二　修辞と感傷

林沛理《リン・ペイリー》は、「アメリカの評論家スーザン・ソンタグ（Susan Sontag）と同じように、龍應台は間違えたときでさえ、多くの華人作家や学者が正しいときより面白いし、示唆に富んでいる」と評し、さらに龍應台を「両岸三地において最もすごい修辞家だと言っても言いすぎではない」と述べている。[70]確かに、龍應台が注目される理由の一つはその文才であり、龍應台を研究する数多くの論文もその文章のスタイル、言葉遣いについて書かれている。

「原住民が大地や森を失った傷、深くないか。我々は償ったか。〔中略〕外省人難民が流離い、家を失った傷、哀れではないか。我々は慰めたか」[71]。ここにある漲った気力、反復による修辞は龍應台の典型的スタイルの一つである。龍應台は女の老いを「今、彼女の目に映る世界は、かつて彼女が属していた世界から、がらりと変質してしまった。漂泊を強いられ、抵抗もできぬまま放逐され、行き着いたその身の上は、秘密裡に仕組まれ、社会的に醸成された孤独なのではないか？」[72]と書いており、その繊細で鋭い描き方は真似しにくい。そして湖南省の衡山駅にいる龍應台は、まるでタイムマシンに乗って六十年前の時空に戻ったように描く。「二〇〇九年の衡山駅は意外にも、美君が私に話して聞かせた一九四九年当時とほとんど変わりがない姿であった。〔中略〕駅舎に入る。人のいない改札口をすり抜け、乗客になったつもりでプラットフォームまで歩く。端っこに立って、レールがまっすぐ伸びていき、曲がって見えなくなるまでを目で追った。ここが母と應揚が別れた場所なのだ。〔中略〕線路に跳び下り、寝そべって、レールに耳を張りつければ、六十年前のあの汽車がタイムトンネルをくぐってやってくる」[73]と。現実と非現実、歴史と想像が混在したこの文章も優れている。

しかし龍應台が二十年間考えをねり、四百日かかってようやく書かれた、最も力が入ったといっていい『大江大海一九四九』は、「修辞における誇張は本のいたるところに見え」[74]、発酵しすぎた感傷主義の作品になった。本のあとがきに書かれた、泣き崩れる場面が象徴しているように、この本はまるで涙に浸かったように感じられる。原書「あとがき」の最後の二頁より探して見れば、「すべての団体」、「すべての人」、「たくさん、たくさんの人」、

「すべての文字」、「すべての動作と視線」、「すべての話をしてくれた人」、「どれだけ多くの人」、「最も柔らかく、最も脆い」といった感傷ゆえの龍應台式の誇張も多い。離散物語の感傷的な作者と世界中に離散する感傷の読者による感傷の大合唱は、修辞のテクニックもさすがにカバーしきれないだろう。

## 三　『大江大海一九四九』をめぐる議論

『大江大海一九四九』をめぐる多くの議論は歴史に関連したものである。林沛理は、龍應台の『大江大海』は「講釈師（story teller）と歴史の叙述者（narrative historian）との調和の取れにくい役割の衝突（role conflict）を際立たせ、『書きすぎ（over-written）』の作品になった」[75]と述べ、さらに「『大江大海』最大の失敗は感傷主義の筆致で悲しみを盛り上げるところにある」[76]と語っている。また張大春《チャン・ダーチュン》は、『大江大海一九四九』について「『文学』の二文字で包装された」「インスタント史学」と解釈し、龍應台の史観を「中身のない虚無的歴史観」として批判する。龍應台が敬意を表したいわゆる「敗北者」についても、「『敗北者』は明らかに汚職、腐敗、無能の亡命政権であるにもかかわらず、大時代に踏みつけにされた庶民のように文学的に加工されている」と指摘した[77]。

李敖《リー・アオ》は『大江大海騙了你（大江大海はあなたを騙した）——李敖祕密談話録』という、十五万字の『大江大海一九四九』の紙数をはるかに超える、二十四万字の本を出して龍應台を批判した。「龍應台が最も得意なのは『現象』を書くことだが、龍應台が最も下手なところは『現象』しか書けないところだ。〔中略〕彼女は『原因』を書けない。なぜなら『原因』を知らないからだ」と指摘し、龍應台の本に対して、「見掛け倒し」、「銀紙で包装された臭い皮蛋」、「文章はいい」が「史学訓練がない」[78]と、歯に衣着せぬ痛烈な批判を浴びせた。さらにいわゆる「大江大海」は蔣介石式の思考様式であり、実際に存在するのは「残山剰水」しかないと指摘した。[79]

李敖の本を読んだ武之璋《ウー・ジーチャン》は『原来李敖騙了你』(やはり李敖があなたを騙した)を書き、李敖を「国民党が台湾に来て以来最大の知識人」[80]と認め、龍應台の史学訓練が足りないことにも同感を示しながらも、「龍應台は台湾社会と近代中国史に関心を寄せる文芸作家であり、龍應台の目的は忠実に、客観的に、複眼的に抗日戦争、国共内戦が引き起こしたもろもろの『現象』を描くことにある。龍應台は原因を求めるつもりはなく、原因を求めるのは歴史学者、思想家である」[81]と述べ、李敖の批評は龍應台には不公平だと指摘している。さらに李敖について、一九七一年の「内乱罪」による入獄前には国民党や孫文を客観的に捉えていたが、一九七六年の出獄後は否定的に捉えるようになったことに触れ、「李敖の観点は学術的ではなく、一種の病態だ、一種の『復讐シンドローム』だ」[82]とも指摘した。

また張雪媃は「本省人」の立場から、龍應台が「大江大海で台湾島の悲しい小川を覆っている」[83]と述べ、彭明敏《ポン・ミンミン》も「『本省人』と『外省人』のナショナル・アイデンティティが相容れず」、『大江大海一九四九』は「二大エスニックグループの和解(heal)のためのヒーリングにはならない」[84]と指摘する。

以上のように、『大江大海一九四九』に対して、歴史学者は資料の不足を指摘し、作家は「インスタント史学」だと難じ、文学評論家はそのセンチメンタリズムを批判し、大中華主義者はその国民党史観を責め立て、台湾独立派はそのアイデンティティを疑った。『大江大海一九四九』は、歴史的事実に関する部分はもっと厳格に書く必要があるが、単なる歴史ではない。著者はそれも文学だと主張しており、確かに広い意味での文学には含まれるが、単なるフィクションでもない。まさしく『大江大海一九四九』とは、離散者二世が書いたスケールの大きいポストメモリーのテキストなのである。

（1）龍應台「自序　還在霊魂的旅次中」『銀色仙人掌』台北・聯合文学出版社、二〇〇三年十二月、六頁。
（2）龍應台『大江大海一九四九』台北・天下雑誌、二〇〇九年八月。本章の日本語訳は天野健太郎訳『台湾海峡一九四九』白水社、二〇一二年六月より引用。
（3）龍應台「七二　モクマオウの木の下で」、前掲『台湾海峡一九四九』、三七七頁。
（4）龍應台「第十七封信　你是哪国人？」『親愛的安徳烈』、北京・人民文学出版社、二〇〇八年十二月、一二五頁。
（5）龍應台「教育」『父を見送る――家族、人生、台湾（原題：目送）』（天野健太郎訳）白水社、二〇一五年九月、七三頁。
（6）龍應台「軟枝黄蟬」『啊、上海男人』上海・学林出版社、一九九八年十月、二九六頁。
（7）楊照・王妙如「不安的野火――専訪龍應台」『中国時報・人間副刊』一九九九年九月二八―三〇日。
（8）龍應台「我在為你做一件事」『龍應台評小説』台北・爾雅出版社、一九八五年六月、一七三、一七七頁。
（9）楊照「率直与『憨膽』――閲読龍應台」『中国時報・人間副刊』一九九九年九月二十七日。
（10）龍應台「冥紙愈多愈好」、前掲『龍應台評小説』、二頁。
（11）王德威「考蒂莉亞公主傳奇――評『龍應台評小説』」『中外文学』一九八五年十二月。同上『龍應台評小説』付録、二一七頁。
（12）同上、二二二―二二三頁。
（13）前掲「不安的野火――専訪龍應台」。
（14）龍應台「在海徳堡墜入情網」『在海徳堡墜入情網』上海文芸出版社、一九九六年四月、一〇六―一〇七頁。
（15）龍應台「乾杯吧、托馬斯・曼！」、前掲『啊、上海男人』、二五五頁。
（16）華安「放手」、龍應台『孩子你慢慢来』台北・印刻文学生活雑誌出版、二〇一五年七月、一八五頁。

(17) 龍應台「同窓会」、前掲『父を見送る』、二四一頁。
(18) 龍應台「胡美麗這個女人」『女子与小人』上海・上海文芸出版社、一九九六年四月、二七七頁。
(19) 龍應台「第二十七封信　給河馬刷牙」、前掲『親愛的安徳烈』、二〇九頁。
(20) 龍應台「第五封信　対玫瑰花的反抗」、前掲『親愛的安徳烈』、四一頁。
(21) 一九九九年—二〇〇三年は台北市文化局初代局長、二〇一二年—二〇一四年は行政院初代文化部長。
(22) 張雪媃「凝視龍應台——野火到大江大海」『当代華文女作家論』台北・秀威資訊科技、二〇一三年五月、一二九、一三六—一三七頁。
(23) 黃粱主編『龍應台与台湾的文化迷思』台北・唐山出版社、二〇〇四年十二月、八五頁。
(24) 林沛理「龍應台　攻心為上」『中文玩家——私享華文大師的写作絶学』北京・中国人民大学出版社、二〇一五年一月、一〇頁。
(25) 龍應台「十三　老いた父が愛した芝居『四郎探母』」、前掲『台湾海峡一九四九』、七三頁。
(26) 龍應台「媽媽講的話」『看世紀末向你走来』上海・上海文芸出版社、一九九六年四月、三一七—三一八頁。
(27) 前掲「乾杯吧、托馬斯・曼!」、二四八—二四九頁。
(28) 同上、二五一頁。
(29) 前掲「不安的野火——専訪龍應台」。
(30) 「三毛作品在西翻訳出版　『国家報』頭版講述女作家伝奇人生」『西班牙聯合時報』二〇一六年十月二十六日。
(31) 凌峰「中国和西班牙的『蜜月』才剛剛開始」『欧華報』二〇一六年十月二十九日。
(32) 文化中国（Cultural China）は儒学者の杜維明が提出した概念である。杜維明『文化中国的認知与関懐』（台北・稲香出版社、一九九九年）などを参照。
(33) 龍應台「開往夢境的火車」『龍應台評小説』上海・上海文芸出版社、一九九六年四月、三四九頁。
(34) 龍應台「五十年来家国——我看台湾的『文化精神分裂症』」『面対大海的時候』台北・時報文化出版、二〇〇三年十二月、二八—三一頁。

(35) 龍應台「你是否看見歴史裡的人？——対李登輝史観的質疑」(『百年思索』台北・時報文化出版、一九九九年八月) および「請用文明来説服我——給胡錦涛先生的公開信」(『請用文明来説服我』香港・天地図書、二〇〇六年七月) などを参照。

(36) 董橋「快快開拓国際視野」『蘋果日報』二〇〇三年七月二十五日。

(37) 郭力昕「一覚回到解厳前——我看龍應台的『五十年来家国』」『中国時報・人間副刊』二〇〇三年七月二十三日。

(38) 楊澤「天真女俠龍應台——走過野火時代」、龍應台『野火集——二十周年記念版』台北・時報文化出版、二〇〇五年七月、二六頁。

(39) 石計生「霹靂火 vs. 野火」『中国時報・人間副刊』二〇〇三年七月二十六日。

(40) 顧爾徳「龍應台只是欧州来的過客」『新新聞週報』二〇〇三年七月二十四日。

(41) 伊格言「你可以再靠近一点」『中国時報・人間副刊』二〇〇三年七月二十五日。

(42) 姚人多「龍應台的中薬」『中国時報・観念平台』二〇〇三年七月三十日。

(43) 趙剛「和解的壁壘」『読書』二〇〇五年第七期、五九—六〇頁。

(44) 銭鋼「跋——蒲公英的歓楽和悲傷」前掲『請用文明来説服我』、三四八—三四九頁。

(45) 例えば、「誰、不是『天安門母親』？——献給丁子霖　為天安門屠殺十五周年而作」は二〇〇四年六月四日に同時に台北『中国時報』、香港『明報』、クアラルンプール『南洋商報』およびアメリカ『世界日報』に、六月七日にシンガポール『聯合早報』に掲載された。

(46) 江迅「専訪——作家龍應台　我的文章像沼澤裏飛起的鴨子」『亜洲週刊』二〇〇五年七月二十四日。

(47) 龍應台二〇一二年八月三十一日バンクーバーのブリティッシュコロンビア大学における講演「華文、華流、華文化——対華人世界的美好想像」『傾聴』台北・印刻文学生活雑誌出版、二〇一六年四月、五三頁。

(48) 前掲「不安的野火——専訪龍應台」。

(49) 龍應台「面具」、前掲『在海徳堡墜入情網』、二一四頁。本節中の引用箇所に付した頁数は『在海徳堡墜入情網』の頁数である。
(50) 王徳威「海徳堡之死——評龍應台『在海徳堡墜入情網』」、『聯合文学』(台北)一九九四年九月第十巻第十一期、四三頁。
(51) 呉燕君「蝴蝶蝶飛不過蒼海——読龍應台的『海徳堡』系列小説」『当代小説』二〇〇九年九月、一二頁。
(52) 前掲「凝視龍應台——野火到大江大海」、一〇七頁。
(53) Marianne Hirsch, *The Generation of Postmemory: Writing and Visual Culture After the Holocaust*. Columbia University Press, 2012, p. 2.
(54) 前掲「不安的野火——専訪龍應台」。
(55) 龍應台「敞開的俄羅斯大門」「効率就是等待」、前掲『看世紀末向你走来』。
(56) 舒非「知性有余感性不足——龍應台最在乎的一本書『在海徳堡墜入情網』」(『明報月刊』一九九五年八月)を参照。
(57) 龍應台「第三十封信　両只老虎跑得慢、跑得慢」、前掲『親愛的安徳烈』、二三九頁。
(58)『在海徳堡墜入情網』は一九九五年に聯合文学出版社より、一九九六年に上海文芸出版社より出版。二〇〇三年には新たに「自序　還在霊魂的旅次中」を収め、書名を『銀色仙人掌』に変えて聯合文学出版社より出版されたが、中身は一九九五年の聯合版、一九九六年の上海文芸版とほぼ同じである。
(59) 龍應台「あとがき　私の洞窟、私のろうそく」、前掲『台湾海峡一九四九』、三九四頁。
(60) Marianne Hirsch, *Family Frames: Photography, Narrative, and Postmemory*. Harvard University Press, 1997, p. 22.
(61) 同上。
(62) 同上。
(63) 龍應台「二八　六歳でも兵隊になれる」、前掲『台湾海峡一九四九』、一六一頁。
(64) 龍應台「在迷宮中仰望星斗——政治人的人文素養」、前掲『百年思索』、一五頁。
(65) 前掲「あとがき　私の洞窟、私のろうそく」、三九四頁。
(66) 同上、三八九—三九〇頁。

(67)柴子文・張潔平「専訪——作家龍應台　她和千万亡魂一起写這本書」『亜洲週刊』二〇〇九年九月二十七日。
(68)王徳威「『如此悲傷、如此愉悦、如此独特』——斉邦媛与『巨流河』」『当代作家評論』二〇一二年第一期、一五九頁。
(69)斉邦媛『巨流河』台北・天下文化、二〇〇九年七月。
(70)前掲「龍應台　攻心為上」、七—八頁。両岸三地とは、中国大陸、台湾、香港のこと。
(71)前掲「五十年来家国」、二六頁。
(72)龍應台「いつまでも女」、前掲『父を見送る』、二三六頁。
(73)龍應台「八　汽車を追いかける少年」、前掲『台湾海峡一九四九』、四九—五〇頁。
(74)林沛理「龍應台的感傷主義」『亜洲週刊』二〇〇九年十一月二十二日。
(75)林沛理「認真審視龍應台」『亜洲週刊』二〇〇九年十一月十五日。
(76)前掲「龍應台　攻心為上」、二〇頁。
(77)張大春「速食史学的文明矛盾」『蘋果日報』二〇一一年一月十一日。
(78)李敖『大江大海騙了你——李敖祕密談話録』台北・李敖出版社、二〇一一年二月、三〇—三四頁。
(79)同上、七頁。
(80)武之璋『原来李敖騙了你』、香港・中国文革歴史出版有限公司、二〇一一年十二月、九六頁。
(81)同上、二二六頁。
(82)同上、一四九頁。
(83)前掲「凝視龍應台——野火到大江大海」、一〇二頁。
(84)彭明敏「従龍應台著『大江大海一九四九』説起——台湾観点」『自由時報』二〇〇九年十一月八日。

# あとがき

一九九九年の博士課程修了後、いずれ博士論文を本にまとめたいと思いつつ法政大学に奉職し、同時に子どももでき、フルタイムの仕事を二つ掛け持つような身になった。その後の数年間入院手術を三回も受け、子どももう一人増えた。あわただしい日々が過ぎていて、気づいたらもう若手研究者ではなくなり、気づいたら先輩後輩たちの多くがすでに博論等を出版している。

本書は博論に基づいたとはいえ、新たな内容も入れたので、博論とはかなり違う構成にはなったが、歳月が随分と経ったせいか、昔の自分との折り合いをつけにくく、本来大幅に書き直したい気持ちも挫折し、修正をほどほどにした。

ここまで漕ぎ付けたのはたくさんの方々のおかげである。博論の計画から史料の調べ方までご指導いただいた藤井省三先生、尾崎文昭先生、故丸尾常喜先生には深く感謝を申し上げたい。励ましていただいたり、資料調査に協力していただいたり、または原稿をチェックしていただいたりした岡田英樹先生、加藤陽子先生、木山英雄先生、銭理群先生、封世輝先生、伊藤徳也先生、岸洋子先生、黄英哲氏、河原功氏、邵迎建氏、解志熙氏、董炳月氏、高遠東氏、顧建平氏、韓敬群氏、張泉氏、樫尾季美氏、陳言氏、中澤忠之氏、根岸宗一郎氏にも深く感謝したい。インタビューに応じて下さった梅娘氏、李景慈氏、佐藤源三氏、志智嘉九郎氏、中薗英助氏はすでに他界されたが、ご冥福をお祈りしながらやはり深く感謝を捧げたい。

最後に夫のバッハ・マーティンをはじめとするチェコと中国両方の家族の方々、それから法政大学出版局の高橋浩貴氏と郷間雅俊氏に深く感謝したい。

張欣　二〇一九年六月吉日

# 索　引


## あ行

青野季吉　226
芥川龍之介　64
阿部知二　132, 134, 144, 145
甘粕正彦　87, 126, 127
飯河道雄　18
飯塚朗　64, 68, 73, 89, 90
　「石叫ぶべし」　66, 68, 89–91
郁達夫　13, 16, 142, 148, 149, 164
　「沈淪」　149
石川達三　62, 64, 65, 89
　『母系家族』　62, 64, 65, 89
稲川朝二　20
イプセン　14
上野千鶴子　107, 121
宇宙風書店　104
益智書店　15, 18, 33
江崎磐太郎　64
『燕京文学』　68, 89, 90, 130, 137, 138, 152, 154
袁犀（李克異）　13, 18, 19, 22, 29, 30, 32, 35, 61, 67, 69, 71, 72, 89–91, 127–132, 134, 137–139, 143–145, 149, 154, 156, 157
　『貝殻』　67, 69–72, 89–91, 129, 130, 132, 133, 138, 144
　『森林的寂寞』　61
　『泥沼』　18, 19, 32
汪向栄　224, 225, 229, 231
　「留日学生与出版界」　225
王秋蛍　18, 19, 25, 26, 29, 31
　『去故集』　19
　『小工車』　18, 19
王春沐　14, 15
王統照　16
王徳威　188, 236, 242, 256, 257
　「考蒂莉亜公主伝奇——評『龍應台評小説』」　236, 253
王萍　63
大内隆雄　28, 33, 89, 118, 155, 230
岡崎俊夫　64, 152
岡本かの子　63
女結婚員　104, 105

## か行

海帰　161, 163, 164, 166, 167
『海上花列伝』（韓邦慶）　182, 186, 188
解放区　102, 113, 118, 128, 145, 228
郭沫若　16, 38, 64, 148
夏志清　168, 170, 172, 180, 181, 185–187, 236
『華文大阪毎日』　20, 41, 54, 56, 59, 63, 118, 119
華北作家協会　31, 54, 59–61, 63, 87, 126, 133, 136, 144, 153
『華北作家月報』　59, 64, 87, 138, 144, 153
「華北文芸叢書」　54, 61
亀谷利一　42, 61, 62, 87, 126, 127, 150, 151, 201
河上肇　39, 148
川村湊　25, 27, 32, 152
　『異郷の昭和文学——「満州」と近代日本』　25, 32, 34, 35
関永吉（上官箏）　59, 67, 88, 89, 120, 146, 152, 157
ガン、エドワード　71, 91, 118, 122, 151
韓素英（韓素音）　170, 171
関露　100, 119, 141, 207
菊池寛　223
岸田日出刀　226
祁森煥　223

『北支那』　138, 154
北村謙次郎　20, 26, 34, 35, 142, 155
木山英雄　59, 87, 152, 201, 211
　『北京苦住庵記——日中戦争時代の周作人』　87, 152, 153, 201, 211, 212
行田茂一　136-138, 153
許地山　14, 66
キングストン　171
　「女武者」　171
金剣嘯　28
屈原　15, 181
国木田独歩　223
窪川稲子　63
久米正雄　62, 134, 144, 151, 205
　『白蘭の歌』　62
厨川白村　148
『芸文雑誌』　60, 72, 88, 90-92, 156, 201, 216, 230
『芸文誌』　20, 155
芸文誌派　18, 20-22, 27, 142, 143
芸文社　60, 61, 126, 134, 201
『激流三部曲』（巴金）　43, 55, 128
厳安生　229, 232
　『日本留学精神史——近代中国知識人の軌跡』　232
阮蔚村　223
洪炎秋　191-199, 202, 207-210, 212, 213, 222
呉瑛　19, 25, 28, 34, 41, 63, 97-99, 118, 140, 141, 155
　「墟園」　99
　「翠紅」　99
　『両極』　19, 41, 98, 99
呉燕君　243, 256
国統区　102, 118
『国立華北編訳館館刊』　202
古丁　20, 21, 25, 27, 28, 33-35, 43, 67, 140, 142, 143, 149, 155
　『平沙』　25, 27, 34, 35, 43, 142, 155
胡適　16, 68, 186, 211
　『嘗試集』　198, 211
孤独練離　63, 102, 120
小浜千代子　64
小林秀雄　134

## さ行

『西廂記』　162
『西遊記』　14
『雑誌』　92, 106, 108, 119-122, 184
左蒂　64, 97, 98
佐藤源三　125, 128-130, 134, 136, 144, 145, 151
実藤恵秀　224, 225, 231
　「所望於日本研究者的——中国遊記之組織的研究」　224
　「留日学生史話」　225
三毛　240, 242, 245, 247
　『撒哈拉的故事』（サハラの物語）　240
『詩経』　161-163
施済美　100, 119
志智嘉（志智嘉九郎）　69, 72, 73, 90, 91, 125, 126, 136, 151, 216, 230
　『弐人の漢奸』　126, 130, 151-153
四平街　10, 116
島木健作　28
島崎藤村　148, 157, 202, 203, 205, 223
　『新生』　148, 157
　『夜明け前』　202
島崎藤村文学賞　205
島田政雄　73, 91, 135, 153
謝南光　229, 232
清水信　64
『斯民』　98, 99, 119
爵青　21, 25, 28, 33, 43
　「欧陽家的人們」　21, 25, 33, 43
周越然　206, 212
　「説話難」　206, 212
周作人　13, 60, 61, 64, 69, 88, 100, 126, 127, 136, 156, 157, 196-198, 201, 202, 211, 217,

226-228, 232
「怠工之辯」 227, 232
「日本之再認識」 228, 232
「日本与中国」 227, 231, 232
朱媞 54, 97, 119
朱炳蓀 101, 119
『晦明』 101, 119
蕭艾 67, 89, 129
蔣介石 12, 139, 142, 252
『中国の運命』 139
蔣果儒 63
蔣百里 228, 232
『日本人――一個外国人的研究』 228, 232
蕭軍 9, 15, 28, 31
『跋渉』（蕭紅と共著） 15, 31
小古 28
蕭紅 9, 15, 28, 31, 97-99, 141
『跋渉』（蕭軍と共著） 15, 31
蔣光慈 13, 17
「少年文庫」 61, 63
蔣瀕 57, 86
小松 20, 28
ショーロホフ、ミハイル 19
『静かなるドン』 19
上官箏（関永吉） 33, 70, 88, 90, 91, 134, 137, 152
常風 29
徐志摩 160
徐祖正 146-149, 157, 211
『蘭生弟的日記』 148, 157
徐白林 134
沈啓無 126, 156, 201
秦賢次 191, 193, 202, 208, 209, 212
「新進作家集」 61, 66, 67, 86, 89, 144
『新青年』 29, 32, 193
寝台の下のネズミ 244
新民印書館 56, 61, 63, 86, 88-90, 92, 118, 121, 122, 125, 126, 134, 144, 150, 211
盛英 33, 55, 103, 104, 120
『盛京時報』 16, 25, 26, 29, 31, 34
『戦時日本』 228
銭鍾書 160, 164
銭稲孫 60, 69, 88, 126, 196-198, 202, 211, 223, 231
曹雪芹 34, 43, 164, 167
『紅楼夢』 14, 34, 43, 162-164, 167, 169, 176, 182
祖師奶奶 180, 183
蘇青 92, 100-104, 106-109, 119-121
「蛾」 79, 92
『結婚十年』 103, 104, 106, 107, 119, 121
『続結婚十年』 106, 107, 121
蘇民生（瀾滄子） 222, 223
孫加瑞（梅娘） 3
孫暁野 15, 31
孫志遠 10, 11, 37, 44
ソンタグ、スーザン 249

## た行

太平輪 83
戴錦華 30, 102, 120
『浮出歴史地表』（孟悦と共著） 30, 102, 120
大東亜共栄圏 131, 206
大東亜文学者大会 28, 42, 89, 90, 128-130, 132, 134, 136, 140, 144, 145, 152, 200, 202-207
大東亜文学賞 42, 67, 86, 90, 129, 131, 133, 134, 138
『大同報』 19, 20, 30, 33, 37, 39, 55, 98, 230
『台湾民報』 198, 210, 211
高須芳次郎 226
谷崎潤一郎 223
谷本知平 64
田村栄太郎 226
田村剛 210, 222
丹羽文雄 64, 65
『母の青春』 65

譚凱　63
檀一雄　20, 27, 35
『青春放浪』　27, 35
但娣　25, 34, 39, 40, 54, 63, 84, 97, 99, 118
「安荻和馬華」　99, 118
中華書局　13
『中国人の日本研究史』　215, 217, 229, 230, 232
『中国文学』　51, 55, 56, 63, 67, 90–92, 120, 136, 144, 152, 153, 156, 157, 212
中国文学研究会　129, 130, 152
『中国文芸』　33, 58, 68, 86–88, 90, 91, 102, 120, 123, 138, 153, 192, 200, 201, 209–212
『中和月刊』　215, 232
張愛玲
「色、戒」　182
『怨女』　181, 182, 188
「我看蘇青」　101, 119, 185
「花凋」　110, 120, 122
「金鎖記」　109, 110, 121, 163, 181, 182
「傾城之恋」　105, 108–111, 115, 119–122, 161–163, 180, 182, 184
「紅玫瑰與白玫瑰」　111, 112, 122, 161, 164, 182
『紅楼夢魘』　167, 185–187
『十八春』　114, 115, 122, 182
『小艾』　110, 122, 171, 187
『小団円』　174, 182, 188
「沈香屑——第一炉香」　104, 115, 116, 120, 122, 123, 163, 164, 176, 185
「沈香屑——第二炉香」　109, 121
『赤地之恋』　171, 172
「相見歓」　175, 182
『対照記——看老照相簿』　176, 184
「多少恨」　110, 122
「談看書」　176
『伝奇』　104, 115, 119
『伝奇　増訂本』　174
「同学少年都不賎」　172–178, 181, 182, 186
『半生縁』　122, 179, 182, 187
「封鎖」　81, 93, 105, 120, 185
「浮花浪蕊」　174, 182
「茉莉香片」　111, 122
『摩登紅楼夢』　162, 167
『惘然記』　182
『秧歌』　168, 186, 187
張我軍　126, 191, 192, 194, 195, 197–200, 202–213, 219–223
「日本文化的再認識」　219, 221
『乱都之恋』　198
張学良　12, 17
趙剛　241, 255
張作霖　12, 16
張紹昌　216, 217, 230
張深切　58, 59, 87, 191, 192, 195, 200, 201, 208, 210–212
『張深切全集』　201, 208, 211
張雪媃　243, 245, 252, 254
張泉　55, 86, 93, 118, 149, 152, 157
『淪陥時期北京文学八年』　118, 149, 157
張大春　251, 257
張蕾　63
陳綿　60, 69, 90, 202, 212
『候光』　69, 90
程育真　100, 119
丁福源　223
丁玲　102, 128, 141
『天地』　93, 100, 119–122
田瑯　39
『東亜新報』　60, 125, 137, 150
『東亜聯盟』　64, 91, 153
陶亢徳　134
陶明濬　25, 34
『紅楼夢別本』　25, 34
徳田秋声　198, 223
杜甫　173, 174, 181
「秋興八首」　173

## な行

中島真雄　16
中薗英助　64, 125, 127, 128, 130, 132, 137–139, 143, 152–154, 156
「銭糧胡同の日本人」　132, 152
「第一回公演」　138, 154
「北京の貝殻」　130, 140, 152, 154
『北京飯店旧館にて』　140, 152, 153
『彷徨の時』　140, 154
『夜よ　シンバルをうち鳴らせ』　139, 140, 154
「烙印」　139
「わが北京留恋の記」　137, 140, 153
中村孝也　210, 226
夏目漱石　64, 198, 223
『我輩は猫である』　199
南玲北梅　103, 104
西田幾多郎　226
西村真一郎　26
『日文与日語』　198, 199, 208, 211
日華の間の橋　206, 207
『日本研究』　210, 212, 215–217, 220, 222–225, 227, 229–232
日本文学報国会　126, 129, 133, 134, 136
『日本評論』　228
人人書店　192, 197, 208
野中修　64

## は行

ハーシュ、マリアンヌ　248, 256
バイコフ、ニコライ　28
梅娘（孫加瑞）
「異国篇」　51, 52, 56
「一個蚌」　74–76, 81, 82, 89, 92, 105, 106, 111, 117, 121, 122
「雨夜」　79, 89, 112, 122
「蟹」　15, 41–44, 46, 54, 55, 74, 81, 82, 85, 111, 122
『蟹』（作品集）　31, 42, 54, 61, 63, 84, 92, 98, 106, 121, 122, 129, 151
「僑民」　42, 48, 50, 51, 55, 81
「魚」　74, 76, 77, 78, 81, 82, 89, 91, 92, 111, 117, 123
『魚』（作品集）　61, 63, 66, 67, 72, 79–81, 84–86, 89, 92, 98, 106, 118, 121, 122, 129
『小婦人』　42, 51, 55, 56, 63, 74, 77, 78, 82, 103, 117
『小姐集』　15, 16, 47, 62, 98
『青姑娘的夢』　63, 88
「双燕篇」　51, 53, 56
『聡明的南陔』　63
『第二代』　19, 41, 42, 47, 62, 98
「旅」　74, 80–82, 89, 92, 117
「動手術之前」　54, 74, 79, 82, 92, 106, 108, 121, 122
『梅娘小説散文集』　30, 31, 56, 86
「傍晩的喜劇」　41, 47
「夜行篇」　56, 92, 106, 120
『夜合花開』　51, 63, 85, 103
「話旧篇」　51, 53, 56
バイロン　14
巴金　16, 29, 35, 43, 44, 46, 55, 56, 82, 128
『秋』　43, 55
『家』　43, 44, 46, 55, 82
『激流三部曲』　43, 55, 128
『春』　43, 55
莫東寅　220, 230
長谷川宏　138
馬徳増書店　103
林房雄　126, 133, 134, 136, 153, 154, 201
林芙美子　63
馬驪　67, 89, 90
反右派運動　83, 84
反ロマン主義　110
潘柳黛　100, 119
引田春海　64, 138, 152
「筆会」　239
冰心（謝冰心）　14–16, 31, 100, 101, 109, 113,

141, 160
『寄小読者』 14, 15, 31
平田丹蔵 193
傅芸子 60
傅仲涛 217, 219, 222, 230
『婦女雑誌』 30, 54, 63, 89, 102, 120, 151
藤原定 64
傅雷 66, 89, 163, 185
武之璋 252, 257
『原来李敖騙了你』 252, 257
武徳報社 31, 54, 63, 64, 87, 92, 121, 122, 126, 127, 143, 144, 150, 151, 201
聞一多 14
文化中国 240, 241, 247, 254
文芸盛京賞 21, 25
文選派 13, 18, 19, 21, 22, 26
文叢派 18–22, 26
『文選』 18, 22, 26, 29
辺燮清 13
『鳳凰』 18
方紀生 148, 157, 203
彭明敏 252, 257
穆儒丐 17, 25, 31, 34
『福昭創業記』 25, 34
細川武子 64
ポストメモリー 4, 5, 233, 244, 247–249, 252

ま行

正宗白鳥 223
増田渉 21, 152
松枝茂夫 21, 232
満州作家群 30
満州事変 12–14, 17, 26, 44, 111, 132
『満洲浪曼』 26, 34
『万葉集』 223, 231
宮崎市定 226
『明明』 20–22
武者小路実篤 134, 198, 202–204
『曉』 203
武藤富男 23–25, 34
『私と満州国』 24, 34
孟悦 30, 102, 120
『浮出歴史地表』（戴錦華と共著） 30, 102, 120
毛沢東 139
『新民主主義論』 139
森鷗外 64, 137

や行

山口察常 225, 226
「日中文化交流之一端」 225
山田清三郎 28
尤炳圻 60, 126, 223
楊開泰 223
楊絳 100, 120, 184
横光利一 64, 130–132, 144
吉川幸次郎 88, 92, 226
吉田恍 64
吉屋信子 134, 206, 212
余彬 114, 123

ら行

雷妍 63, 66, 67, 89, 90, 129
『白馬的騎者』 66, 89
『駱駝草』 148, 157
羅文淑 191
瀾滄子（蘇民生） 222
藍苓 97
李韻如 101, 119
『三年』 101, 119
陸柏年 138, 139
李景慈（林榕） 57, 59, 61, 66, 69, 73, 80, 86, 91, 92, 101, 118, 125, 129, 133, 134, 144, 150, 153, 230
李健吾 146, 157

「彎枝梅花和瘋子」　146, 157
李敖　251, 252, 257
『大江大海騙了你——李敖祕密談話録』　251, 257
李烽　69, 90, 91
「朝露」　69, 90, 91
龍應台
『孩子你慢慢来』　237, 253
「乾杯吧、托馬斯・曼！」　239, 253, 254
「銀色仙人掌」　245, 253, 256
『在海徳堡墜入情網』　233, 242, 243, 245, 247, 253, 255, 256
『親愛的安徳烈』　237, 253, 254, 256
『大江大海一九四九』　5, 233, 234, 247–253
『目送』　233, 253
『野火集』　4, 233, 236, 242, 255
『龍應台評小説』　233, 235, 236, 242, 249, 253, 254
劉心皇　118, 197, 209
『抗戦時期論陥区文学史』　121, 197, 209
『留日同学会季刊』　211, 215
劉莉　97, 99, 118
「四年間」　99, 118
柳龍光　20, 39, 42, 59, 61–63, 75, 82, 83, 87, 88, 98, 113, 116, 126, 127, 130, 136, 143, 151, 152, 156, 212
梁啓超　14
凌叔華　100
呂元明　28, 35
梁山丁　13, 19, 21, 22, 24, 25, 28–33, 41, 47, 56, 89, 90, 97, 118, 146, 156, 157
『山風』　19, 25, 41
『緑色的谷』　19, 28, 33
淪陥区　4, 15, 66, 82, 97, 99, 100, 102–106, 108–110, 112, 113, 118, 125, 133, 146, 149, 197, 217, 229, 230
林語堂　167, 170, 179, 185, 186
林紓　14, 31
林沛理　249, 251, 254, 257
林榕（李景慈）　67, 86, 89, 136, 137, 153
林里　15, 31
励行健　16
『風夜』　16
廬隠　100
老舎　43, 55
『四世同堂』　43, 55
盧溝橋事件　29, 38, 39, 57, 64, 101, 132, 150, 152, 200, 216, 227, 228
魯迅　9, 13, 16, 20, 21, 38, 64, 68, 145, 160, 164, 169, 170, 183, 186
『大魯迅全集』　21
ロラン、ロマン　14
路翎　43, 55
『財主底児女們』　43, 55
『論語・陽貨』　181

### わ行

和辻哲郎　222

# 参考文献

＊ここには本書執筆の際に目を通した主要な文献を挙げておく。ただし、新聞・雑誌等に発表された文献については、引用に際して本文中に出典を明記してあるので割愛する。

## 全　般


山田敬三・呂元明編『十五年戦争と文学——日中近代文学の比較研究』，東方書店，1991年2月

山田敬三・呂元明主編『中日戦争与文学——中日現代文学の比較研究』，長春・東北師範大学出版社，1992年8月

劉心皇『抗戦時期論陥区文学史』，台北・成文出版有限公司，1980年5月

張泉『淪陥時期北京文学八年』，北京・中国和平出版社，1994年10月

陳青生『抗戦時期的上海文学』，上海人民出版社，1995年2月

徐廼翔・黄万華『中国抗戦時期淪陥区文学史』，福州・福建教育出版社，1995年7月

藤井省三『中国文学この百年』，新潮社，1991年2月

藤井省三・大木康『新しい中国文学史——近世から現代まで』，ミネルヴァ書房，1997年7月

銭理群・呉福輝・温儒敏・王超氷『中国現代文学三十年』，上海文芸出版社，1987年8月

尹雪曼『抗戦時期的現代小説』，台北・成文出版社有限公司，1980年7月

夏志清『中国現代小説史』（劉紹銘編訳），台北・伝記文学出版社，1991年（中華民国80年）11月

C. T. Hsia, *A History of Modern Chinese Fiction*. Yale University Press, 1961.

Leo Ou-fan Lee, *The Romantic Generation of Modern Chinese Writers*. Cambridge, Massachusetts: Harvard University Press, 1973.

坂口直樹『十五年戦争期の中国文学——国民党系文化潮流の視角から』，研文出版，1996年10月

Edward M. Gunn, *Unwelcome Muse: Chinese Literature in Shanghai and Peking 1937–1945*. Columbia University Press, 1980.

藍海『中国抗戦文芸史』，済南・山東文芸出版社，1984年3月

胡湊芝『蹄下文学面面観』，長春出版社，1990年1月

文天行『中国抗日文学概覧』，成都・四川大学出版社，1996年6月

蕭効欽・鐘興錦主編『抗日戦争文化史（一九三七——九四五）』，北京・中共党史出版社，1992年10月

楽黛雲・王寧主編『西方文芸思潮与二十世紀中国文学』，北京・中国社会科学出版社，1990年11月

## 第一部

馮為群・王建中・李春燕・李樹権編『東北淪陥時期文学国際学術研討会論文集』，瀋陽出版社，1992年6月
馮為群・李春燕『東北淪陥時期文学新論』，長春・吉林大学出版社，1991年7月
申殿和・黄万華『東北淪陥時期文学史論』，哈爾浜・北方文芸出版社，1991年10月
『東北現代文学史』編写組『東北現代文学史』，瀋陽出版社，1989年12月
岩波講座『近代日本と植民地七・文化の中の植民地』，岩波書店，1993年1月
尾崎秀樹『旧植民地文学の研究』，勁草書房，1971年6月
日本社会文学会編『植民地と文学』，オリジン出版センター，1993年5月
「占領と文学」編集委員会編『占領と文学』，オリジン出版センター，1993年10月
川村湊『異郷の昭和文学——「満州」と近代日本』，岩波書店，1990年10月
布野栄一『政治の陥穽と文学の自律』，不二出版，1995年3月
杉野要吉編『「昭和」文学史における「満洲」の問題』（第一），早稲田大学教育学部・杉野要吉研究室，1992年7月
杉野要吉編『「昭和」文学史における「満洲」の問題』（第二），早稲田大学教育学部・杉野要吉研究室，1994年5月
王承礼主編『中国東北淪陥十四年史綱要』，北京・中国大百科全書出版社，1991年9月
渡部奉綱編『長春事情』，南満洲鉄道株式会社長春地方事務所，1932年（昭和7年）7月
新京特別市長官房編『国都新京』，1932年（昭和7年）8月
満洲事情案内所編『新京事情』，1934年（昭和9年）4月
金広鳳主編『長春市誌・金融誌』，長春・吉林文史出版社，1993年2月
北京文化協会編『新現地型邦人生活読本』，1942年（昭和17年）
山室信一『キメラ——満洲国の肖像』，中央公論社，1993年7月
北京市档案館編『日偽北京新民会』，北京・光明日報，1989年12月
孫石月『中国近代女子留学史』，北京・中国和平出版社，1995年9月
劉禾『語際書写——現代思想史写作批判綱要』，香港・天地図書有限公司，1997年11月
梅娘『魚』，北京・新民印書館，1943年6月
梅娘『蟹』，北京・武徳報社，1944年11月
梅娘『梅娘小説散文集』（張泉選編），北京出版社，1997年9月
袁犀『貝殻』，北京・新民印書館，1943年5月
袁犀『森林的寂寞』，北京・華北作家協会，1945年1月
李克異（袁犀）『歴史の回声』，北京・中国青年出版社，1981年2月
李克異（袁犀）『城春草木深』（『貝殻』と『面紗』の合集），瀋陽・春風文芸出版社，

1984年11月
李克異（袁犀）『大地の谺』（田中稔ほか訳），徳間書房，1991年7月
李士非ほか編『李克異研究資料』，広州・花城出版社，1991年5月
木山英雄『北京苦住庵記——日中戦争時代の周作人』，筑摩書房，1978年3月
林榕『遠人集』，北京・新民印書館，1943年12月
常風『逝水集』，瀋陽・遼寧教育出版社，1995年10月

**第二部**

梁山丁編『東北淪陥時期作品選　長夜蛍火——女作家小説選集』，瀋陽・春風文芸出版社，1986年2月
劉小沁編『南玲北梅——四十年代最受読者喜愛的女作家作品選』，深圳・海天出版社，1992年3月
孟悦・戴錦華『浮出歴史地表』，鄭州・河南人民出版社，1989年7月
李小江・朱虹・董秀玉主編『性別与中国』，北京・生活・読書・新知三聯書店，1994年6月
張京媛主編『当代女性主義文学批評』，北京大学出版社，1992年1月
織田元子『フェミニズム批評——理論化をめざして』，勁草書房，1990年10月
上野千鶴子『家父長制と資本制——マルクス主義フェミニズムの地平』，岩波書店，1993年6月
上野千鶴子『ナショナリズムとジェンダー』，青土社，1998年5月
北京婦女聯合会『北京婦女報刊考（1905–1949）』，北京・光明日報，1990年9月
高崎隆治『戦場の女流作家たち』，論創社，1995年8月
蘇青『結婚十年』，上海・天地出版社，1944年7月（上海文芸出版社，1989年12月復刻）
蘇青『続結婚十年』，上海・四海出版社，1947年2月（上海文芸出版社，1989年12月復刻）
『下中弥三郎事典』，平凡社，1965年（昭和40年）12月
新人物往来社戦史室『満州国と関東軍』，新人物往来社，1994年12月
志智嘉九郎『弐人の漢姦』，多聞印刷KK，1988年7月
志智嘉九郎『中国旅行記』，多聞印刷，1993年（平成5年）5月
立石伯『北京の光芒・中薗英助の世界』，オリジン出版センター，1998年3月
中薗英助『夜よ　シンバルをうち鳴らせ』，福武書店，1986年9月
中薗英助『北京飯店旧館にて』，筑摩書房，1993年2月
中薗英助『彷徨の時』，批評社，1993年1月
中薗英助『わが北京留恋の記』，岩波書店，1994年2月
中薗英助『北京の貝殻』，筑摩書房，1995年3月
松竹良明『阿部知二・道は晴れてあり』，神戸新聞総合出版センター，1993年11月
北村謙次郎『北辺慕情記』，大学書房，1960年9月
徐祖正『蘭生弟的日記』，北京・北新書局，1926年7月

李健吾『切夢刀』上海・文化生活出版社，1948年11月
伊藤虎丸編『駱駝草附駱駝』，アジア出版（汲古書院制作），1982年1月
李春燕編『古丁作品選』，瀋陽・春風文芸出版社，1995年6月
武藤富男『私と満州国』，文藝春秋，1988年9月
中国人民政治協商会議北京市委員会文史資料研究委員会編『日偽統治下的北平』，北京出版社，1987年7月
北京市政協文史資料研究会編『北京の日の丸——体験者が綴る占領下の日々』（大沼正博訳），岩波書店，1991年12月
武田徹『偽満州国論』，河出書房新社，1995年11月
桜本富雄『文化人たちの大東亜戦争』，青木書店，1993年7月
Jessica Hagedorn, ed., *Introduction, Charlie Chan Is Dead: An Anthology of Contemporary Asian American Fiction*. Penguin Books, 1993.
邵迎建『伝記文学与流言人生』，北京・生活・読書・新知三聯書店，1998年6月
池上貞子『張愛玲——愛と生と文学』，東方書店，2011年3月
余彬『張愛玲伝』，海南出版社，1993年12月
季季・関鴻編『永遠的張愛玲』，上海・学林出版社，1996年1月
楊澤編『閲読張愛玲——張愛玲国際研討会論文集』，台北・麥田出版，1999年10月
『華麗與蒼涼——張愛玲記念文集』，香港・皇冠出版社，1996年4月
夏志清『文学的前途』，北京・生活・読書・新知三聯書店，2002年12月
唐文標『張愛玲雑碎』，台北・聯経出版事業公司，1976年5月
水晶『張愛玲的小説芸術』，台北・大地出版社，1973年9月
鈴木虎雄・黒川洋一訳注『杜詩』（第6冊），岩波書店，1966年2月
司馬新『張愛玲在美国——婚姻和晩年』，上海訳文出版社，1996年7月
劉紹明『情到濃時』，上海・三聯書店，2000年3月
王徳威『如何現代，怎様文学——十九，二十世紀中文小説新論』，台北・麥田出版，1998年10月
高全之『張愛玲学——批評・考証・鉤沈』，台北・一方出版有限公司，2003年3月
張愛玲・楊絳『浪漫都市物語　上海・香港40's』（藤井省三監修），JICC出版局，1991年12月
張愛玲『紅楼夢魘』，台北・皇冠出版社，1977年8月
張愛玲『張愛玲全集』，香港・皇冠出版社，1991–2004年
張愛玲『同学少年都不賎』，台北・皇冠出版社，2004年2月
張愛玲『小団円』，台北・皇冠出版社，2009年3月
張愛玲『傾城の恋』（池上貞子訳），平凡社，1995年3月
今福龍太・沼野充義・四方田犬彦編『世界文学のフロンティア4・ノスタルジア』岩波書店，1996年11月
張愛玲『半生縁——上海の恋』（方蘭訳），勉誠出版，2004年10月
Eileen Chang, *Written on Water*. Translated by Andrew F. Jones, Columbia University Press, 2005.
Eileen Chang, *The Fall of the Pagoda*. Hong Kong University Press, 2010.
Eileen Chang, *The Story of the Change*. Hong Kong University Press, 2010.

張愛玲『雷峰塔』(趙丕慧訳), 香港・皇冠出版社, 2010年9月
張愛玲『易経』(趙丕慧訳), 香港・皇冠出版社, 2010年9月

**第三部**

藤井省三『台湾文学この百年』, 東方書店, 1998年5月
彭小妍主編『漂泊与郷土——張我軍逝世四十周年記念論文集』, 台北・行政院文化建設委員会, 1996年 (中華民国85年) 5月
河原功『台湾新文学運動の展開——日本文学との接点』, 研文出版, 1997年11月
下村作次郎・中島利朗・藤井省三・黄英哲編『よみがえる台湾文学——日本統治期の作家と作品』, 東方書店, 1995年10月
下村作次郎『文学で読む台湾　支配者・言語・作家たち』, 田畑書店, 1994年1月
公仲・汪義生『台湾新文学史初編』, 江西仁民出版社, 1989年8月
張深切『張深切全集』(12巻), 台北・文経出版社有限公司, 1998年1月
洪炎秋『忙人閑話』, 台北・三民書局有限公司, 1970年 (中華民国59年) 1月
洪炎秋『又来廃話』, 台中・中央書局, 1970年 (中華民国59年) 5月
洪炎秋『廃人廃話』, 台中・中央書局, 1970年 (中華民国59年) 7月
洪炎秋『浅人浅言』, 台北・三民書局有限公司, 1972年 (中華民国61年) 5月
洪炎秋『閑話閑話』, 台北・三民書局有限公司, 1973年 (中華民国62年) 3月
洪炎秋『常人常談』, 台中・中央書局, 1974年 (中華民国63年) 10月
洪炎秋『洪炎秋自選集』, 台北・黎明文化事業股文有限公司, 1975年 (中華民国64年) 元月
洪炎秋『老人老話』, 台中・中央書局, 1977年 (中華民国66年) 8月
王曉平『近代中日文学交流史稿』, 長沙・湖南文芸出版社, 1987年12月
厳紹湯・王曉平『中国文学在日本』, 広州・花城出版社, 1990年11月
葉渭渠『日本文学思潮史』, 北京・経済日報出版社, 1997年3月
谷沢永一『近代文学史の構想』(日本近代文学研叢), 和泉書院, 1994年11月
中嶋嶺雄『近現代史の中の日本と中国』, 東京書籍株式会社, 1992年11月
厳紹湯『日本中国学史・第一巻』, 南昌・江西人民出版社, 1991年5月
汪向栄『中日関係史文献論考』, 長沙・岳麓書社, 1985年2月
王承仁主編『中日近代化比較研究』, 鄭州・河南人民出版社, 1994年8月
李喜所『近代留学生与中外文化』, 天津人民出版社, 1992年3月
梁容若『中日文化交流史論』, 北京・商務印書館, 1985年7月
武安隆・熊達雲『東南アジアの中の日本歴史十二・中国人の日本研究史』, 六興出版, 1989年8月
厳安生『日本留学精神史——近代中国知識人の軌跡』, 岩波書店, 1991年12月
銭理群『周作人論』, 上海人民出版社, 1991年8月
銭理群『周作人伝』, 北京十月文芸出版社, 1994年5月
劉緒源『解読周作人』, 上海文芸出版社, 1994年8月
趙京華『尋找精神家園』, 北京・中国人民大学出版社, 1989年11月

周作人『瓜豆集』（松枝茂夫訳），創元社，1940年（昭和15年）9月
周作人『結縁豆』（松枝茂夫訳），実業之日本社，1944年（昭和19年）4月
張菊香・張鉄栄編《周作人年譜》，天津・南開大学出版社，1985年9月
張菊香・張鉄栄編《周作人研究資料》（上・下），天津人民出版社，1986年11月
橋川時雄『中国文化界人物総鑑』，中華法令編印館，1940年10月
Marianne Hirsch, *Family Frames: Photography, Narrative, and Postmemory*. Harvard University Press, 1997.
Marianne Hirsch, *The Generation of Postmemory: Writing and Visual Culture After the Holocaust*. Columbia University Press, 2012.
李敖『大江大海騙了你——李敖祕密談話録』，台北・李敖出版社，2011年2月
武之璋『原来李敖騙了你』，香港・中国文革歴史出版有限公司，2011年12月
張雪媃『当代華文女作家論』，台北・秀威資訊科技，2013年5月
黄梁主編『龍應台与台湾的文化迷思』，台北・唐山出版社，2004年12月
王徳威『後遺民写作——時間与記憶的政治学』，台北・麦田出版，2007年11月
林沛理『中文玩家——私享華文大師的写作絶学』，北京・中国人民大学出版社，2015年1月
龍應台『銀色仙人掌』，台北・聯合文学出版社，2003年12月
龍應台『在海徳堡墜入情網』，上海・上海文芸出版社，1996年4月
龍應台『台湾海峡一九四九（原題：大江大海一九四九）』（天野健太郎訳），白水社，2012年6月
龍應台『大江大海一九四九』，台北・天下雑誌，2009年8月
龍應台『親愛的安徳烈』，北京・人民文学出版社，2008年12月
龍應台『父を見送る——家族，人生，台湾（原題：目送）』（天野健太郎訳），白水社，2015年9月
龍應台『啊，上海男人』，上海・学林出版社，1998年10月
龍應台『龍應台評小説』，台北・爾雅出版社，1985年6月
龍應台『龍應台評小説』，上海・上海文芸出版社，1996年4月
龍應台『孩子你慢慢来』，台北・印刻文学生活雑誌出版，2015年7月
龍應台『女子与小人』，上海・上海文芸出版社，1996年4月
龍應台『看世紀末向你走来』，上海・上海文芸出版社，1996年4月
龍應台『面対大海的時候』，台北・時報文化出版，2003年12月
龍應台『百年思索』，台北・時報文化出版，1999年8月
龍應台『請用文明来説服我』，香港・天地図書，2006年7月
龍應台『野火集——二十周年記念版』，台北・時報文化出版，2005年7月
龍應台『傾聴』，台北・印刻文学生活雑誌出版，2016年4月

## 初出一覧

＊本書収録にあたり、いずれも加筆修正をしている。

梅娘——ある「淪陥区」の女性作家（『ユリイカ』青土社，第26巻第5号，1994年5月）
占領下の北京文化人たち——インタビュー調査によるレポート（『野草』中国文芸研究会，第56号，1995年8月）
梅娘——異邦での文学修業（『しにか』大修館書店，第10巻第3号，1999年3月）
「濃い灰色の影」の下の『日本研究』（『東京大学中国語中国文学研究室紀要』第2号，1999年4月）
張我軍と「大東亜文学者大会」（『アジア遊学』勉誠出版，第13号，2000年2月）
梅娘と「満州」文壇（『東洋文化研究所紀要』第140冊，2000年12月）
梅娘と「淪陥時期」北京文壇（『東洋文化研究所紀要』第141冊，2001年3月）
梅娘小説の世界（『東洋文化研究所紀要』第145冊，2004年3月）
「怨」に囚われた張愛玲——「同学少年都不賤」の欠点をめぐって（『中国研究月報』中国研究所，2007年7月）
張愛玲小説の中の華僑と「海帰」（『中国研究月報』中国研究所，2011年3月）
龍応台作品における離散とポストメモリー（『越境する中国文学——新たな冒険を求めて』所収，東方書店，2018年2月）

**張欣**（チャン シン，ちょう きん）
1966年生まれ。北京大学中国言語文学部中国文学科および東洋言語文学部日本言語文化科（第二専攻）卒業。北京大学大学院中国文学科中国近代文学専攻修士課程修了。東京大学大学院人文社会系研究科アジア文化研究専攻博士課程修了。東京大学東洋文化研究所研究機関研究員を経て、現在、法政大学経済学部教授。専攻は中国近代文学・華人文学。長安の筆名で随筆等がある。

**越境・離散・女性**

境にさまよう中国語圏文学

---

2019年7月30日　初版第1刷発行
著　者　張欣
発行所　一般財団法人　法政大学出版局
〒102-0071 東京都千代田区富士見2-17-1
電話03（5214）5540　振替00160-6-95814
組版：HUP　印刷：三和印刷　製本：誠製本


---

Printed in Japan
ISBN 978-4-588-49515-1